"在新疆"丛书
· 第一辑 ·
——散文集——

张映姝　主编

鸟儿落在树枝上

张惜妍　著

新疆人民出版社
（新疆少数民族出版基地）

新疆人民卫生出版社

图书在版编目（CIP）数据

鸟儿落在树枝上/张惜妍著.--乌鲁木齐:新疆
人民出版社（新疆少数民族出版基地）:新疆人民卫生
出版社,2024.11.--（"在新疆"丛书/张映姝主编
).--ISBN 978-7-228-21405-1

Ⅰ.I267

中国国家版本馆CIP数据核字第2024DM9670号

鸟儿落在树枝上
NIAOR LUOZAI SHUZHI SHANG

出 版 人	李翠玲			
策 划	宋江莉		出版统筹	宋江莉
责任编辑	李 真		装帧设计	舒 娜
责任校对	朱梦瑶		责任技术编辑	王 娟
绘 图	李佩琪			

出　　版　　新疆人民出版社（新疆少数民族出版基地）
　　　　　　新疆人民卫生出版社
地　　址　　乌鲁木齐市解放南路348号
邮　　编　　830001
电　　话　　0991-2825887（总编室）　0991-2837939（营销发行部）
制　　作　　乌鲁木齐捷迅彩艺有限责任公司
印　　刷　　北京富诚彩色印刷有限公司

开　　本　　880mm×1230mm　1/32
印　　张　　10.5
字　　数　　210千字
版　　次　　2024年12月第1版
印　　次　　2025年1月第1次印刷
定　　价　　62.00元

序

　　新疆是我们博大的故乡。它的博大不仅体现在山川、河流、沙漠、戈壁、绿洲，还体现在生活在这里的五十六个民族以及多元一体的文化形态。

　　新疆，是多民族共居的美好家园。生活在这里的各族儿女密切交往、相互依存、休戚与共。在中华文明怀抱中孕育的新疆各民族文化包容互鉴，共同成为多元一体中华文化的一部分。

　　在新疆，普普通通的一场雪，会落在不同的语言里。每个阳光明媚的早晨，"太阳"这个词会在这些语言里发光。人们用许多种语言在述说我们共同生活的地方。这正是新疆的丰富与博大。

　　每个人都有自己的家乡。家乡可以是一个很大的地方，也可以是我们心里默念的一个小小的地名。有时候家乡可能就是我们小时候生活的一个地方，当我们越来越远地离开家乡的时候，这个地方就变成了一个地名。但是，往往是那些细小的家乡之物，承载了我们对家乡所有的思念，比如家乡的一种非常简易的餐食。我每次到外地超过三天就会怀念拌面。

当人们热爱自己家乡的时候，想念自己家乡的时候，文学是我们表达以及读懂家乡的途径。我认为文学是不分民族的，作家面对的是在这块土地上共同生活的不同民族，当我们用文学来呈现这块土地上各民族人民共同的生活的时候，我们面对的是人的心灵。

那些远处的生活是看不见的，只有文学能呈现这块大地深处的脉搏，只有文学在叙述这块土地上人们共有的情感。每个人生活中的悲欢离合、快乐忧伤，一起汇聚出这块土地上人们共同的命运和共同的情感。

各民族共同生活，大家的情感交融在一起，这可能就是新疆文学最大的魅力。新疆文学给我们提供了一个多民族和睦生活的样板。用不同的语言表述一件事，用同一种语言描述不同的生活，这就是新疆文学作品的精华所在。

新疆的自然风光、传说故事、地域风情等先天具有文学气质的素材，容易孕育出各民族的众多写作者，也引起了无数读者的阅读关注，使当代新疆文学成为具有独特地域内涵和文化内涵的审美对象。

各族作家们用全部身心去发现和感受新疆日常生活的温度与深度，坚守家园热爱和文学梦想，以其独具特色的文化风貌与美学意蕴，记录和呈现各族人民的生活、梦想与奋斗。

此次推出"在新疆"丛书，是铸牢中华民族共同体意识的一次文学出版实践，通过各民族作家的文字，把新疆这块土地上各族人民共同的生活呈现给新疆的读者，呈现给全国的读者，用文学观照人心，用文学观照生活。希望读者多看新疆作家的书，因为从他们的文学作品中，可以读到熟悉的土地，熟悉的山川、河流，读到发生在身边的故事，或者发生在不远处的历史中的故事。除此之外，借此机会，我们还向读者推介已经在新疆文学界乃至全国文学界成绩斐然、广有影响的各族中青年作家，他们如天上点点繁星，照亮文学的星空。

我们想把新疆最好的文学献给读者，把优秀的作家介绍给读者，希望读者喜欢。

2024 年 11 月

目 录

第二辑　凡尘烟火

第三辑　季候笔记

第一辑　雪山绿洲

骨骼里的盐

三月的北疆大地，雪开始融化，土地松软，空气中的寒气仍在。我跟随着一个纪录片团队走进一个哈萨克族牧业村。其前身是国有牧场，后来改制为牧业村，依然从事传统的牧业生产。

牧业村的治保主任吐尔逊别克·库加热巴依开着一辆红色的富康牌轿车，我们跟在他的车后面进了村。

左边的车窗外是一片果园，从右边望出去地势平坦开阔，远处是一所小学。村庄的面孔袒露在蓝天下，呼吸着天山的风，有一种难得的沉静。村庄清寂，野鸽子伫立在屋顶。这是流水一样的人间烟火。

有些年头的村庄，有种泰然自若的沉稳。巷道纵横，它不通往何地，它向所有人敞开。高挺的树木，枯萎的野草，多年不变的房屋，年复一年的日子，这是由时间、空间和人群共同塑造出来的最平常的村庄。住在里面的人，一代一代繁衍劳作，像蚁丘中的蚂蚁，蜂巢中的蜜蜂。

如同平静的河流底部充满潜流，牧业村也有它自己的冲突和危机、困境和疑问，既保留着世俗沉淀的民风，又在努力跟上时代发展的步伐，呈现出转型时期特有的机遇与挑战。然而，它却一直努力地跟着时间奔流——在我走近它之前，它已流淌了很多年；在我走近它之后，它依然会流淌下去。

吐尔逊别克在一扇绿色的院门外停车，有两位老年人路过，长相极为相似，皮肤黝黑，眼神平和。看到陌生的来客，既没有热情寒暄，也没有意外好奇，点头致意，脚步不急不徐。

春分之后，农民还没有开犁春播，牧民就开启了一年的放牧生活，转场要赶在四月之前的接羔季节。

因为今年的倒春寒，转场推迟了半个月。过了清明，看到背阴处的冰雪融化了，吐尔逊别克的父亲库加热巴依·孜克力亚和大伙商量着一起出发。母亲坤孜拉立刻揉面打馕，煮冬肉；库加热巴依将家什打包捆绑好。他从十五岁起，开春上山，入冬下山，转场生活单调地持续着。年复一年，时间的年轮开始进入第六十圈。

四岁的恩塔，是吐尔逊别克的女儿，顶着一头男孩模样的短卷发，稚嫩的小圆脸和两颊的红晕格外可爱。她一笑，你也想跟着笑。她是天使，天使永远不会有烦恼。

恩塔在妈妈古丽米拉工作的村幼儿园上小班。今天古丽米拉特意早起，收拾妥当，好留出时间让恩塔向爷爷告别。恩塔抱着爷爷亲了又亲，爷爷贴着耳朵说了些只有恩塔才能听到的悄悄话。

大清早，邻居们都来帮忙装车，男人们干的是体力活儿，把牛羊装上车。坤孜拉往褡裢里塞衣物，收着邻居女人们送来的馕和干肉，说着感谢的话。

这是一种朴素的真诚，也是千百年来，由草原游牧生活的性质决定的——你随时帮助别人，就能随时得到别人的帮助。

古往今来，哈萨克族过着逐水草而居的生活，牧民们往往是随着季节的变化，在夏季和冬季牧场之间辗转迁徙。现在，绝大部分牧民开始了一种新式的、更为现代的生活方式——定居生活，而且这种生活方式已经逐渐成为哈萨克族牧民生活方式的主流。比起很多牧民，尽管库加热巴依更早地开始了定居生活，并且优先享受到了定居带来的福惠，但是祖先的遗传基因，依然在血液里流淌，只有草原才是他永恒的家园。因此，每年春天来临，回到牧场便被他视为一年真正的开始。

看着父亲转场的队伍离开村庄，吐尔逊别克驾车上班，顺带把妻子和女儿送到幼儿园。恩塔终于没忍住，大哭起来。

北山春牧场

在北山春牧场，库加热巴依的放牧生活是从草芽钻出地皮开始的。一切活动的起始和结束都是围着羊群打转，牧人的生活简单到了极点，宁静的生活不会有惊天动地和波澜壮阔，甚至可以说还带着些许空旷的忧伤。

库加热巴依和弟弟叶尔肯拜共同拥有一片草场，羊群也是混养。弟弟和弟媳是专职牧民，常年在草场辗转，料理弟兄俩的羊群，也给别人代牧。夫妇俩的生活范围就在山谷，草原赋予他们简单的生活，日出而牧，日落而息。我不知道他们对生活是否感到满意，对外来人来说，看清表象很简单，看清内质很难。

作为游牧经济的主体，牲畜是全部财产，产羔量尤为关键，所以接羔的高峰期也是一年中最忙碌的时期。库加热巴依跟着羊群跑来跑去，白天晚上扑在羊圈里，他那件棉大衣，脏兮兮的，一股子羊膻味。夜晚的气温在零摄氏度徘徊，库加热巴依一点儿也不敢大意，像对待婴儿一样呵护羊羔，甚至把刚出生的小羊羔直接揣进棉衣里。

库加热巴依和叶尔肯拜是尽职尽责的老牧民，带着年轻的牧民把母羊分离出来，单独圈在临时搭起的栏杆里，给年轻牧民口授接羔保育经验。

"你看，母羊在产前几天嘛，要注意看这个地方，越来越大了，等到母羊的乳头直立的时候，它就要产羔了，这时候要注意观察，特别是晚上。

"这个药，绿盒子，是治肠炎的。红瓶子，是治羊痘的。看好了，不要拿错了。"

母羊产羔难免会出现难产的情况，有一只黑母羊，羊水流出后羊羔并没有顺利产出。库加热巴依守护了一整夜，盘腿坐在草垫子上，抱着黑母羊抖动，嘴里不停发出"嗷嘞嗷嘞"的声音。天亮了，羊羔终于落地，库加热巴依腿麻得站不起来，倒头就睡了个昏天黑地。

有时候还会遇到羊羔倒生的情况，也就是后腿先出来，臀部卡在产道内出不来，叶尔肯拜抓住羊羔的后腿，一边轻轻晃动一边拉出。一个粗粗拉拉的大男人，面对幼小的生命，眼神慈爱，动作轻柔。

这天傍晚，一只母羊生产了，它似乎还不能接受自己突然成为母亲的角色，死活不肯给初生的羊羔哺乳。库加热巴依嘴里发出歌谣式的呼唤声哄着母羊，揽过小羊羔的身子，塞到母羊的腹部吸母乳，母羊激烈地躲闪。几番尝试都以失败告终。库加热巴依失去了耐心，愤怒地打了母羊一巴掌，又双手提起母羊，重重地摔在地上，气呼呼地坐在草地上。没想到他刚坐下，母羊就接纳了自己的孩子，侧身卧倒，给小羊羔哺乳。看到眼前的情景，库加热巴依转怒为喜，哈哈大笑。

弟媳杰恩斯古丽也没闲着，她要清理羊羔口鼻，避免羊水等黏液灌入鼻腔深处或肺部。如果夜里生产，还要看着母羊舔干或蹭干羊羔身上的黏液，避免羊羔着凉。难产的羊羔体质大多较弱，杰恩斯古丽得用奶瓶给羊羔喂水喂奶，也是一夜一夜地操劳。

毡房进门就是炕，铺着羊毛毡子，褥子和被子码放在角落。炕对游牧民族的重要性不言而喻，婴儿降生的第一声啼哭来自炕，生命走到尽头的时候，是炕摊平了躯体，是炕安放着灵魂和肉体，铺展着日子和梦想。

这个春天，叶尔肯拜家里温暖的炕接纳了远道而来的客人。客人摊开被褥，便被带进辽阔的梦乡。

石头和泥搭起的锅灶，杰恩斯古丽负责大伙儿的一日三餐。我跟着她打杂，学会了用最简陋的器具烧茶、烤馕、做抓饭。我裹着头巾，皮肤日渐粗糙，身上也有了一股羊膻味，除了语言，看不出我与其他哈萨克族女人有什么不同，我为能够融入其中而高兴。看到杰恩斯古丽在简陋得略显原始的毡房里过小日子，知足而达观，我的内心常常盈满感动。

半个月的接羔高峰期过去了，终于闲了下来。叶尔肯拜宰了一只羊，把草场附近的牧民都叫了来。

炊烟升起的时候，大块的羊肉在铁锅里翻滚。一天中最闲适的时刻到来了。温暖的夕阳眷顾着平坦宽阔的草原，接下来的日子，库加热巴依兄弟俩和世代在这片土地上放牧的祖辈们一样，与天地共依，守护着这些小羊安然长大。

长期以来，游牧生活给外界的印象是散漫而悠长，诗意并沧桑，果真如此吗？相较于农业民族，游牧民族的生产条件和生活条件都更加艰苦，动荡的生活，使他们更加渴望获得力量，变得强大。在哈萨克族先民生活的环境里，到处都需要力量，高山雪地，酷暑严冬，使他们对力量的渴求更加迫切。

时间的河流永不停歇，即便到了现代社会，他们依然要跃马扬鞭、驰骋草原，在大地上不断迁移，就是为了找到最好的水和草，这是一种生存方式，也是将现实和梦想完美结合。这样的生活，不就是城里人向往的诗和远方吗？

库加热巴依说，牧民是离不开羊的，羊和马太重要了，转场路上的羊只，前行就是他们的生活方向和目标，那是家庭的财富，劳动的力量。

夜深了，人散了，茶凉了，一只出生不久的小羊羔趁着库加热巴依熟睡之际，跳上了炕，挨着他的后背躺下来，静静地睡着了。

剪羊毛

六月，草场上绿草茵茵，牛羊满山坡。吐尔逊别克带着两个表弟上山帮父亲剪羊毛。

动物和人一样，也喜欢凉爽过夏天，剪羊毛就好比给羊脱冬衣换夏衣，还能防止滋生寄生虫。剪羊毛的劳动场面，与接生羊羔完全不同，充满了喜庆的气氛。这活儿还真得是年轻力壮的人才能干。两三个人联手，扯住羊的背毛，轮空放倒，用膝盖压住羊，贴肉剪下去，羊毛便翻滚而起。剪完一侧，翻过来再剪另一侧，动作利落又潇洒……

中午吃了点儿干粮，小伙子们继续干。夕阳映红了西山，几百只羊像是换了新装，个个都是"美羊羊"。

牧民在搭建毡房、晾晒衣物、转场等生产生活中都要使用到羊毛绳。杰恩斯古丽将剪下的羊毛摊开晾晒，闲余时候，她清除完羊毛中的杂质，还要用木条不停抽打直至羊毛蓬松，然后将这些羊毛留一部分捻成毛线，多余的再拿去售卖。同打羊毛一样，捻羊毛线也是一种古老的手艺活儿，是哈萨克族妇女必备技能之一。

暮色渐沉，吐尔逊别克和父亲坐在草地上聊天。

——爸爸，今年您满六十岁了，按照社保养老政策，从十月份起您就可以领退休金了，每个月您都有固定的收入。我们都要上班，妈妈也挺孤单的。再说，古丽米拉年底就生了，多了一个孙子，您再不要上山放牧了。

——想想过去，每次转场风餐露宿，生了病只能硬扛，孩子也上不了学。遇到暴风雪天气，牛羊伤亡惨重，人也身处险境。做梦都想不到有一天有宽敞的房子住，有退休金养老。

岁数大了，我经常做梦，梦见你爷爷挥舞鞭子，提醒那些贪吃的羊儿归队；你奶奶的怀里揣着小羊羔，还要不时下马，将滑倒的牛娃子扶起。晚上歇息，卸下骆驼背上的物品，烧壶热茶，啃干馕。天黑透了，只有柴火还冒着烟。那么苦的日子，在梦里清清楚楚，可我还笑着醒来。

——如果您不放牧，刚开始可能不习惯，以后两个孙子陪着您，生活会越来越好的。

——不放牧的话，我会孤独的。到我干不动的时候再说吧。

库加热巴依不想和儿子聊这样的话题。他起身走开，拍拍摄影助理小豪的肩膀。

"小伙子，明天我教你骑马。"

马有它自己的主意

摄制组的小伙子想学骑马不是一天两天了。库加热巴依教他们的第一步是和马建立友好关系。牧人视动物为家人，随时随地跟动物交流，放羊骑马实际上都是一种交流。他说必须跟马说话，随便说什么都行。

"如果没有跟马交上朋友，那很危险，你没有办法骑好这匹马。你要懂得关心和爱护它，它是你的亲人。你肚子饿的时候，它也饿。你喝水，想着它也要喝水。"

小豪年纪小，胆子大，第一个骑上了马背。库加热巴依拍拍马脖子，他和马对视的眼神里满是怜爱。

"不要和它对着干，马有它自己的主意。

"你们在城市，开车不需要说话，你的车是一个机器。马不一样，你对着一个生命，你要把它当成你的兄弟、你的朋友。你对它怎么样，它知道呢。你们以为放羊很简单吗？它自己吃草就行了？山大得很，它也跑不远？不是这样，看着简单，你去试试，那些羊绝对不听你的。"

小豪认准一匹马天天练习，那是一匹两岁的棕色马驹，英俊健美。他每天起床一出毡房就去找马，还扬言要骑马回南京。

库加热巴依逗他。

——你买不买？一万块钱卖给你。这匹马你骑回家，能卖五万块。

——买不起，这是我的第一份工作，片子没有拍完，我没有钱买。

——没钱怕啥，你给我放羊，我给你工钱。我在小马身上烙上记号，你就有自己的马了。

编导许伟问我这是不是天马。他想象里的新疆，遥远、自我，树长成冲天的尖刺，花一夜之间开满草原，雪山高得只有鹰才配落脚，沙漠中有让人产生幻想的奇景……

两千多年前，被中原人称作"天马"的牲畜和它所拉的"战车"，改进了中原农耕文明的生产方式，促进了生产力的发展，带动了中原与西域的商贸经济发展和文化交流，掀起了人类历史上游牧世界向农耕世界的第一次冲击浪潮。而也正是这天马，使得原本在中国北方草原上并不强大的匈奴民族，充当了催化欧洲奴隶制瓦解的重要力量。

天马是北疆草原的荣耀，是西极的光辉。外地人来到草原，把每一匹马都当成天马。

太阳西下，远远望去，蓝天绿草铺成金光大道。

牧民们赶着马群，夕阳狂野的色彩和草原的气息，充满了诗意与野性。马蹄扬起尘土，恣意的节奏卷起的微风轻拂面颊，拍摄者和入镜者心意相通，距离不复存在。而我作为一个旁观者，进入了讲述自由的梦境之中。

——或许，成吉思汗的骑兵战队，也曾经过这里的山梁，奔向远方。

——那我要回去吹牛，我去过的地方，是当年成吉思汗西征时走过的大道。

一代天骄成吉思汗说过：草原上狩猎者的后代，如果在定居生活的快乐当中忘记了他们由何处而来，也就忘记了他们之所以强盛的原因。

你过马路，我走羊道

吐尔逊别克从新疆农业大学毕业后，回到父母身边，当了村干部，为他的父老乡亲服务。他的工作范围包括两个村庄，父亲所在的老牧业村和他所在的新牧业村相距不到五公里，新牧业村是一个典型的美丽新农村——平直的柏油路四通八达，独栋红顶小院映衬着蓝天，巷道里果树连排，幽静而美丽。

　　吐尔逊别克虽然出生于牧民家庭，受过高等教育的他已经完全脱离了传统生活。时代在飞速发展，游牧的生存方式正在逐渐消失。一方面，草原退化严重，载畜量不断下降。另一方面，随着社会的进步和生活水平的不断提高，牧民早已改变传统的生活习惯，年轻人渴望接受更好的教育，向往新事物和新的生活。

　　游牧听起来充满诗意，但在他心里却是苦涩的。牧场随山地海拔不同而具有分带性，牧民们世世代代形成了不同季节向不同海拔草场迁徙的游牧方式。他爷爷那会儿，每年入冬前，牧民开始转场，像候鸟一样，携妻带子，带着帐篷和生活用品，赶着畜群，浩浩荡荡地从海拔较高的春牧场向夏牧场迁徙，并最终到达百公里外的冬牧场。

　　"父亲年少时上的是'马背学校'，今天几个人在这个帐篷里，明天再凑几个人在那个毡房里，没有专职的老师，谁识字，谁会讲故事唱民歌就是老师。山上没有医院，生病得骑马走一天一夜的山路才能到山下的医院。在他五六岁的时候，牧场进行改制，动员牧民半定居，其他人犹犹豫豫，父亲还是有远见，为了孩子们的教育，带头下山住进了村子，半年放牧，半年定居。"

　　自从牧民定居工程被正式纳入国家规划，各地在水土、交通条件较好的地方修建定居点，让牧民相对集中地定居下来。在老村子的西边划拨土地，分宅基地。新村子的基础条件很好，部分牧民开始转型，学技术、打工，放牧的越来越少。

　　吐尔逊别克很为父亲的思想开通，做出下山半定居的决定而庆幸。库加热巴依特别重视孩子的教育，半定居就是为了孩子上学。一儿一女在镇里上了小学、中学，后来上了大学。儿子当了村干部，女儿在城里当老师。孙女恩塔享受和城里孩子一样的教育资源。

吐尔逊别克和父亲之间的代沟不可避免，年轻人一般不会在一个地方长久地生活，更愿意寻找新鲜感。但年纪越大的人，越舍不得离开自己的天地半步。

羊有愿望吗？把眼睛能看到的草吃干净，就是羊的愿望吧。

库加热巴依是怎样想的呢？他的羊围着草场转，把所有的草都吃干净，白天黑夜地长膘，生羊羔。他的愿望推动着他在山上的草原和山下的村庄之间移动，年复一年。

羊有灵性，是因为它的主人有灵性。牧羊人有什么样的心态，羊就有什么样的心态。蓝天白云之下，库加热巴依对他的羊、他的生活和他的愿望信心十足。他身上那种气度来自他的羊群，来自草原的辽阔，来自游牧基因的遗传。

吐尔逊别克没能说服父亲，存在代沟是必然的，最重要的是理解与爱，或许两代人按照各自喜欢的方式生活便是最好的相处模式。库加热巴依对游牧依然留恋和向往。毕竟，血管中流淌着马蹄的声音和悠长的情歌，向往自由流动的生活是他们的天性。在库加热巴依心中，"家"的概念是那么广阔，家就是整个草原，而哈萨克这个民族，就是这个家园永远的守望者。

父子的短暂相聚以库加热巴依一句"你过马路，我走羊道"而结束。

库加热巴依赶着羊群行走在山坡上，吐尔逊别克驾车回村，两人一左一右，走向不同的方向。在游牧世界里，人们需要更多的草场来放牧他们的牛羊，但同时他们又渴望有一个安稳的家，可这两者也许是永远不相容的。

镜头里的他们

第一次参与纪录片拍摄，我认为纪录片的作用就在于发现什么是真实的东西，通过细节展现的触角，丰富细小而迷人。

我以为自己是本地人，了解哈萨克族的生活习性和情感表达方式，完全可以当个好向导。真正接触下来才发现，我对牧民的生活并不熟悉，事实击毁了我的浅薄，熟悉的地域对一个本地人来说竟会成为深奥的秘密。而且，我越认真地参与他们的日常，陌生感就变得越清晰。

我一度陷入焦虑，随着日出日落，鲜活的细节随处展现，我得以深入他们日常生活的皱褶，着眼于局部和细节。而它们的集合，则从总体上呈现出牧民生活的丰富性与一个民族和大自然壮阔和谐的状态。

摄影师使用非常近距离的景别，包括简单的光线，通过最简单朴实的手法将感受到的一切传达出来。影像是直接的，来不得半点儿虚假。初到一个陌生的地点，拍摄者与被拍摄者之间完全陌生。有时我们甚至会对自己的突然闯入与镜头肆无忌惮地瞄准感到歉疚。

我们几乎是从早拍到晚，拍摄比我预想的顺利，虽然是第一次面对一群陌生人和摄像机，入镜者并不紧张，表情自然，该干嘛干嘛，没有矫饰心理，这跟他们民族本身所具有的那种自然的禀性有关。其实我们有时候也听不懂他们的语言，住在牧场上，住在家里头，睡他们的炕，吃他们的馕，和他们朝夕相处。他们就是普通人，热爱家园，延续传统，追求梦想，拥抱现代生活……镜像很平淡，但从中可以看得出众多的题旨。

牧民们在镜头前很从容，他们不需要表演，甚至忽略摄像机的存在，坦诚质朴，很容易接受别人。如此一来，成就感在拍摄者与被拍摄者心中建立了起来，形成一种秘而不宣的默契。

夏天是草原最热闹的时候，山里凉快，孩子们都放暑假了，全家人团聚，人一多，聚到一起玩更热闹。

动物的蹄腕骨，新疆俗语称之为"髀石"。玩羊髀石是新疆具有悠久历史的传统游戏之一，过去在北疆农牧区非常盛行。现在玩具多了，小孩也不稀罕了，也只有一些偏远农村和牧区的孩子们还在玩。

三五个男孩聚在一起，首先以手心手背的方式，选出一个抛撒髀石的人（类似于掷骰子的庄家），将四个羊髀石握在手中用力撒在地面上，根据羊髀石落地正反面决定输赢。例如四个羊髀石落地后，四个正面都朝上为最好成绩。

孩子们玩羊髀石的时候，他们的爸爸们在玩一种叫"布热魁"的游戏，也就是"狼吃羊"，一种"狼"与"羊"斗智的棋类游戏。先在地上画一个正方形，正方形内横竖各有三条等距平行线，在正方形中再画两条对角线，然后用线依次连接正方形四条边线的中点，形成小正方形。还需在双方底线外画出一个小菱形，并用直线将小菱形的四个内角相连，这个小菱形被称作"狼窝"。一方用两颗较大的石子儿当"狼"，另一方用二十四颗小石子儿当"羊"。在棋盘正中间的小正方形各点上摆八个"羊"，在"狼窝口"各摆一个"狼"，"狼"先走，"羊"后行。"狼"按路线跳过对方的一个"羊"，就能吃掉这个"羊"，持"狼"的一方想方设法吃掉更多的"羊"；而持"羊"的一方则要四面围堵，尽可能困住"狼"。双方都要沉着应对，斗智斗勇，围观的人七嘴八舌，场面分外热闹、有趣。

我完全看不懂，小伙子们倒是看得入迷。

在马的嘶鸣声中，送马奶子的人来了。牧民们一边喝着马奶子，一边复盘着棋局。

饲养马匹的牧户，都能自制马奶子，牧民称它是"草原的啤酒"。这是一种经过马奶发酵酿制，介于酸奶和酒之间的马奶饮料，饿了可当饭吃，渴了可当饮料喝，聚会时又可当酒助兴。

喝到畅快时就有琴声助兴，随着手指的拨动，冬不拉琴声响起，像是草原上泉水的流动声、树上清脆的鸟鸣，又像羊群的欢腾声和骏马疾行的蹄声。时而悠扬，时而奔放。高山和草原太美好了，给他们创造出了太多乐曲，一经弹唱便无法停止。

当面对摄像机时，年轻小伙子显得异常兴奋。因为他们期待有一天，当心爱的姑娘坐在电视机前，看到自己在画面里出现，会对他们的爱情起到催化作用。小伙子们越想越兴奋，弹唱得更起劲了，听者也耐不住跳起舞来。

他们的生活，他们的情感和精神世界，这些故事或饱含深情，或平淡朴实，都是真实而生动的生活，都流淌着鲜活而饱满的情感。这一点儿共性，成为贯穿整部片子的主要脉络，如同菜汤里的盐，人体中的骨架，房屋中的梁柱。

羊 病 了

进了八月，天气出奇地热，草原遭遇了多年未有的高温干旱。

吐尔逊别克给我打电话，说草场上的羊生了一种奇怪的病，村里的兽医治不好，已经死了七八只了，爸爸和叔叔很着急。他刚接上了一位兽医，要赶紧上山。

我们买了一些主食、西瓜和矿泉水跟了过去。在车上，我问起他的妈妈和古丽米拉，吐尔逊别克告诉我一个令人难过的消息，古丽米拉肚子里的孩子没了，胚胎停止了发育，医生说她还年轻，两年后还可以再生育。

正午的阳光炽烈，玉米被太阳灼烤，无奈地立在干硬的土壤里打蔫。通往草场的路，全是浮土，车轮驶过，尘土飞扬。草滩平旷，满眼都是枯黄的草根紧紧贴着地皮，裸露出浮土，脚踩之处激起灰尘，惊动成群的蝗虫飞跃而起。

到处都是光秃秃的山丘，仅有的一条河早已断流。前些天叶尔肯拜围了一个长方形的池子，从山下拉水供羊群饮用。山脚下的断裂带形成深沟，继续人工深挖，几台水泵在抽水。

"你们看，已经抽不出水来了，我们得从山下几十公里以外的村庄运水过来。"

羊群聚集在阴坡，不停地啃食着地表的枯草。杰恩斯古丽一脸愁容，面色憔悴，头发乱糟糟的，就像一把晒焦的玉米须。

"再啃下去，就该刨草根了，草根吃了明年就不长草了。"

草不够吃，羊挨饿掉膘，天一放亮，库加热巴依带人将大批羊送往百公里之外的高山牧场。

上一次站在这里，夕阳下，远处是连绵起伏的山峦，小小的银色三角形是高压电线；近处是铁丝围起的草场，羊儿悠闲吃草，却看不见牧羊人。这个画面中的一切都是古老而和谐的，有种稳稳当当的舒适感。少雨、干旱、缺水、虫灾……连锁反应打破了平衡，打乱了秩序。

牧民凭借着天赋、规律和礼节，经过数个世纪的演变，已经发展出一套属于自己的文明。他们了解牲畜，懂得季节规律，擅长和风雪搏斗，知道如何就地取材，搭建能移动的房屋；他们聪明地领悟到，人和自然若要长久相处，就必须扼住自己的贪欲。

他们做到了，可天灾还是不可避免。

兽医诊断，说是羊群吸入踢出的尘土，加上虫害，造成肺部发炎，建议将生病的羊圈起来单独喂养，将几种药品交给叶尔肯拜，交代了用法。叶尔肯拜夫妇紧张的表情渐渐松缓。

往年入冬下山，羊呀马呀膘肥体壮。叶尔肯拜卖掉几十只羊，一部分钱留作家用，一部分用来购买草料以备过冬。他和哥哥商量，看这个情况，冬天草料会很紧缺。为了减少损失，不等冬天，就提前宰了一百只羊卖掉，这样一来就可以多储存饲料。

"你看那些羊吃不饱，瘦得很，卖不上价钱。

"冬天更难过，八个月吃饲料，养殖成本太高了，今年挣不上钱了。盼着冬天雪多一点儿，明年多多的草长出来……"

羊肉肥美，但饲养者真实的生活，并不都是风吹草低见牛羊。牧人常说，暴雨的尽头是一片草原。是的，危机终会过去，过去了就是春天！

冬　宰

入冬了，羊群转入二百多公里之外的小温泉冬牧场，库加热巴依回家了。

哈萨克族人在每年入冬前后，会储备冬肉，既犒劳一年辛苦忙碌的家人，也祝愿人畜平安，雪瑞年丰。

立冬这天，库加热巴依要宰一匹膘肥体壮的马，按照哈萨克族冬宰习俗，请邻居和亲朋好友来家里做客吃肉，称其为"索合木巴斯"，意思是"尝冬宰之鲜"。待客剩余的肉制作成熏马肉、熏马肠，供过冬食用。

我们到达的时候，院子里、屋子里已经来了不少客人了。马已经被放血，男人们忙着剥皮、开膛，女人们在旁边打着下手。这就是一个节日，大家一起宰牲畜，之后再一起处理，一起享用。

女人们把新鲜的马肉切块，用盐和胡椒粉调味，而碎肉和肋条则会被灌入马肠当中，为了延长马肉的存放时间，用烟熏微烤的方法将马肉内的水分逼出，用苹果木作柴熏制，马肉会散发出一种特殊的果木香。

大盘的马肉端上了桌，库加热巴依持一把锋利小刀削肉，按照传统礼节依次递给在座的每位客人。大家喝着奶茶，谈笑风生，回味过去的事情，谋划开春后的日子。弹起冬不拉唱起歌，这些属于草原的人们，心中的草原从来没有枯萎，只要来自草原的风吹过，茵茵牧草便会随风起舞。

哈萨克族人认为美好的心声就是一半财富，因此特别珍视诚挚的祷告。在大庭广众面前，如果能得到那些德高望重的长辈的祈祷祝福是莫大的荣幸。在日常生活里，"巴塔"（祝福词）无处不在，无时不说。如从婴儿降生、取名到婚嫁，从宰畜、用饭到外出办事、搬迁异地，从过生日到节庆等，人们都很自然地把致"巴塔"作为重要的礼仪，以此表达对人、对事物的良好祝愿。

今天致"巴塔"的是八十岁的老村主任巴依塔洪，他举起双手放在胸前，祝福牛羊肥，马也壮，老幼安康，年轻人好好干事。

院子里，恩塔跟在几个小哥哥小姐姐后面跑着玩，伊犁河谷的第一场雪从天而降。我双手接着细密的雪粒，突然想起一句诗：雪，是新疆骨骼里的盐。

鸟儿落在树枝上

古丽打电话说："我在沙湾呢，在大梁坡盖房子，你有空来吧。"

新疆沙湾市老沙湾镇大梁坡村，是她出生成长的地方。

低矮的村庄，房舍陈旧，野草和树木连接的院落，牛羊圈歪歪斜斜，蒿草茂盛成一片片无法抵挡的荒野。

她娇小的身子淹没在蒿草里，双手奋力地扒开茂盛的枝条，为我划出一条通道。她执意要带我看看儿时玩耍的河坝，指给我那条童年的脚丫跑向学校的土路，说着久远的往昔。那些穷困苦痛的往事，从她嘴里念叨出来，都是带着甜味的。

顺着古丽手指的方向，时光在这片土地上，飞过了她的半生。那些斑驳的陈旧往事，在一个村庄里没有人当回事，却被她当成了一辈子的大事。命运像尘土的颗粒悬浮飘移，多少人和故事被填埋在黄土里，又在岁月里四处飞散。而她，将这些铭记在心，在江南潮湿的夜里，面向故乡的方向，一个字一个字写下来，一本书一本书留存。

乡间小路，虚土随着脚步扬起又落下，见证着一个村庄的悲喜。村庄里的人，从生到死，都没有从尘土的飞扬与弥漫中逃脱。当年，爹爹驾着驴车，上面坐着她和妹妹，去村庄以外的村庄，一路飞尘。如今呢，庄稼与树木，泥墙和草垛，蒿草与蚁穴，都是真实的存在，盛满久远的怀念。在异乡的二十多年，来自故乡的祝愿一路支撑着她远行的脚步。当她真的回乡了，却不像土生土长的本地人，分明是一个陌生的闯入者。她离开得太久了，身上吸纳了太多外面的东西，与这里的环境不协调了。她委屈地说，走在大街上，家乡的人不认识我，我的皮肤和肠胃已经接纳不了辛辣的食物，连惦念的大盘鸡都不认得我了。

我从她书里的大梁坡走出来，站在了真实的大梁坡的棉花地里。每年弟弟都给她往江南寄用家里庄稼地里采摘的棉花弹成的棉絮。一个远行的人，身上盖着故乡的温暖，覆盖了在他乡的挣扎和疼痛。此刻，白茫茫的棉花田像一层雪，铺满秋天的大梁坡，热浪翻滚的气息从无边的田野涌来，飘浮着人间的温热。谁说棉花不是花？这些命运的火焰，在大地的无言中绽放着秘密的花瓣。

收获就在眼前，一片棉田的命运，就是整个村庄的命运。

岁月里的旧物呈现着一个村庄的面貌，隐匿在柴草中废弃的木梯子和旧轮胎，使乡村背景变得浑厚和悠远。几十年了，村庄在原来的地方好好地保持着原样，时间在这里就像静止了一般。她指给我看，讲给我听。当大时代的车轮滚滚而过的时候，像大梁坡这样的乡村僻壤，仿佛旧时光的一些乡间图景，还拥有着如此缓慢的闲适，是好还是坏呢？人们习惯了在旧时光里慢生活，因循着传统的秩序，几十年前的日子和今天没有太大的变化。一成不变的还有馕坑、木凳、牛羊的食槽和原始的技艺，散落在晨起暮落的民间生活里。

木梯子最终的命运也将和柴草一样，被投入馕坑，但或许主人念旧，一直没舍得拆了当柴烧。我顺着梯子踩上去，坐在由白杨树的干枝堆成的柴火垛上。碧空悠远，清风徐来，我觉得自己像是一只偶然飞过大梁坡的鸟儿落在树枝上。她呢，从南方飞回来，在故乡的怀里筑巢，归巢的鸟儿卧在树枝上，再也不会离开。

多少人用尽一生的力气挣脱一把锄头的命运，她也是其中之一。挣脱之后却是更深情的挂牵。多年以后，在回望和顾盼之间，重新回到悲欢往事中去。那些存留在心间的疼痛，因有了回忆而变得清晰和深切。青春的隐秘，父母的故去，亲人的离散，漫长的漂泊，一铺土炕，一床棉被裹着六个孩子，推开房门就能看见生活摊开的全部内容……任她写了几本书，都还没有写够，也没有写完。

无数次地出发，无数次地停留，无数次地回望，终于了却了一桩心愿——在掩埋着胎衣的地方，盖起一座房子，写了二十年，终于把自己写回了大梁坡。她带着我坐在没有完工的屋子里摆放着的那张简易的床垫上说："昨晚我就睡在这里，和弟弟聊小时候的事，心里可踏实了。以后我就在这栋房子里迎候亲人，招待朋友，我的一部分书已经运到了，还有一些在路上，书房就向村里的孩子们开放。"

房子就建在她父亲坍塌的旧屋的原址上，也是她和弟弟妹妹们出生的地方，人生所有的启蒙从这里开始，在这里成长的岁月，是一生的前奏和核心，也是一生的心痛和骄傲。"你看，以前我家就在村里的最高处，现在还是最高处，也是最后一家，特别好认，从我家可以看到村庄的全貌。"站在门廊的阳光里，她指指点点，俨然一副主人的姿态。我能想到，从此以后，她就坐在大梁坡的晴空与浮尘里，书写人世间的生死和眷恋。

远处，芦苇浩荡，她清亮的眼神，把悲伤擦拭得如苇叶般平静。那个书里穿着补丁衣衫和破烂凉鞋的小女孩，黄发丝和倔脾气、童真和温情、初恋和母爱，所有失去的，她要带着弟弟妹妹们找回来，把过去相依相偎的日子再过一遍。

大梁坡有了汽车，有了网络，有了新学校，可大梁坡还是古朴、美丽的大梁坡，那是在她生命中出现过的清晨时的阳光和暮色里的苍茫。

作家的"庄园"

绵延的乌孙山北麓有座山峰，蒙古语称"乌兰哈达"，意思是"红石峰"。"郎喀"是一个小村庄，蒙古语的意思是"从地里冒出来的尖石"。

盖 房 子

走过大半生，终究是故乡的馕最好吃。久居上海的作家回到伊犁，他要盖一栋没有防盗门没有围墙的房子，在秋阳里抬头望雪山，弯腰捡果子，坐在院子里翻一本本旧书。

距离城市四十公里开外，乌孙山山脚下一个叫"郎喀"的牧业村，即将成为他的"庄园"所在地。从初春到深秋，他都在忙碌一件事情——盖房子。

那里是山地草场，大自然的原生状态。一句话，就是他寻觅已久的、躺在草坡上跟星星聊天的地方，让人内心有种回归自然的宁静。山谷里生长着椒蒿、野薄荷、百里香、野贝母，还有古代遗留的古墓堆……

动工那天，作家邀请几个朋友上山野餐。选好了开挖地址，放完线，我们几个蹲在地上吃西瓜。"这里早年是一户牧主家的冬窝子，是块好地方……"邻居老人赶着羊走过来，边比画边讲。冬窝子是隆冬季节牲畜避寒的地方。

作家得意地炫耀："明年，乌兰哈达的山野上，将出现一道别样的风景——我自己设计的房子！"他拿出手机，指给我们看绘制的草图。他年少时学过绘画，基础还不错，草图上门窗线条流畅清晰，廊檐和柱子有模有样——复古典雅。

他买了一辆皮卡车，穿梭于东梁街的木材市场，作家变成了设计师、车夫、预算师、采购员，在加尕斯台村吆喝了一群巴郎（维吾尔语，小伙子的意思），清风徐徐下开工了。

挖地基掘出一件锈迹斑斑的铁器，估计是生产队时期锄草用的锄子，属于新时代"文物"，得收着它，忆苦思甜用。不知哪儿跑来两头小牛犊，赶都赶不走，跟在干活儿的人后面凑热闹。邻居老人出主意，把小牛犊拴起来，主人就会拿一壶牛奶来换走它。这是村里的规矩，惩罚那些不好好看管牲畜的懒蛋。

——看那廊檐柱子，是木材市场淘的别人拆下来的。这两盘石磨是我锡伯族好兄弟从阔洪齐那边的一个山村找到送来的，另外两个也是朋友四处找寻来的。

你小时候看过一部名叫《热娜的婚事》的电影吗？

——看过，是在我们伊犁拍的，电影里有一幢民居，很漂亮。

——对！几十年之后，那幢民居拆迁了，拆下来的门窗流入了旧货市场……喏，一对窗户已经安在墙上了。听说还有门，我寻遍整个市场，没有找到，不知道被什么人买走了。唉，如果说留下点儿遗憾嘛，就是没有找到那扇门。你看我的房子，和图纸上一样的吧。

晴空下，四根古旧的廊檐立柱下面支着四个古旧的磨盘石，古朴典雅。

工 头

前一年夏天在加尕斯台村，我去玉米提家做过客，印象深刻。他的长相白净，卷发，戴着黑边眼镜，穿着格纹衬衫，言语不多，斯文腼腆，一点儿也不像乡村农民，倒像是回家过暑假的大学生。他经营着家庭面粉厂，以前跟人盖过房子，干过装修的活儿。就这样，他在当地有限的人选里胜出，成为建造作家"庄园"的工头。

相隔一年，我站在山墙的阴凉里，玉米提蹲在房顶上，我用力抢上去一个西红柿，他接住了，不好意思地笑笑，塞进嘴里。他完全不是斯文腼腆的模样了，头发凌乱，皮肤粗糙，整个人灰扑扑的。

——哎，你把玉米提变成啥样子了？

——你不要担心，冬天还会白回去的。

入秋了，房子盖好了，内墙等开春了再抹灰。郎咯的人都闲了下来，地里没什么活儿可干了，就剩下休耕地里堆放着的玉米秸秆要拉回家。

辛苦了半年的玉米提，穿着他最光鲜的衣裳，跟着"庄园主"去大上海开眼界去了。

苹　果　园

在伊犁，人们对苹果树有深厚的情感，它是富足和甜美的代名词，是安逸与勤劳的代名词，拥有一片果园的人是无比幸福的。

如果这片苹果园是在山脚下，享受着雪水的滋润和充沛的阳光，那简直就是无与伦比的美好。有苹果园的地方该有完全不同的气氛，似乎属于另一种生活，比如聚会、婚宴、麦西来普。

拥有这样的苹果园，在加尕斯台不是什么稀罕事，这里的村民一辈子都在果园和麦田里劳作，肤色黝黑，脸上闪着光亮。

郎喀村和加尕斯台村联系紧密，郎喀村的人在加尕斯台村买蔬菜、买日用品、磨面粉，加尕斯台村的人在郎喀村买肉、买牛奶、贩卖牛羊。

加尕斯台村的苹果园安安静静地待在村庄里，果园的主人安下一个家——两间小屋子，有凉棚，有看护园子的狗和闲逛的鸡，鸟雀就更多了，浪漫的果园飘荡着人间烟火。夏天和秋天都是好季节，凉爽的果园还飘着一股香甜气息，杨树枝子围成的栅栏，上面开满密密的蔷薇或者凌霄花。

风儿带着苹果香气，飘到了郎喀村的上空。于是，在郎喀村盖房子的作家做起了另一个梦，盖栋房子还不够，房子周围那片果园，他想要变成自家的。如果一个作家当果园之主，那可不是闻着花香码字般的浪漫，那是要从事辛苦的农活儿，要具备技术含量很高的园艺才能够胜任。只看到茂盛的树上结满苹果而忽略了其中的辛苦，那可是太天真了。

——你要拿下这么大一片果园，谁干活儿呢？你以为丰收的苹果由包着头巾的妇人摘下，运到水果批发市场，就能换来厚厚的钞票，那也太过奢望了。

——这样的好果子在上海不愁卖。再说，这些活儿我也会干，我爷爷就是种果树的一把好手。

侍弄这样一片苹果园，仅依靠传统的手工会更加辛苦。这辛苦本身既是古典的，又是愉快的，正像劳动是幸福的组成部分一样。

作家没事就跑到加尕斯台的果园里，交朋友，参加聚会，带上家伙什儿和主人一起酿苹果酒。当然，他也联系了上海的朋友，打包外销，一箱箱精挑细选的苹果，通过快递送到了上海人的嘴巴里。

这都是去年的事。今年清明，作家回到郎喀，继续他的"庄园"建设，第一件要务，就是去村委会签下果园承包合同。

房子周围，一百亩果园，花苞待放。

只有苹果园而没有记述者，这对于果园来说是极大的缺失。许多事情需要写下来：山谷里的动植物、一些往事回忆、邻居们的趣事……很多很多。

想想，除了夜晚、雨天还有冬雪，只要是不适宜在苹果园里劳作的时刻，种植者都在屋子里写作，多么静谧而美好。

田野里的树

每个人脑海中都有关于树木的记忆，或一片，或一棵，那是一种印记，也是一份情感。

一些树留在了原地，而人移动到很远。有时候正好相反，人留在了原地，而树消失不见了。

人和树的故事，是聚散的故事。当一个人离开故土很久之后，归来时树待在原地，无异于母亲的等待，千言万语凝成一句滚烫的话："回来了！"你抚摸它，亲近它。它呢？像过去的日子一样沉默而含蓄。

郎喀村和伊犁其他任何一片土地一样，田野里的白杨高大粗壮，每一棵都英姿威猛，叶片精神。它们并不妨碍彼此的生长，恰到好处地疏离，自成一道风景。秋天的苍凉里，会感受到一种异样的肃穆，几场大风刮过，严寒就凝结在白杨树梢了。冬春夏秋，它们都有自己的孤傲表情和直立模样，它们是边疆标志性的树，作为一种精神象征，频繁地被文学家们赞美着。

一片杏林也站在山洼里，它们不像白杨那样孤傲，而像是一群矮壮的邻家妇女，身子略带弯曲，看上去就像互相探身聊天一般。风大起来，枝叶忽闪，树身摇晃，依然要大声费力地说话。

——你在房子周围种几棵橡树吧。

——干吗种橡树？一百亩苹果树还不够？

——多年以后，橡树长成参天大树，朋友们来了，假装是在托尔斯泰的故居参观。

在我心里，没有什么树比橡树更严肃的了，黑粗的皮肤，眼神坚定沉静，树木像人一样，是带有自己的眼神的。比如，苹果树的眼神是温情的，白杨的眼神是慈善的，杏树的眼神是活泼的。橡树呢？板着一副哲学家一般的面孔，神色严厉。

尽管，橡树严肃得不好靠近，但是橡实却奇异而敦厚，光滑漂亮，还有秋天的叶子，像一只小巴掌，掌纹均匀，落在地上就是一幅油画。

郎喀是清寂的，从前都是没有人烟的。树木见证了这里发生的一切，它们无法像人一样移动，只要生在了那里，就要待在那里一辈子，将所有的故事都记在心里，直到生命结束。

看来我这一生是没有这样的幸运了，拥有和管理一大片树林，自由自在地种植自己喜欢的树，雨后去林子里采蘑菇。偶尔有些小厌烦，比如不小心被马蜂蜇了，或被毛毛虫吓着了。

小动物们

山路上，有一只土黄色的小狗在遥望。这是一座矮山，小家伙专注地望着一个方向。

——它在望啥？

——或许它的主人是从那个方向消失的，或许在等主人家的孩子放学。

它歪着头一动不动，以至于我叫了它好几声才转脸看了我一眼，又定定地望着原来的方向，竟丝毫不顾从它身旁走过的行人。

今天黄昏，"庄园主"在微信里给我讲了最近发生的事：

"我到郎喀村，去看房子抹灰，发现有只野鸽子跟在我后面，立在门房前面的一根木头上看着我。我有点儿好奇，就走向它，它一慌从木头上掉到地上。它扑扑棱棱地挣扎着想飞却飞不起来，我在墙角抓住它，发现是翅膀断了，还渗着血，我不能把它丢在外头，怕野猫啥的把它吃了。我把它关进大屋里，放了一些吃的和水。鸽子自愈能力很强，它会很快好起来的。

"眼下冬麦长成绿油油的一片，房子才盖好，人还没搬进去住呢，野鸽子捷足先登了。一只在屋顶放哨，一只已经找到做巢的地方了，发出'咕咕'的叫声。

"一处废弃的水池边有一窝流浪狗，五只小奶狗在草丛里玩耍，见我靠近，胆小地一溜烟躲进洞里，剩一只花脑袋守在洞口，还'汪汪汪'地冲我叫唤。

"昨天，我一进门，迎接我的是一只可爱的小鹰。门窗紧闭，它从哪儿进来的呀？我四处张望，卫生间的天窗敞着，原来是天外来客！我抓它，它也不挣扎，拿到外头放生，居然赖上我不走了，就立在我手上，眼睛直勾勾地盯着我看，一点儿也不害怕，还悠哉游哉地梳理起羽毛来。

"邻居老人说这是一只小猎隼。老人提醒不能喂食。

"鹰是属于蓝天的，是自由的，不能养它，更不能喂它，你如果给它吃的，就是害它，尝到甜头以后它就飞不高了，落到心存不善者手里可就遭殃了。"

郎喀村是牧业村，除了这些小动物，最多的动物是马牛羊。

马的概念在猎人和牧人那儿是完全不同的。对于一个猎人，马是他的合作伙伴，以人之智慧马之灵性，构成人马合一的完美组合，去对付凶猛危险的野兽；而对于一个牧人，马更多的是一种工具，或以代步或以代车，凭借的是它们的任劳任怨、服从出力。

山野里放养的马，野性十足，有陌生人靠近，大老远就有反应，警觉性很高。往远处看，从山上下来一群马，领头的是一匹棕红色的高头大马，它离开马群独自跑到前面察看，发现没有危险，回过头来"哎儿哎儿"嘶鸣几声，发出信号。显然，它就是马群首领——种公马，也是这片草原的王！

乡村爱情故事

跟着作家去过几次以后，我在加尕斯台村和郎喀村也有了熟面孔。这不，我正要拐进加尕斯台村的一家果园，就碰到玉米提的母亲，于是我俩停住脚步站着说话。话还没说完，巷道里有个老人招着手喊，请我们去家里吃抓饭。

玉米提的母亲说老人家在办婚事。

乡村就是这么淳朴，不管认不认识，都要招呼到家里喝茶。

我婉拒了老人的邀请，玉米提的母亲打开了话匣子，就像麻雀一样停不下来。这个年过半百的妇人丰腴和善，面容淳朴，她的热情不容你走开。于是，一个乡村爱情故事便传到我的耳朵里。

"因为一次干活儿不小心，阿里木一条腿坏掉了，成了残疾人，那时候才二十岁吧。唉，阿里木实在太可怜了。"

她边比画边讲述，我听懂了，因为受伤了，阿里木原先谈的对象和他吹了。巴郎长得俊美，虽然伤残，人却没有颓废，心气也高，在择偶方面也挑剔。喜欢阿里木的姑娘不少，先后也谈了几个，她们与他交往和恋爱，却不谈婚论嫁。男方家一去提亲，人家的父母就不同意，都是失望而归。

"想想阿里木和我的玉米提一样大，是个善良勤快的好娃娃，拖着一条残腿在人世间寻找爱情的样子，让我心疼呢。"

阿里木在城里的工厂工作过，他懂电，拖拉机、压面机、碾米机，对一切有齿轮的东西都感兴趣，慢慢就成了加尕斯台有名的修理师傅。村里哪个孩子的电动玩具坏了，必定要找他，他会将一些小小的齿轮摊在桌上，非常享受地忙上半天。

一年春天，邻村一位女教师的手表坏了，打听着找到了他。没有修表的工具是不可能下手修理的，阿里木不管这些，他接下了这个慢工细活儿，然后闷在家里琢磨怎么解决无专业工具又能把手表修好的难题。

"哎哟，阿里木咋样打开了那块手表，蚂蚁一样小的零件摊了一炕桌，他妈妈看了一眼头就晕了。"

玉米提的母亲笑眯眯地看着我，伸出一根胖胖的手指捣了一下我的胳膊，提醒我注意听她说重点。

"阿里木太聪明了，他用螺丝刀、夹子、钢针，还有一个长把子放大镜。他妈妈说呢，从镜子后边看他的眼睛，真是大得吓人，就像牛的眼睛一样。"

几天之后，手表修好了，阿里木将手表细心地包在妹妹的手帕里，去找那位女教师了。

谁都难以想象后面发生的事情——邻居们不止一次看到在黄昏的光影里，阿里木一拐一拐地陪女教师在果园里聊天，他们竟然谈上恋爱了！

"我们都太高兴了，女教师像玫瑰花一样漂亮，工作那么好，聘礼也没花多少钱。哎呀，这个事情就像电视里演的一样。加尕斯台最可怜的孩子成了太阳底下最幸福的人了。今天嘛，阿里木的爸爸太高兴了，站在大门口，不管谁走过，他都叫人家进去吃抓饭，哎呀，太高兴了！

"阿里木手腕上戴着的手表，就是女教师的那块。哎哟，这块手表坏得太好了，不坏的话咋样成定情的信物嘛，真是太高兴了！"

女教师嫁到阿里木家的日子，整个加尕斯台都像过节一样。吃完宴席的人三三两两回家，玉米提的母亲还在说个不停。

"玉米提的媳妇眼红了，非要玉米提也给她送一块手表。你说，他们吃饭睡觉都拿着手机，还戴手表干啥呢？哎哟，我年轻的时候，也戴手表呢，那个时候嘛，我瘦瘦的，辫子长长的，追求我的人嘛，也多呢！"

天山寻芳迹

　　杏花春雨不止在江南，野生杏林，穿行天山，人间最美四月天，绿草粉杏与蓝天白云，绘就一幅天山之春的绝美画卷。

　　伊犁河谷是亚欧大陆干旱地带的一块"湿岛"，土地肥沃，草原辽阔，素有"中亚绿洲""塞外江南"的美誉。这里既有雄美的雪峰、冰川，也有俊秀的河川；既有恬静悠然的牧场，又有广袤无际的农耕大地。这片美丽富饶的土地，是新疆最不能错过的存在，错过了伊犁河谷，就等于错过了半个新疆。

　　野杏树是新疆的独有品种，绝大部分分布在伊犁河谷两侧山麓。具体说是从霍城县的大西沟、小西沟开始，沿博罗科努山，经果子沟、伊宁县、尼勒克县、新源县，再到中天山、西天山的巩留县、特克斯县，因山地河谷的冬季逆温气候而遗存下来，整个半山腰均被野杏树覆盖。夏季日照充足、热量丰富，降水充沛，冬季处于逆温层，十分有利于野杏树成林生长。

　　伊犁哈萨克自治州境内，有两处有名的杏花沟，一个在霍城县大西沟，一个在新源县吐尔根乡，分别位于伊犁河谷的一西一东。

坐标一：伊犁哈萨克自治州·霍城县·大西沟乡杏花沟

著名作家碧野在《天山景物记》中写道："春天繁花开遍峡谷，秋天果实压满山腰，每当花红果熟，正是鸟雀百兽的乐园。"碧野笔下的地方就是位于霍城县北部的大西沟。因那里曾经是盛极一时的道教、佛教、喇嘛教圣地，也是当时最为繁华的区域之一，近年来被打造成了景区，名为"中华福寿山"。

大西沟正如它的名字一样，呈现出来的就是一条长长的漏斗形的山沟，面积一百五十二平方千米，分布着四十多万株野果林，以野苹果、野酸梅、杏、山楂为多。野酸梅学名樱桃李，是亚洲独有的、唯一分布在大西沟乡境内海拔九百至一千六百米典型逆温带山区的罕见物种。大西沟乡是樱桃李的原产地，被誉为"中国野生樱桃李之乡"。

大西沟最大的优点是从四月初到五月初有一个月的赏花期。四月初野杏花率先开放，其次是野刺梅、野酸梅。五月初野苹果花压轴出场。随便哪一天去都可以看到漫山遍野的花树，每过一周都是新一轮野生果花的海洋，每过一周都会是另一幅春意盎然的震撼画卷。

大西沟的野杏树有二十多万株，层次起伏，山坡线条优美，缓坡陡崖搭配恰当，更为难得的是远处的雪山盖顶，拍出的大片相当震撼。也许"中国野生樱桃李之乡"的盛名压过了野杏树的风头，这里不如吐尔根乡的杏花沟名气大。但是，伊犁是一片热情好客的土地，大西沟的杏花要比吐尔根乡杏花沟的晚开五至十天，假若赶上倒春寒，奔向吐尔根乡的人没有观赏到杏花，可以掉头再行三百公里，大西沟的杏花静等有缘人一期一会。

坐标二：伊犁哈萨克自治州·新源县·吐尔根乡杏花沟

新源县广为人知的当数那拉提草原，"那拉提"蒙古语意为"有太阳的地方"，哈萨克语意为"白阳坡"，是发育在第三纪古洪积层上的中山地草原。那拉提草原是世界四大草原之一，属于亚高山草甸植物区，自古以来就是著名的牧场。

近几年，随着网络宣传和智能手机的普及，尤其是户外大军的热捧，临近那拉提草原的吐尔根从一个名不见经传的小山坡，变成了一处欣赏野杏花的胜地。

在辽阔的原野上，一条大路通向无尽的远方，前方峰顶上终年不化的冰雪以及缭绕的云朵，牵引着游人的目光。吐尔根乡杏花沟如同秘境一般，唯美、清新又富有神秘感，在山路尽头豁然出现。

这是一片中世纪遗留下来的、世界上最大的原始野杏林，海拔两千米，占地三万多亩。因为是自然衍生的奇迹，这片花海从上到下呈垂直分布，是新疆野杏林最集中的地区之一。

野杏花在冰峰雪岭的映衬下，粉得娇艳，白得纯净，颇有超凡脱俗之美。站在山坡上，放眼望去，青绿色的山谷与杏花的绚烂相互映衬，令人赏心悦目。下到沟底观赏杏花，间或可见花丛掩映的牧舍、悠闲的牛羊，仿佛走进传说中的桃花源。飞泻的流云、苍蓝的天穹、盘旋的兀鹰、曼妙的山脊、葱绿的草场、烂漫的杏林、逶迤的马道、午夜的星空以及溢满空气的草香，构成一幅塞外江南的春光图。

有雪山映衬，有民俗风情，杏花则是漫山遍野地开，野杏林显得更加野性、无拘奔放。男人到这里，激情豪气一点就着，有一种策马扬鞭的冲动。女人静静地坐在树下，微风吹过便有落英缤纷，瞬间产生穿越感，身处其中，难以言说的情愫涌动在心中。

吐尔根山谷只有野杏树一个品种，花期仅有十几天，灿烂如霞的美景动人心魄，花谢时像流星划过夜空般转瞬即逝。多变的山地气候让人难以捉摸，多少人乘兴而来，失望而归，却丝毫不影响每年大批的游人在清明前后蜂拥而至。

杏花并不罕见，罕见的是花海。有人说符合花海的定义需要两个条件：首先面积要足够大，大得让人瞠目结舌，忘记一切计量单位；其次是要色彩纯净，杏花沟里全部都是野杏树，没有别的杂树混入其中。行走在野杏林中，一会儿跌入谷底，一会儿又被抛上浪尖，随着山峦起伏，杏花就在山坡上、沟底下怒放。

遗世而独立，这或许就是吐尔根乡杏花沟的魅力所在吧。

坐标三：伊犁哈萨克自治州·伊宁县·弓月城

伊宁县位于伊犁河谷中部，盛产苹果、大白杏、葡萄等，尤以大白杏闻名遐迩。据不完全统计，县域现有四万多亩杏树，素有"伊犁杏乡"之美誉。

"一段好春藏不住，粉墙斜露杏花梢。"在杏园游走的人，满怀着闲情逸致，赏花、摄影、聚餐，或者什么目的也没有。这种以集体主义形式表现出的浪漫和情趣，让人突然意识到：在被物质生活紧紧包裹的肉体里，居然还保留着一颗诗意未泯的心。

祥和杏园占地面积二百多亩，园内杏树品种繁多，有近十个种类一千多棵，许多树龄已超五十年，最长的已超过一百年。除了杏树，园内桑树、野山楂树、榆树、核桃树等交错丛生，古木参天。

具有千余年历史的弓月古城遗址坐落于此，更是令此处增添些许怀古惜今的风韵。

弓月城遗址分大、小二城，东西宽一点八公里，南北长四点五公里，总面积约八平方公里。当地人称之为"阿勒吞勒克"，即"金城"之意。弓月城遗址于一九五七年被列为自治区级文物保护单位。

据史料记载，弓月城崛起于北齐，毁于宋元，是伊犁河谷最早的军事重镇，四周环境优美，地势险要，一直是兵家必争之地。在唐代，弓月城为西突厥首领阿史那贺鲁的一个牙庭，显庆二年（六五七年）六月，因程知节讨伐阿史那贺鲁贻误战机，追贼不及无功而返，唐高宗再次决定以苏定方为"伊丽道行军大总官"分兵南、北两路西征阿史那贺鲁，六十五岁高龄统帅唐军的苏定方不负使命西征讨伐，打败阿史那贺鲁，平定了西突厥叛乱。

隋唐时期的弓月城还是丝绸之路北线上的一个繁华商埠。一九五九年新疆文物考古发掘吐鲁番阿斯塔那古墓群所获的汉文书中，就有一份《西州高昌县上安西都护府牒》残片提到了弓月城。该文书记述的是：一个"身为胡，不解汉语"的曹禄山向当时唐朝设在西州（今吐鲁番一带）的长史控告"京师奴"李绍谨，称李绍谨在弓月城向其兄借了二百七十五匹"练"远走龟兹（今库车），一直未还，证人曹毕婆也已离弓月城向西而去。与此相呼应的还有：一九八七年春，曾挖得一个陶罐和一尊镀金铜佛像。陶罐内藏着铸有阿拉伯铭文的银币一百七十四枚，铜佛高十七厘米，足踏莲花，面容安详，形象栩栩如生。一九九一年七月，当地百姓又在此挖出古陶瓮一口，高约八十厘米，口径三十五厘米。这些都折射出昔日弓月城社会、经济、文化的繁荣。

历史上的弓月城是丝绸之路北线上的军事要塞和古代中亚贸易的重要集散地，是丝绸之路上的重镇，对促进中西方文化交流起到重要的作用，为研究唐代西域历史及重塑这座伊犁独有并颇具旅游价值的唐代古城风采，提供了更多的宝贵历史资源。

每一个春天，天南海北的游人，沿着天山八百公里风景长廊迤逦而行，赴一场天山杏花的粉色约会。一片又一片在山谷间恣意绽放的奇幻秘境，值得来一趟千里迢迢走天山。

自由迁徙之花

　　初夏时节，西天山最美的景色便是脚下广袤的伊犁河谷，大面积野生的天山红花像火苗一样点燃草原，耀眼得如同落在地面上的霞光。火焰由西向东延伸——霍城县的大西沟、三宫乡，中部伊宁县的托乎拉苏，东至尼勒克县的木斯乡、新源县的则克台镇……

　　据说尼勒克县木斯乡的红花景色最为壮观，我到达的时候，太阳刚刚跃出山谷，一切都是静止的：晨光、山峦、空气、青草、红花，吞吐着新鲜的气息。晨风清凉，在朝阳的沐浴下端详一朵花的姿容，轻盈的花冠像彩绘的玻璃，红绸薄得透亮，花瓣在露水的重压之下表现出一种特别的优雅，甚至可以将这种孤芳自赏视为高贵。

　　天山红花学名为"黑环罂粟"，是一种新疆天山特有的野罂粟，因红色花朵基部有一黑红色不封口的环而得名，在我国仅分布在伊犁河谷。它不是毒品罂粟，而是生长在天山缓坡草甸中的野生植物，当地哈萨克族人称它为"柯孜嘎勒达克"，即"不断迁徙的自由之花"。

　　《中国新疆野生植物》里这样介绍：一年生草本，早春短命植物……科普书籍，封面像科学家的面孔那样严肃，内容深奥，用词向来中规中矩，很少使用带有感情色彩的词语。用"短命"这个词来描述一种植物，总觉得编书的人怀着一颗同情之心。事实也是如此，野罂粟的寿命为三至五年，不耐移栽，能自播，花期可达十五天左右。寿命短，花期更短。西方将这种野生植物，从古时候起就视为生与死的象征，血红的花瓣彰显着大地的生命力。在阿尔卑斯高山，它生命力顽强，却又生性奇特，一摘下来就立即枯萎，就像昙花一现。天山红花遍地野生，一边死亡一边萌生，年年更生又年年依旧，这难道不是另一种意义上的长寿？

　　从表面上看，伊犁河谷两岸如同孪生，漫长的山脊绵延到大地尽头，山尖终年白雪覆盖，半山松林，河流不息，草原千年。景色如此类似，只因人的情感差别而有了微妙的不同。

　　赛里木湖四周，黄色金莲花铺满所有山坡。夏特峡谷深处，白色雏菊仰着天真的笑脸，有位诗人曾将它喻为陶渊明家的小女儿。天山怀抱里的所有野生植物，包括天山红花，都有种怀旧感，它们总在一年中的固定时间出现，从不缺席。人也遵循着古老的生活方式，逐水草而居的游牧民族，季节性转场迁徙，沿袭千年。草木与人，心意契合，这也是一种心安的表现，告诉你时光流逝而日子继续。一片可爱的土地，长着麦子也开着野花，多少个世纪的美好生活造就了它温柔和仁慈的秉性，牛羊、庄稼和雪水，养育了一代代天山儿女。而这，就是离开家乡的人，走进人山人海与水泥丛林会感到不习惯的原因。

　　生活的芬芳与荒野的冷寂混合，散发出西域辽远而自由的气息。河水轰响，枯木布满青苔，波拉特家毡房的炊烟在清凉的空气中轻淡缥缈。牛群甩着尾巴，在河边吃草，一大群灰鸟围绕着牛群，奶牛笨重，灰鸟轻盈。波拉特无限温柔地看着一头小牛犊，拿着长长的牧草，很耐心地，一段一段地喂着。小牛犊一边咀嚼，一边用婴儿般纯洁的大眼睛看着他。

在乡村与城市，路边、屋顶、草坪、花园……有泥土的地方总会突兀地冒出几株绽放的天山红花，娇美空灵，无所畏惧。不知道是风还是鸟儿把种子落在那里，它孤单的、瘦弱的身影在提醒你，一朵自由迁徙之花，总可以找到办法，去它想去的地方，实现自由的梦想。

天山胸膛的印章

飞机的高度在下降，天山山脉横亘的山体变得越来越清晰。

——你看，天山的冰川融水浇灌着绿洲，天山以北被称作"天山北坡经济带"，乌鲁木齐是中心。

——你们新疆太远了。

——不是新疆远，是甘肃太长了。

北京至乌鲁木齐，飞行时间约四个小时。

前些年我在商务部门工作，经常出差，也接待其他省区的客商。乌鲁木齐是中转地，我像个导游一样，给投资商介绍我那时还并不熟悉的新疆首府。

——还叫"亚心之都"？

——是的，亚洲大陆地理中心位于乌鲁木齐市市郊的永丰乡包家槽子村。

——优美的牧场！这里确实有牧场吧？

——有的，南山牧场！天池也有牧场。不过，真正的牧场在我们伊犁，下一站，还有七百多公里。

——天啊，新疆太大太远了！

广袤的新疆大地，一直因遥远而成为华夏大地上神秘又独特的区域。外界对于新疆的认识，除了沙漠、驼铃与胡杨、绿洲外，印象最深的便是作为首府城市存在的乌鲁木齐。毋庸置疑，它是认识新疆的窗口。新疆的"疆"字，天山是最中间的一横，乌鲁木齐位于这一横的枢纽位置，冰川融水浸润出高山牧场，镌刻在天山的胸膛之上。

我们的车进入乌鲁木齐市市区，夏季正午的阳光猛烈，现在的乌鲁木齐俨然是一个发展势头强劲且充满活力的现代化城市。

历史上，用深刻的文化考察眼光对乌鲁木齐及周围地区进行审视的，首推纪昀。这位翰林院侍读学士被流放到乌鲁木齐后，写下了一百六十首的系列组诗——《乌鲁木齐杂诗》，从风土、典制、民俗、物产等六个方面对乌鲁木齐做了全面细致的考察式描写。

乌鲁木齐，旧称"迪化"，建城二百多年来，虽已成为西北边陲重镇、新疆首府，并初具城市规模，但由于地处边陲，交通闭塞，又历经战乱，到新疆和平解放时，城市仍是一片破败景象。

在王震将军带领下，解放新疆的先遣部队气势如虹，从酒泉挺进。乌鲁木齐市南门大银行门前的台阶，是当年会师的检阅台，见证了决定新疆前途命运的历史时刻。

汇集新疆人文历史的自治区博物馆，百年沧桑展新颜的人民公园，中俄合璧风格的八路军驻新疆办事处，是浓缩的教科书，是活态的文物，是展现乌鲁木齐历史的一幅卷轴。

改革开放四十多年来，乌鲁木齐成为丝绸之路的中心城市、重要的国际航线中转站；在提出"一带一路"倡议的今天，乌鲁木齐更是中国连接中亚、南亚地区，乃至欧洲的陆路交通枢纽，正在引领新疆各族人民走向更加繁荣的未来。

红山公园是这座城市的象征。二十世纪九十年代初期，我在乌鲁木齐上大学时，曾登到山顶，将城市中心的景致尽收眼底。

从红山公园拐弯，就是当年市区最繁华的大道之一——友好路，途经后来随着刀郎的歌曲《2002年的第一场雪》而声名远扬的八楼。歌词"停靠在八楼的2路汽车"中的"八楼"是个站名。原来的昆仑宾馆是二十世纪五十年代乌鲁木齐市最高的楼，因为它有八层，所以这附近地名就叫"八楼"。作为昆仑宾馆的八楼，曾经是新疆的政治会议中心，长久以来承载着非同寻常的使命。

乌鲁木齐市有个别名叫"红庙子"。据《话说乌鲁木齐》记载，位于九家湾平顶山上的是最早的红庙子。第二个红庙子传说就是红山。乾隆四十四年（一七七九年），红山上修建了一座玉皇庙，时常举办热闹的庙会。红庙子早已是历史烟云，至今仍以各种传说、故事流传于民间。过去，伊犁人称呼来自乌鲁木齐的客人为"省客子""红庙子"，即"省上来的客人、红庙子来的客人"之意。

在二十世纪九十年代的过境公路上远眺平顶山，还可以看见山上红庙子朱红墙壁上那"道法自然"四个大字。不知道现在还在不在？

那时候伊犁还未通火车，最大的南北疆中转站是碾子沟长途汽车站。坐班车从伊犁到乌鲁木齐要用两天时间。今天，七百多公里的距离，乘飞机五十分钟、火车九个小时、动车六个小时。过境公路一侧便是乌鲁木齐经济技术开发区的高铁片区，高铁站就在平顶山下西南方向两三公里的地方。毗邻高铁站一侧的万达广场带火了整个区域的商业。在这座有着红庙子道观的山下，崛起了城市发展的新地标。

二〇一六年，乌鲁木齐市举办西部散文年会，在达坂城采风。我站在开满粉色荞麦花的田地里，仰望慈父般的博格达峰，心中油然升起一种深深的感动。

我从多个角度观察过这座"神山"，在阜康，在乌鲁木齐。角度不同，博格达的身姿有时清晰，有时模糊，在阳光下闪烁着白银般的光泽。有个秋天，我站在红山远眺楼上，夕阳西下，晚霞涂抹在并立的三峰上，点燃它不朽的雄姿。俯瞰乌鲁木齐，环山而居的独特城市格局，把自己藏在结实的臂弯里，养成了知足常乐、不争不抢的城市性格，闷声发展，往前赶而"不足为外人道也"。

几年前的冬天，我去乌鲁木齐，到达时天刚刚放亮，外环路上行驶着一辆破旧的货车，还是那种没有车厢的，就是一辆平板拖斗。这辆看起来快要散架的车，驾驶室的靠背上写着两行很牛的大字：忘了他吧，我拉货养你。好勇敢的爱情宣言！字体已经陈旧，红色油漆也有点儿褪色，在清冷的路上，年轻的激情是那样跳跃。我总是回想起那一幕，忍不住好奇，司机小哥的故事是怎样的呢？姑娘嫁给他了吗？

乌鲁木齐留下的往事点点滴滴，都是青春的印记：周末去明园一带的旧书摊淘旧书，去小西门批发市场买衣服，在校门外的马路边上唱卡拉OK，去人民广场、大小十字附近的舞厅跳舞……一位同学还曾经在雪花飞扬的路灯下认真地问过我："你说，我们毕业走出幸福路之后，会幸福吗？"如今，他在石油之城很幸福，我在伊犁河畔也很幸福，分布于天山脚下东西南北的同学们都很幸福，我们每个人，都是扎根在新疆大地上的白杨！

人与土地是有缘分的。一片土地，始终在等待一个人前往，而一个人，一旦在一片土地上踏足，此间情景，便永生难忘。

乌鲁木齐——这是一座无比包容的城市。南腔北调的语言，五湖四海的餐食，大巴扎里手工制品流光溢彩……多元文化的交融，让乌鲁木齐充满吸引力。不同籍贯、不同民族的人，像石榴籽儿一样，亲密地抱在一起。这一切的一切，汇聚起大美新疆的魅力，所有时代进步的滋味，它的人民都在品尝。

新疆各民族融合，是中国几千年来各民族融合的历史缩影。直到今天，它依然在敞开怀抱接纳来自天南海北的人们，从乌鲁木齐进入，分散在绿洲河畔与沙漠腹地。

当然，乌鲁木齐的变化越大，越会带给我一种陌生感和疏离感。那是我理想闪烁过的城市，那是我留下欢笑与眼泪的城市，那是我想起来就忍不住说"你好，乌鲁木齐"的城市。

它是那么与众不同，再多的调侃和笑话，再多的美好与抱怨，华丽或朴素，都不会影响它在我心中无可取代的地位。

一座有风骨的城市，一座有底蕴的城市，不仅能够走过风雨飘摇的岁月，更能在历史长河里历久弥新，踏实而坚定地走向未来。

无论是哪里的人，生活在这片疆域，都会爱上新疆，在它怀抱里成长。

无论走在哪里，都是走在天山的脚下。

无互爱，不新疆！

达坂城的坚硬与柔情

清晨，在开往达坂城的大巴车上，担任临时导游的是当地的哈萨克族社区干部，也是我们见到的第一位达坂城姑娘，正如歌词中所描写的那般美丽。她一番自我介绍之后，抛给大家第一个问题：有谁知道达坂城的特产是什么？

我以前都是坐火车路过达坂城，铁路沿线一排排巨大的风车是一道风景线，老辈人称它为"老风口达坂城"。如果把新疆比作一棵枝叶繁茂的树，那么达坂城也就相当于一片树叶的大小，有多少外地人知晓它的长相和性格，又有多少人了解它的沧桑和内涵呢？游客的回答当然各种各样：西瓜、姑娘、马车……在人们的惯性认知里，达坂城这个地方，是以风、石头和姑娘闻名的。

达坂城古时被称为"白水镇"，古丝绸之路从这里经过，亦是屯兵驻守的要塞。唐朝诗人岑参在这里写下"君不见走马川行雪海边，平沙莽莽黄入天。轮台九月风夜吼，一川碎石大如斗，随风满地石乱走"的诗句，渲染朔风夜吼、飞沙走石的自然环境和来势逼人的匈奴骑兵。即便有大诗人留下的名句，白水镇依然在古丝绸之路上默默无闻。

达坂城的名气是一首歌造就的。半个多世纪以前，因为王洛宾记谱译配的那首《达坂城的姑娘》（又名《马车夫之歌》）名扬海内外。这首歌传唱开后，人们都知道了新疆有个地方叫达坂城，达坂城里有长辫子的漂亮姑娘。事实证明，艺术有一种特殊而有力的传播能力，有效程度远远超越了贸易与战争。

南腔北调的抢答声中，哈萨克族姑娘响亮的声音飘入我的耳朵——大家都答错了，达坂城的特产不是姑娘，而是大豆，是"达坂城的姑娘"牌大豆。

盛夏的阳光下，我站在白水涧古城遗址上，褐色的山崖，戈壁砾石，雪山和蓝天是边疆永远的背景。在这样的背景下，我走进的不是一个地方，而是一种传奇，我的眼睛看到的不是一处古迹，也不是一片风景，而是一种历史记忆，神秘与孤独从大地深处向上升腾。这种感觉奇妙无比——博格达雪峰、烽火台、风雪边关、驿站、良田、家园、手鼓、果实……一切充满了神奇的想象。

盛产大豆的地方，就是这样的模样？以一种植物来印证地域的特征，无疑是片面的。不论怎样，我们对一个地方的好奇和探究，都是从某一个点开始的，或者是食物、是民俗，抑或山水、人情。每一片庄稼，每一种草木都与其生长的土地交集着，与种植的人交集着，茎叶里伴着人的脚步声，都有说不尽的暗语藏在里面，这也是冥冥之中的机缘与宿命。

世上总有一些生命被赋予特殊使命，他们作为一个地方的别样意义而存在。一种农作物之所以出现在这里而不是别处，是生活在这里的人的经历造就的。两百多年前，清政府施行移民屯田政策，从陕甘各省而来的移民定居达坂城，与当地的百姓一起劳作生息。每一个地方的人都有着不同寻常的生存策略，这样一个人烟稀少、风沙肆虐的蛮荒之地，飘摇的生命如何存活，是岁月对民间智慧的严峻考验。

大豆在达坂城出现，并有着特殊的地位，绝不是偶然！豆科植物的奥秘，在于它们可以在根部形成特殊的根瘤，能保留一种根瘤菌属的固氮菌。固氮作用可以使植物的大部分养分实现自我供给，即使是在土壤贫瘠的状况下，也能长出富含氮的叶子和种子。富含氮也就意味着富含蛋白质，很多豆科植物都有很高的营养价值，即使是无法食用的叶子，由于含氮量高，也可以埋到地里使其生长的土地变得肥沃，补充谷类食物的营养成分。活着的过程曲折坎坷，所有生物都要能够应对环境的改变。庄稼和人一样，不仅懂得利用土壤和空气所赋予的有利条件，而且逐步进化成能够隐忍土壤和空气带来的不利条件，不只是简单地适应环境，还得应对将要发生的事情。因此，大豆不但在艰苦环境里为人们延续生命提供营养，还为农业的持续发展提供了大片良田。

让我们转换一下时空，把空间推到一百多年前的芝加哥以东一千二百多公里的小镇——位于马萨诸塞州的康科德，亨利·梭罗在瓦尔登湖边建造了小棚屋，以基本上算是自给自足的方式生活了两年多。他捕捉思绪，积累经验，后来这些思考汇集成了美国文学史上最伟大的作品之一《瓦尔登湖》（又名《林中生活》），讲述的是做一名充分意义上的公民意味着什么，如何简朴而从容地生活在一个地方，如何与每个物种和平共处。而《瓦尔登湖》的精髓之一就是一篇短小且出名的文章，叫作《种豆》，他对着自己种的豆子沉思良久后写道："大清早，我赤脚工作，像一个造型艺术家，在露水浸湿的沙土堆中弄泥巴，日升三竿以后，太阳就要晒得我的脚上起泡了。太阳照射着我锄地，我慢慢地在那黄沙的岗地上、在那长十五杆的一行行的绿叶丛中来回走动，它有一端延伸到一片矮橡林为止，我常常在树荫下休息……我锄草根，又在豆茎周围培新土，帮助我所种植的作物生长，使这片黄土不是以苦艾、芦管、黍粟，而是以豆叶与豆花来表达它的夏日幽思——这就是我每天的工作。"

是必然还是巧合？无论东方与西方，古代与现代，土地的垦荒和改良，人的生存与繁衍，都离不开一粒大豆提供的营养。从这个意义上来说，大豆不仅仅是达坂城的一种特产那么简单，它是达坂城的象征——坚硬的豆子，坚硬的土地，当地人坚硬的性格。在边疆任何一片土地上，都有一群人开创了地面之上的盛世美景，当河水与豆粒成为生活的源头，当雪山和戈壁成为生活背景，一切传奇与艰难皆包含其中。

城北的尽头，是雪山下的荞麦田，粉嫩的荞麦花开得漫无边际，花香混合着芦苇湿地独特的气味，荞麦花田成了蓝色幕布拉开之后，一个不同于现实的虚拟背景。这是我第一次认识荞麦这种农作物，正好遇见它繁花盛美的光彩。站在花田里，我看见了阳光飘浮的样子，在空气中流动，是一种流动中的静止，仿若千年悬而未落。村庄静默在时光里，院门开着，杏子黄了，有女人在茶棚下忙碌着午饭，被时间遗忘是一种幸运，一切停留在永远——马车夫还在村里套车，新娘羞红了脸，嫁妆安静地躺在月光里，包袱里裹着上苍的厚爱。

边疆人自恋，爱夸耀自家的地大、景美、饭好吃。说出来还不算，还要唱出来。可能说的时候只有跟前的人听得到，唱出来就能传到很远。对于新疆民歌，王洛宾的贡献是不容置疑的。走进王洛宾艺术文化馆，他的铜像在正午的阳光下闪耀。王洛宾是达坂城的福星，达坂城人用这样的方式纪念他。当年王洛宾收集流散的民歌进行再创作时不一定能预料到，他的一首歌竟有如此大的魔力，让一个原本无名的小镇名扬天下。丝绸之路上有多少驿站涧道，因为历史变迁而湮没于烟尘之中，达坂城只是其中的一个。而它却因为一位歌者的传颂，留下了千古美名，这是达坂城的命运，也是它的幸运所在。

边疆的爱情是充满歌声的爱情，天山南北、草原大漠，少年们自小就会弹琴唱歌，既愉悦身心，又可以拥有最动人的爱情。伊犁唱歌跑调的艾尼瓦尔在追求大眼睛的茹仙古丽时败给了会唱一百首民歌的买买提，这是很正常的事情。喀什的艾合买提·沙依提大爷已经一百一十岁高龄，他每天最开心的事，就是为老伴唱情歌。他最喜欢的一首情歌的歌词是这样写的："苹果扔进河里，永远都不会沉下去，我对古丽热木的爱永远不会消失。"从十八岁与妻子结婚至今，艾合买提大爷每天都会为她唱情歌。这也是边疆的另一种魅力所在——一代代人传唱着人类的智慧与善良，亲情与爱情，生存与生活，生命与自然的歌谣。

王洛宾身上最耀眼的，便是音乐游侠的气质。游侠就必须游吟，游吟就必然冲撞生命。"带着你的嫁妆，带着你的妹妹，坐着那马车来"，多么诙谐又具有争议性的歌词。他一生在新疆民歌里冲撞，在希望和忧伤之间、在故事和梦想之间冲撞。辽阔和空旷是一只悠远的驼铃，一面手鼓清空脑子里所有的污垢，白杨树下蜿蜒的小路上恋人窃窃私语，每一棵苹果树上的巢里都有舞蹈和歌声，达坂城坚硬的石头地里，开出了柔美的荞麦花。大豆太硬了，硌了牙齿又如何，并不妨碍穿着旧靴子的马车夫阿迪力对着长辫子垂到腰间的阿拉木汗哼唱情歌。

在白水客栈休息时，红沙瓤子的西瓜端上来了，音乐喧闹起来，当然少不了《达坂城的姑娘》，姑娘小伙跳起来了。我没有上去围观，而是低头吃着木桌上一小碗一小碗盛放的鹰嘴豆、玉米粒、大豆，一粒一粒地咀嚼人间滋味。并不是我对欢乐的场面熟视无睹，而是我心里想说的话没说出口——真正的边疆生活，瓜果与歌舞只是日常生活的一层外膜，真正的内核是民间的饱腹与甜睡，是心灵的归依与安妥。

一个月之后，在我所居住的伊宁市的黄昏里，我写下了这些关于达坂城的文字，匆匆走过，对那个地方了解得太少，它的童年、它的生长、它的欢忧，无从知晓。查阅资料只是通向它的一条路径，我永远都不会了解那片土地真正的秘密和往事，或许都还埋在砾石的深处不想被人翻出来。

无论我怎么回放脑海中的记忆画面，总感觉词不达意。

我真切地感受到自身意识上的局限与狭隘，让我不能描绘达坂城的样子，我只能擅自把坚硬视为它的长相和性格，将柔情看作它的沧桑与内涵。年复一年，风吹旷野，更长的风吹散岁月的沙尘，那是我无法表达的另一部分。

你们看，塔城多美啊！

美在塔城

那个叫作"塔尔巴哈台"的地方，简称"塔城"。

在大美天地之间，一片丰饶之地，十万四千五百平方公里土地上，分布着一百零七条河流，坚守在祖国的最西北端，仰望着蓝天，俯瞰着大地，散发着芳香，沐浴着大自然的恩泽，在大漠瀚海、戈壁沟壑间滋养出一片花繁叶茂、水草丰茂的沃野奇观。

这片神奇的土地也是文明碰撞交融的舞台。丝绸之路带来的流动与交融至今仍在塑造它的风骨。这里也曾有过金戈铁马、交流与融合、和平与共赢的故事，几十个民族和谐安居，创造了丰富的文明成果，共同汇聚出多元文化的美妙乐章。

美不胜收的景致、多元融合的历史、神秘多姿的文化。这种文化精神流传至今，依旧生机勃勃。

盛夏时节，林荫下、校园里、聚会中……塔城沉浸于音乐的海洋，手风琴的旋律无处不在。是的，塔城与手风琴有着悠久深厚的过往，手风琴是塔城人日常生活的烙印，是塔城人精神享受里不可分割的部分，是渗入血液的文化符号。

五条河穿城而过，城市如绿色的琴身，五条河流如五根琴弦，流淌过悠扬和音，随着季节的变换发出不同的天籁，塔城人自豪地宣称——我们的"五弦之都"塔城！水的灵动，绿的多情，人的质朴，便是塔城人的骄傲。

二〇一六年中秋节，我去沙湾县参加大盘美食文化旅游节，与作家帕蒂古丽在夜晚聊天。聊到往事，我问她最能代表塔城的有什么？她没有一丝迟疑脱口而出："红楼！"红楼目睹过塔城的芳华，红楼是塔城深沉的回忆，红楼是塔城通商口岸的历史印记。

琴声回旋的正午，阳光照耀着红楼，花草芬芳弥漫，二百年前荷尔德林的那首诗在眼前浮现："栖居在平安的单纯里，任凭外面强悍的时代千变万化……"

红楼是时间留给塔城的财富。穿过岁月的风雨，红楼历久弥新，典型的俄式建筑风格，红砖绿瓦，庄严和高贵的红色外墙透露着几分神秘。而今穿越时光，再看红楼——作为塔城这座开放城市的标志性建筑，见证了塔城的百年沧桑，那是记述塔城历史的丰碑。

塔城市文化广场的大屏幕上，实时播放着CCTV新闻频道的节目，行走至塔城市老电视台，老城墙即便失去了当年的光彩，但骨架依旧，承载着时代的变迁，牵引出人们对岁月的记忆。大屏幕与老城墙，新潮与古旧，它所蕴含的具体的历史文化符号意象，把物、景、人、情感、思绪、遥远与现实紧密联系在一起。

塔城人热爱生活，也特别会生活。手风琴、吉他、舞蹈、冬不拉、民歌民谣、诗歌话剧、油画、刺绣编织；面包、果酱、冰激凌、骆驼奶、格瓦斯、风干肉、手抓肉等美食。日常生活的每一处无不弥漫着一种闲逸精致的生活气氛。

塔城一年到头都有各种名目的节日、庆典和文化活动，上至国家法定节假日，下至亲朋好友周末聚会，手风琴之夜载歌载舞，完美诠释了塔城人的生活方式。无论何时到访，你都有机会参与到当地的大小节日中，感受他们的生活。

塔城人欣赏艺术，懂得情调，手风琴博物馆、油画博物馆、塔塔尔族家庭博物馆、俄罗斯族家庭博物馆、达斡尔族民俗馆，等等，营造出格调高雅的人文艺术氛围。

生活在这里的人们也许有着不同的过往，却共享着同样富足美好的当下。虽然分属不同的民族，来自不同的地方，却用团结友爱、守望相助的精神，共同塑造了塔城的样貌。不管社会如何发展，在现代生活节奏中，塔城人独有的活力和格调，体现了塔城特有的朴素、爽朗、包容、开放的风貌，以及豪放而又饱满的民族风情。

走出城外，更是一片瑰丽风光。大自然的所有眷顾，都毫不吝啬地洒向了塔城的广袤大地。

多彩山花、冰川雪岭、峡谷山川、原始森林、辽阔草原、湖泊河流……往南边走，中国第二大天然平原草原——库鲁斯台草原，草长莺飞，野花烂漫；往北边飞驰，中哈跨境山脉——塔尔巴哈台山，原始森林、山泉瀑布；西边是"伟人山"和最美边境风景道；东边是农场果林和牧场。雄伟的山川和激荡的河流，孕育出了粗犷的旋律。

裕民县境内的巴尔鲁克山是塔城地区最具生态魅力的自然风景区，浓缩了天山和阿尔泰山的精华，有着如诗如画般的丘陵草原和浓缩的高山、峡谷、森林、草甸，还有着许多不为世人所知的壮美故事。抗美援朝时为国家捐赠了一架飞机的哈萨克族部落头人巴什拜·乔拉克长眠在这里，为守卫国土捐躯的兵团战士孙龙珍烈士的墓地也在山脚下。

高耸在中哈边境巴尔鲁克山上的小白杨哨所，就是以白杨树作喻，赞誉中国边防军人的歌曲《小白杨》的诞生地。在裕民县塔斯提边防哨所，曾经有个名叫程富盛的锡伯族战士，回家探亲时和家人讲起哨所的故事。归队的时候，母亲把自家培育的二十棵白杨树苗交到儿子手中，再后来就有了"小白杨陪我一起守边防"的歌词，随着一九八五年春节联欢晚会上阎维文演唱的《小白杨》走入千家万户。二〇〇三年，该哨所更名为"小白杨哨所"。

巴尔鲁克山保持了近乎完整的原始风貌，这是山花的海洋、野生植物万花园、野生动物博物馆。裕民县是世界独有的蓝花贝母生长的摇篮，还拥有"中国无刺红花之乡""中国野生芍药之乡""中国野生郁金香之乡"等美名，万紫千红的烂漫山花从春到秋常开不谢，成就了当地旅游产业的品牌——山花节。尤其是境内的十万余亩（连片成林的有两万余亩）野巴旦杏林，是世界上面积最大的野生珍稀植物资源，属第三纪新生代孑遗植物，被称为"植物活化石"。这里栖息的野生动物有八十余种，野生植物有一百五十六种，是生态学家的乐园。

更为神奇的是，二〇〇〇年在中哈边境哈萨克斯坦一侧发生草原火灾，大火蔓延到中国境内，致使六千多亩在绝对保护区内的野生巴旦杏损失殆尽。所幸大火只是将杏树的地上部分烧毁，根部并没有受损，"野火烧不尽，春风吹又生"的奇迹出现了，不得不说，这真是一块福地。

此时此刻，窗外飘起了二〇二一年的第一场春雨。可以想象不久之后，托里的春牧场上冬不拉响起；库鲁斯台草原上新生的小羊羔啃食碧绿的嫩芽；安集海的辣椒苗翠色欲滴长势喜人；文化广场手风琴悠扬的旋律中，一对新人开启人生新旅程；塔塔尔族人家院子里，女主人在精心制作糕点。

塔城多美啊！金秋时节，一年一度的丰收节拉开了帷幕，人们不分民族，不问来处，汇聚成了同一片欢乐的海洋，酒杯泡沫涌出生活的苦涩与收获的喜悦。远处雪山高耸，草原碧野无边无际，对生命和自然的敬畏交织在塔城大地，散发出夺目的光彩，令人向往和沉醉。

爱在塔城

塔城的地理风貌与人文历史高度融合。在这种相融相通中，我看到了塔城这片土地对土地之上的人精神的塑造，塔城配得上优秀作家对它的书写，配得上遥远的赞美目光。

一群疆内外作家到塔城采风，根据不同季节、不同场景和接触到的不同的人和事，从碎片化的元素中提炼所要表达的内容并使之汇集。这种在场式创作，让作家身临其境地感知多元化的地域文化，丰富了作家对生活的想象力，让地域与叙事相融，赋予作品更有深度的表达。

　　湖南作家水运宪有着浓厚的新疆情结，凡是到过长沙的新疆作家无论认不认识都受到过他热情友好的接待。他在《多情的土地》中讲述了一位叫沙勒克江的维吾尔族老人在院子里升国旗的故事。文中说，"这便是我来塔城采风遇见的第一个当地人，他敞开胸怀等待我，也在等待所有来塔城的朋友。我记得有一句歌词唱到了'多情的土地'，其实土地并没有生命，说它多情，一定是那片土地的主人热情洋溢，质朴赤诚"。"所以我相信这片土地已经被感情燃烧得滚热发烫。多情的民族，多情的人民，必定能够打造出一片多情的土地。在我的心目中，这就是塔城"。

　　在水老师心中，塔城和塔城人是新疆和新疆人的缩影。

　　我最早认识塔城这个地方，是在著名作家叶尔克西·胡尔曼别克的作品《交响塔城》里。"耳旁被游云带过的紫气中，亦有一只鸟儿的歌唱，一个牧人发出的牧羊号子，一只母羊对儿女的呼唤，成吉思汗西征时的金戈铁马，通商大通道穿越时空的驼铃声，土尔扈特东归路上婴儿的啼哭，西北勘界谈判桌上塔城参赞大臣一声沉重的叹息，左宗棠收复巴尔鲁克山时大清国印章落下的脆响，义勇军将士再次踏上故土艰辛的沉重的脚步声，一代英才杜别克与陈潭秋、毛泽民谈心时跳动的心律，风吹边关哨所小白杨的沙沙声，抑或一声枪响过后，一名边关女战士在侵略者枪口下轰然倒地时泥土的撕裂声和她腹中胎儿最后的胎动……太多太多的声音呃！太多的声音，就在这块叫塔尔巴哈台的地方，与时空相伴相随……它们有些已经化为往事，有些却正鲜活地在乡村振兴中生长。"

那些被一笔带过的历史掠影，它们都是真实发生的。作家所做的，是用自己的方式把它们续写下来，让我们在任何一个时间点与历史上的某一个瞬间对视，瞬间热泪蒙上眼睛。

作家们在行走中，目光所及雪山森林、草原湖泊，知道了什么叫道路远长，餐食简朴。塔城人用最简单的食材，容纳最丰富的内容，帮助作家们更深刻地领会了"融合"的要义。

无论是谁，无论什么季节来塔城，令人感动和骄傲的天山都在视线的前方，闪烁着晶莹雪白的光芒。作家是怎样穿越那些复杂的表象，直入天山单纯而质朴的核心呢？天山冰川的融水，化作河流，织成一张灌溉生命的大网，令万物蓬勃，带着作家们的思绪，在塔城大地上奔流。水不仅成为一个符号，更是一条线索。雪是水，河是水，茶是水，汗是水，水成为一个能够贯穿一切的形象。更重要的是，水象征着融合，每一条河流都在见证不同时代背景下塔城大地开发建设的不同阶段，也积淀着一段段令人难忘的历史。在漫长的时光中，各族人民群众交往交流交融，书写了厚重的历史，酝酿出迷人的风情，河流两岸产生的文化结晶散发出夺目的光彩，令人向往和沉醉。

这刚好合乎我对塔城的理解——新疆的魅力，恰恰在于它巨大的包容性。塔城是其中不可或缺的组成部分。正如新疆作家李东海所说："塔城是艺术和诗意的，它的人文地理和自然风光像油画一样呈现在我们的记忆中，让我们铭记和热爱。"

人如白杨，独木不成林，新疆人紧密团结，风霜与曝晒、等待与寂寞算什么呢？在严酷的自然环境中，体验到极致的幸福，

人和树成了新疆的一部分。离开塔城之后，我对塔城爱的表达才
刚刚开始。

食在塔城

八年前，在我还没去过塔城的时候，塔城人就给我炫耀过他
们的面包了。那是金秋十月的一个中午，我和一个塔城文友约好
在乌鲁木齐火车站碰头，乘坐同一列火车去长沙培训学习。到了
吃晚饭的时候，他拿出一个圆圆的面包让我吃，我说："我不爱
吃甜的，我吃馕吧。"他毫不客气地说："你不知道吗？塔城的面
包是正宗的俄罗斯面包，外面根本吃不上！"

我顿时被他的气势镇住了，我可是伊犁人啊，伊犁人的优越
感在新疆可是排第一的。难道塔城人的自信，是面包给的吗？

六年前的初秋，我带着女儿去过一趟塔城。此行让我确信，
塔城人的自豪感，是丰富的物产和质朴的美食给的。在那里的四
天，女儿吃了四顿大盘鸡。她说新疆最好吃的大盘鸡在塔城，要
吃个过瘾。塔城人招待客人必然要上大盘鸡，鸡肉爽滑麻辣、土
豆软糯甜润，配菜颜色丰富，皮带面筋道。某种程度上，大盘鸡
代表了新疆美食的所有特点，浓缩了新疆的地产、风物、热情、
融合。大盘鸡的历史并不久远，这是二十世纪八十年代流行起来
的一道"新疆名菜"。它的起源区域共性很明显，位于天山北麓、
古尔班通古特沙漠以南，与疆外交融碰撞最频繁，也是多民族和
谐共居的地区。而塔城恰好位于亚欧文明的十字路口，亚欧板块
的中心腹地，是多民族聚居多元文化融合的地区。每一道美食都

是乡愁故土的延续，也是主人独具风味的情感表达。

塔城的街头餐厅很多，店主朴实，装修简单，味道却实打实地醇厚。一家家餐厅声名远播，变成打卡地，靠的是时间和用心经营沉淀下来的"知根知底"的熟悉感和可靠感。

塔城是遥远的、低调的、稳重的，有着塔尔巴哈台独有的风情，也有着从容淡定的生活态度——好好吃饭，好好过日子。庭院洁净，绿树繁花，粗茶淡饭却毫不含糊，早饭是奶茶、稀饭、馍馍、包子、馕、列巴，还有包尔萨克，咸菜和果酱同时出现却毫不违和；午饭是拉条子、抓饭、库尔达克、纳仁、烤包子、牛骨头……晚饭简单点儿吧，汤揪片、疙瘩汤、奶茶配小菜。塔城是个多民族融合的大家园，多元文化融汇相通形成了塔城人和谐融合、热情好客的性格。平日里朋友聚会、闺蜜约茶、邻居冬宰、远方来客那是一轮接着一轮。噢，周六参加个托依（维吾尔语，婚礼的意思），周日吃个宴席，下周还有个割礼和订婚仪式……吃着，忙着，快乐着，一年就过去了。

塔城风干肉，是塔城的美食精华，它可以与无数美食混搭制成风干肉抓饭、风干肉汤饭……当然，最过瘾的还是啃风干肉骨头。塔城被称作"风的故乡"，在风的魔力下，风干肉的肉质更加紧实，入口丝丝筋道，十分耐嚼，简直香极了！

食物都是有根的，怎样的土地上，才能生长出怎样的味道。

如今很少有人从未离开过故乡，当距离成为团聚的阻碍之后，这些和家乡、和家人相关的瞬间，都变得珍贵起来。比如离家的孩子说想家了，妈妈会毫不留情地揭穿："你那是想家吗？分明是嘴馋！"关于故乡的种种，经由食物，击中了思乡的心弦。

一代一代年轻人都是如此，他们为了远方而激动，渴望从一切熟悉的事物面前逃离。陌生的人和陌生的疆域，让年轻人的内核得以确认和延展，正因为如此，他们才拥有了回望故乡、理解故乡的心绪和能力。最直接的表现是在某一个瞬间，想念故乡某一家店的热汤，想念妈妈灶台上的菜香，所谓"胃知乡愁"，在想家的那一刻，馋到想哭。

天山以北有草原的地方，那里的人格外钟情于烟熏食物。从历史的维度来讲，烟熏并不是门槛多么高的烹饪方法。相反，它是人类刀耕火种时代就广泛存在的技术——不需要炊具，也不需要调味品，只需火种和一堆木材，就能催熟食物，并且有效延长它的保质期。它见证了一方水土养育的人，在舌尖上的无穷创造力。

果木熏马肉就是其中的代表，是水草丰茂的馈赠，是匠心独运的烹饪艺术。果木的芬芳，马肉的醇厚，纯手工制作，不添加任何化学成分，慢慢咀嚼，回味着雪山草原的壮丽与风情，与风共舞，与马共饮。

塔城美食制作上的秘诀，在于原料纯正。塔城是新疆重要的粮油基地之一，也是国家有机产品认证示范区，不仅天山南北的食品供应依靠它，近年来，更是有许多产品逐渐出口，名气着实响亮。

塔城的文化脉络，也有饮食主题。俄罗斯族列巴、塔塔尔族糕点、格瓦斯、玛洛什、烤肉、粉汤、骆驼奶……每一种美食的气质里，都藏着历史的烟云，迁徙的暮雨。

初秋的塔城大地，阳光温暖、草甸金黄、牛羊肥壮、瓜果飘香。此时此季，人们迎来了又一年的丰收，有归家的人，也有离岸的船。多少庭院里，劳作了一天的母亲，在灯下默默替孩子收拾行装。

晚风轻拂，风里有炖羊肉的香，烤面包的暖，玛洛什的鲜甜，裹挟着十足的乡愁吹进每个塔城人的梦里，无论他们身在何方，故乡的召唤，让瞬间变成永恒。终有一天，想家的孩子，都可以寻着风的方向找到回家的路。

美食和情感，恰恰来自岁月的馈赠。

踏遍青山人未老

> 我开了眼,懂了人生,懂了边疆,懂了外省、小镇与农村,学到了新疆人特有的幽默、乐观、精明与耐性。我变得更加务实、开阔、坚强。
>
> ——王蒙

邀 请

有些奇妙的经历回忆起来就像一场梦,曾经有八年的时光,我的单位距离王蒙书屋很近,却很少光顾。在我调离那个单位一年之后,在遥远的青岛,我居然幸运地和王蒙先生有过两天的会面。

二〇二〇年十月六日,伊宁市文化体育广播电视和旅游局的党组书记,也是我的领导苏娉对我说:"有个出差的机会,你陪同高龙海局长去青岛参加一个会议。"高龙海曾任伊犁哈萨克自治州文体局副局长,已退休,他是王蒙书屋的创建人之一,与王蒙一家交情深厚。十月八日中午,伊宁市委副书记、南京市对口支援新疆工作前方指挥组组长郑晓明再次叮嘱，一定要诚挚地邀请老先生回来看看。在此后八个月的筹备过程中，他们三位一直是"王蒙先生回伊犁"系列活动的策划者和推动者。

我和高龙海一同乘机飞往青岛参加王蒙研究全国联席会议成立大会。到达中国海洋大学崂山校区后得知，中国海洋大学王蒙文学研究所成立于二〇〇二年四月，是全国最早成立的当代作家专门性研究机构之一，是一个集文学研究，王蒙文学创作资料收集、整理、展出于一体的综合性学术机构。同年十月，王蒙先生加盟中国海洋大学，担任顾问、教授、文学与新闻传播学院名誉院长。经过十余年的积累和发展，已初步建设成为国内外王蒙研究的资料中心、信息中心，产生了良好的反响。

二〇二〇年十月十日，王蒙先生的学术演讲——"永远的文学"，拉开了本次系列学术活动的序幕。王蒙先生分享了自己对文学的独特思考和深刻感悟，为在场师生阐释了文学之于生活、之于个人的不可替代的价值与意义。著名作家刘醒龙、著名评论家何向阳，分别以"文学的真相""我为什么写作"为题作了学术演讲。

二〇二〇年十月十一日上午，王蒙研究全国联席会议成立，来自河北沧州王蒙文学院、新疆伊犁王蒙书屋、四川文化艺术学院王蒙文学艺术馆等全国七家创建成员单位以及人民出版社、青岛出版集团等三十余家单位代表参加了会议。

椭圆形的会议桌前，我近距离见到了王蒙先生。高龙海代表伊犁王蒙书屋发言。我们受伊宁市委所托，向王蒙先生和与会代表发出邀请："明年伊宁市申请承办第一届学术年会，欢迎诸位到王蒙先生的第二故乡去看看。"

代表们参观了中国海洋大学王蒙文学馆。馆内收藏有王蒙先生各种中外文版本著作三百多种，研究著作三十多种，并收藏有几百件王蒙先生的手稿、图片、音像资料、聘书、证书、实物等，展示了王蒙先生作为"人民艺术家"丰富的人生历程、杰出的文学成就和永不停歇的探索精神。

参观结束后，高龙海向王蒙先生介绍了我，我赶紧上前问好。王蒙先生听说我来自伊宁市，顿时眉眼含笑，按照伊犁人问候的习惯，问我在哪里工作，父母多大年龄、身体怎么样，没有一点儿名人的架子。我紧张不安的心情放松下来。他说看到家乡人很高兴，约个时间一起吃饭。

没想到临近黄昏，高龙海接到了王老的电话，邀请我们到他在作家楼的寓所共进晚餐。我拎着带给他的家乡礼物——装满一个纸箱的馕。寓所在三楼，三居室宽敞洁净，家具简单，王老站在洗衣机前琢磨到底该按哪个按钮。他说自己是个生活呆子，连洗衣机都不会用。他说话的神情就像一位慈祥风趣的长辈。一开始我有点儿拘束，他一番热情而又出乎意料的开场白，让我顿时放松和自在了下来。看到我掏出了辣皮子馕、玫瑰花馕，王老高兴地说："现在馕有各种口味了呀，我那时候可只有苞谷面馕吃啊！"

作家楼是中国海洋大学提供给驻校作家的住所，一楼是公共餐厅，可以在那里做饭。

学院的刘建书记、修斌院长也来了。大圆桌上摆着几盘凉菜，王蒙先生带着馕下来了，大家就座。王老说尝尝伊犁的馕，他掰开分给在座的各位。众人还没咽下去呢，他就自问自答："好吃吧？当然好吃了。"

王蒙先生的作品里幽默随处可见，生活里的诙谐也无处不在。

他得意扬扬地问大家："你们知道我最骄傲的身份是什么吗？是伊犁哈萨克自治州伊宁市巴彦岱镇红旗人民公社二大队副大队长，应该算是个股级干部。"

伊犁这话匣子一打开就很难关上了。

回忆起巴彦岱，他说起修渠割麦子扬场装麻袋；他说起村里的少女们用奥斯曼草涂眉毛，用海娜花染红手心脚心；自制"啤沃"装进用黑色橡胶塞堵瓶口的玻璃瓶中，放在果树下发酵，开瓶时嘭的一声，非常刺激……

王蒙先生的夫人说："伊犁的生活是我们家人谈话的永恒主题，疫情不便出行，孩子们回不了家，他想孙子，就提议在家庭群里唱歌，他老是唱新疆歌。"

一听这话，王老更有精神了，他说伊犁歌有一种特殊的散漫萦绕之感，每一句的最后一个字都把音调拉长，就像一个什么东西弯弯绕绕地挠你的心。

即使已经过去半个世纪，在他的脑海里，那些关于美好往事的回忆仍旧如此清晰，每一句话都饱含眷恋和感恩，如何不让人感动？

青岛之行，最难忘的是他那睿智的目光和孩童般的笑容。

回 乡

经过半年多的筹备，王蒙研究全国联席会议第一届学术年会暨"这边风景独好——名家写伊犁"采风创作活动定于二〇二一年七月三日至五日在伊宁市举办。

刚刚参加完在天安门广场隆重举行的庆祝中国共产党成立一百周年大会的八十七岁的王蒙先生，不顾疲劳又与家人一起回到伊犁。

七月三日上午，七十三年党龄的"人民艺术家"王蒙先生来到伊宁市会务中心。作为新中国文学事业的奋斗者、建党百年的亲历者和见证者，也是伊犁人民的老朋友，他在这里为全市党员干部上了一堂题为《文化初心与文化使命》的党课。

王蒙先生结合李大钊、陈独秀、瞿秋白等革命先辈以及茅盾、冰心等知名作家的文学作品，讲述了社会主义扎根中国的原因，以及马克思主义中国化的主要内容；新中国为我们带来了新气象，使文化真正成为具有人民性的文化；我国要发展成为一个文化强国，需要文化人才和文化制度支持，各民族都要有自己的文化贡献。这堂党课，深刻阐述了中国共产党人的初心与使命是政治逻辑与文化逻辑的统一，且文化逻辑更为基础。中华传统文化中"民为国本"的政治思想、"家国一体"的民族情怀、"协和万邦"的天下观念，都是初心与使命孕育的文化沃土。

最后，王蒙先生分别用国通语和维吾尔语表达了心中所愿——我永远想念新疆，我永远祝福新疆！新疆人民是团结的，新疆生活是美好的,新疆各族人民的友谊是任何势力都破坏不了的!

党课结束后,一行人驱车前往巴彦岱镇。

"老王回来了!"整个巴彦岱沸腾了。一下车,乡亲们立刻把王蒙先生一家围了起来,连媒体记者们都无法靠近。卡力·木拉克、尤里达西·吾休尔、金国柱等老朋友就像年轻时一样与王蒙热烈拥抱,热泪盈眶。卡力一家按照当地礼节,为王蒙戴上花帽,披上外套。和大多数老朋友见面一样,大家互相询问着孩子、家人和各自的身体情况。有些人已经去世了,有些人和他一样渐渐年老,但提起当年,他们仿佛瞬间又都变得年轻了。

"这边风景"的故事还在延续,伊宁市打响"王蒙书屋"文化名片,南京市对口支援新疆工作前方指挥组利用援疆资金对王蒙书屋进行整体提升改造,王蒙主题文化乡村旅游项目将在年底竣工。美丽乡村巴彦岱,每一户庭院都鲜花盛开,每一个日子都瓜果飘香,人们的笑脸和幸福的生活,就是对建党百年华诞最珍贵的献礼。

告别的时候,几位老朋友在巴彦岱红旗人民公社二大队旧址前合影留念。这是多么感人的一幕,从青春年华到耄耋老人,这是延续了半个世纪的情谊,踏遍青山人未老,风景这边独好。

与以往回伊犁不同的是,这次王蒙先生特意到伊宁市第二中学大门口看了看。一九六六年,他的二姨在伊宁去世,巴彦岱的老乡说,也许二姨压根儿就是这块土地上的人,她千里迢迢来到伊宁,就是为了落叶归根。这种朴素的生死观安慰了王蒙。一九六九年,他的妻子崔瑞芳在这里教书,家属院分了一套房子,他们一家住在那里，深夜传来醉酒人的歌声，让他永生难忘。当年女儿伊欢出生，他们请了一位名叫玛依努尔的姑娘来帮忙。玛依努尔买了婴儿摇床，完全按照维吾尔族的育儿方式照顾伊欢。亲人安葬，孩子出生，这片土地对他有着更为深沉的意义。即使这条街道和学校完全改变了模样，他依然惦记着，看一眼心安。

到了六星街，王蒙听着悠扬的手风琴声，看到居民欢快的歌舞，立刻受到感染，加入人群载歌载舞起来。在亚历山大手风琴珍藏馆，馆长古丽妮莎拿出一张照片给王蒙先生看，那是十二年前的七月三日，古丽妮莎在喀赞其民俗旅游区为王蒙、铁凝等作家一行讲解时的照片，这种巧合，让大家惊叹缘分的奇妙。王蒙先生临走时对古丽妮莎说："十二年后，我再回来，你等着我！"

七月四日全天，王蒙研究全国联席会议第一届学术年会在伊犁河宾馆召开。参加年会的专家学者就"王蒙综合研究""王蒙与新疆""跨文化视野中的王蒙"等主题展开专题研讨。连续两天的劳顿，王老依然激情澎湃，"我希望在有生之年，能够时时表达我对伊犁的想念和祝福。我始终相信新疆是祖国最美好的地方之一、伊犁是新疆最美好的地方之一，因为有党的坚强领导、有中央对新疆的关心，伊犁一定会越来越好，伊犁人民的生活一定会越来越好。"他还说，维吾尔语"跑奇"是"吹牛"的意思，他希望一起来的作家、学者们都能关心伊犁、宣传伊犁，为伊犁多"跑奇"。

王蒙先生与作家们前往伊宁县天山花海景区，他感叹新时代农业发展的科学化程度。站在薰衣草花田里，我不禁想起在《这边风景》中，王蒙借小说人物之口由衷赞叹："真是个插上手杖也能够发芽长叶的地方！"说的是伊犁，夸的是新疆。

那拉提风景区观景台，王老穿着短袖衬衫，非要自己登高望远。面对草原、花海、高山，老先生兴致不减，登山、骑马、唱歌，一股子老骥伏枥的豪情。

谁不牵挂年轻时的足迹和奋战过的那片热土？

此次同行的哈萨克族作家艾克拜尔·米吉提也是从伊犁走出去的，离开四十多年了，他每年都会抽时间回来看看。一九七八年，艾克拜尔在伊宁县红星公社当新闻通讯员时认识了王蒙，当他知道王蒙是一位连毛主席都夸奖过的大作家时，内心十分崇敬，并受王蒙的影响，走上了写作之路。

欧阳江河、徐剑、甫跃辉等十余位国内著名作家、诗人齐聚。坐在草原上，沐浴在晚霞中，著名诗人欧阳江河感慨地说："青春不仅仅是一个年龄概念，它是词语对生命和空间的映射，从这个意义上来说，青春不是年轻人专有，青春是永恒的。"

四天的时光虽然短暂，但王蒙先生此行却留给我们很多启示。什么叫不忘初心、牢记使命？一九六五年四月的巴彦岱，春寒料峭，王蒙住进了生产队社员阿卜都热合曼家——坐落在公路边的村舍，用土夯出来的院墙，用土坯和歪歪曲曲的木材建造的屋子。一个少年得志、带有理想主义的青年作家，一个猛子扎到了生活的最基层。那双从十八岁就拿起笔写出《青春万岁》而轰动文坛的手，很自然地拿起坎土曼，扑下身子融入群众，与各族群众同吃同住同劳动。半个世纪以来，无论是作家、文化部部长、中央文史馆馆员何种身份，王蒙先生始终关心着民族团结与进步，对于新疆的建设与发展，更是常挂于心。他所说的"新疆是个好地方，伊犁是好地方中的好地方"是伊犁最为骄傲的推介语，作为中国文化的传播者，他在世界各地赞美新疆、宣传伊犁。如今，我们在新时代党的治疆方略指引下，围绕新疆工作总目标，每个人都有责任了解这片热土，了解新疆独特的地域文化，关注这片土地上发生的每一个巨大变化和细节律动。

眼前这位白发苍苍的老者，伊犁给予他最真诚的馈赠，而他也让世界走近了伊犁。这种相互交织的情感是世上最温暖的存在。得遇王蒙，同样也是伊犁各族人民的幸运，让我们一起祝福他健康长寿！

题 外 话

伊犁是个福地，张骞、耶律楚材、林则徐、洪亮吉等都曾在此留下足迹，也留下了文化的种子。

史诗巨著《这边风景》，是王蒙先生送给伊犁最厚重的礼物。

人与土地是有缘分的，巴彦岱镇只是伊犁河谷千百个乡镇中的一个，而这个镇子，因为王蒙先生曾经的驻留，而有了别样的意义。王蒙先生曾说过，巴彦岱是寒冷中一碗热热的奶茶，是寒风中一件厚厚的袷袢。

六月底，午后阳光炽热，我和高龙海一起前往巴彦岱村，拜访卡力·木拉克老人。老人家院子斜对面，就是巴彦岱村的标志性建筑——王蒙书屋。

高龙海来找卡力大叔，就是告诉他下个月王蒙先生携家人回伊犁必然要来巴彦岱的消息。他之所以告知，还有一个原因，二〇一七年六月，纪录片导演库尔班江·赛买提邀请王蒙先生回巴彦岱参与纪录片《我到新疆去》的拍摄。在卡力大叔的院子里，王蒙先生与老朋友们相聚在廊棚下。听说一位老友去世了，王蒙有些伤感。还有一位老人因事先没有得到通知，那天正好外出，没有与王老见上面而深感遗憾。是啊，逝者长已矣，生者独恻恻，远隔万里，说上一句"别来无恙"并不容易，却能带来怎样珍贵的慰藉啊！

所以，这一回，高龙海特意提前告知卡力大叔，约上几位老朋友，等着见面的那一刻。

卡力大叔身材微胖，花白的络腮胡子，笑声朗朗，精神头儿很足。

"真的吗？老王真的回来吗？"老人惊喜地问。

这是我第一次与卡力大叔见面。"卡力大叔，您今年多大岁数了？"我问他。

"八十三了。那时候我们年轻得很，我是大队的民兵连长，老王是副大队长，我们几个联手，一起吃饭喝茶，天天一块儿劳动。我一想起老王，就是他戴着坎土曼帽，穿着四个口袋的衣服，笑起来的样子。王蒙是个好人，他当了大官也是老王，每次回来都来看我们。"

我突然想起来，这个卡力可能就是王蒙在《边城华彩》第一个故事中描写的大队民兵连长艾尔肯的原型。他头脑精明，性格随和，遇事懂得随机应变，带着老王和民兵队友三十一人，骑着马到绿洲影剧院看了《冰山上的来客》。在作品里，王蒙赋予朝夕相处的人们新的名字，不变的是那份真挚的情谊。他把这个村庄里"同室而眠，同桌而餐，有酒同歌，有诗同吟"的生活经历，用一个个小方块字筑起了对新疆永恒的依恋和深情。新疆是他身上无法割舍的元素，新疆不同民族的文化在一起碰撞出的火花，也是中国多民族共存、多元文化共同繁荣的最好证明。

二〇一五年十月，我在湖南长沙毛泽东文学院学习，那天是著名评论家谢有顺的课。课间休息闲聊时，他听我说来自伊犁，立即来了兴致，说二〇一三年五月，他曾经跟随王蒙先生去伊犁参加王蒙书屋的揭幕仪式。我记得当时他感叹道："赛里木湖那个水真蓝，蓝得像假的一样，但是你们那的老百姓对王蒙先生的感情之深、之真，超出了我们的想象。他著作中重视生命、生活的思想和乐观态度，都与这段生活经历息息相关，他自称'巴彦岱人'，这并非完全是种文学化的说法。"

谁说不是呢？在伊犁大地上，无论去到多么远的未来，王蒙先生与这边风景的故事，都会在这片热土上代代相传。

琴声悠扬两座城

从伊宁到塔城，驾车将近九百公里的路程，空间距离很远；但伊宁和塔城，又都属于伊犁哈萨克自治州管辖，心理距离很近。

历史上，伊宁和塔城都是通往中亚的重要通道。十八世纪后期至十九世纪末和俄国十月革命前后，受俄国政治因素影响，大批俄罗斯人从西伯利亚等地涌入中国境内。据统计，一九三二年至一九三八年进入伊犁、塔城的有一万九千余名俄罗斯人，如今散布在新疆的俄罗斯族多数是这些人的后裔。

伊宁和塔城，见证了近代新疆各民族与外来移居民族融合的过程。人们的文化、生活和饮食习惯都受到了影响，外来文化和本地文化结合产生的奇特的文化共生现象，也深深影响了当地人的性格，既有做人做事勤恳朴实的特征，又有内心世界优雅浪漫的情怀。

伊宁和塔城，还有一个共性之处，那就是手风琴悠扬的旋律。婚礼上，聚会上，小巷里，舞台上，树林与河边……那时而欢快时而忧伤的乐曲，让人沉浸其中，聆听心灵诉说的密语。

塔城市群众文化馆三楼，有个手风琴馆，展示着六百七十五架各种品牌的手风琴，一批又一批慕名而来的游人，倾听手风琴乐手深情的演奏，怀想岁月中的美好。

这些手风琴是塔城市哈萨克族音乐教师道吾然·对山汉多年的收藏。道吾然毕业于塔城师范学校，他九岁时与手风琴结缘，邻居的儿子结婚，一位客人带着手风琴参加喜宴，第一次听到手风琴声的道吾然就被深深地迷住了。道吾然也想要一架手风琴，当教师的父亲犯了难，全家人的生计就靠他微薄的工资，实在没有余钱满足儿子的心愿。

两年后，道吾然依然惦念手风琴，父亲卖了家里的牛，给他买了一架旧手风琴。没有老师教，也没有教材，道吾然听着学校喇叭播放的旋律，在琴键上摸索着找和声。后来家里有了黑白电视机，他又开始跟着电视机学曲子，在不断地模仿和反复练习中，道吾然终于可以演奏一些民间小调了。后来道吾然考入了塔城师范学校音乐班，开始系统学习手风琴演奏专业知识。

道吾然结交各民族爱好手风琴的音乐同道，又尝试着修理手风琴，从简单调音到精细修理，摸出了门道，很多人慕名前来请他演出、找他修琴。接触的手风琴多了，道吾然就有了收藏手风琴的想法，节衣缩食的收藏过程，让他苦着、累着，也快乐着。

二〇一四年，塔城市创建了手风琴博物馆，道吾然把他全部的收藏品都贡献了出来。如今，道吾然珍藏的手风琴达到了一千二百多架，是塔城有名的手风琴演奏家和收藏家。

在伊宁市六星街，一九五八年出生的亚历山大·谢尔盖维奇·扎祖林是一位俄罗斯族。亚历山大的父亲就是个巴扬琴手，亚历山大听着琴声长大，十岁起跟父亲学习琴艺，十五岁学修琴。亚历山大修琴有个绝活儿名声在外，从不返厂修理，而且是自制工具，不需要调音器，单凭耳朵就能把握音准。如果一个人心中怀有一种美好的东西，它一定会在漫长的岁月里持续发酵，从而诞生另一种心灵载体。亚历山大四十岁才开始学习音乐简谱，至今创作了二十多首手风琴乐曲。多年的修琴生涯，他始终怀揣着一个梦想——让喜欢音乐的人能在他这里看到世界各地的手风琴，听到悠扬的巴扬琴声。这个心愿使他坚持走到了今天，他用四十多年时间收藏了二十多个国家的八百多架手风琴，各种民族乐器近三百件，其中不乏古董级精品。出生于伊宁的作家毕淑敏说过："这些琴是伊宁这个小城各民族和谐生活的最好注脚。"亚历山大执着于手风琴的收藏、修理、演奏和传承，被评为国家级非物质文化遗产项目"俄罗斯族巴扬艺术"代表性传承人。

伊宁市人民政府帮助亚历山大完成了心愿，二〇一八年年底，六星街民俗文化陈列馆·手风琴珍藏馆向公众开放。该场馆的建成开放，旨在做好文化传承的同时，让更多游客了解田园小镇六星街，领略伊犁的手风琴艺术。亚历山大的手风琴全部摆在了明亮崭新的展厅，他说："现在我放心了。我就是喜欢给大家拉琴，讲这些手风琴的来历。我的心愿实现了。"

亚历山大还组建了一支业余手风琴乐队，包括塔塔尔族、汉族、锡伯族、哈萨克族、俄罗斯族、维吾尔族和回族。他们中有退休教师、警察、手工艺人等，虽然来自不同的行业，但他们都有一个共同的爱好——演奏手风琴。二〇一九年三月，以亚历山大为人物原型的广播剧《琴声悠远》，在中央人民广播电台《文艺之声》栏目播出。二〇一九年四月七日，中央广播电视总台新闻直播间播出一则新闻——"亚历山大和他的手风琴博物馆"，亚历山大和伙伴们的琴声传遍了全国。接着一个好消息传到了边城，受中央广播电视总台邀请，亚历山大和手风琴乐队将于五月中旬去北京参加音乐与戏曲频道《民歌中国》栏目的录制，代表伊犁人民献上对祖国的祝福。

中国的古老乐器——笙，西传欧洲，成为活簧乐器口琴、风琴和手风琴的鼻祖。巴扬由俄罗斯移民带到伊宁和塔城，在西部广袤的大地生根开花，催生出两个手风琴博物馆。我们经常感怀于那些由几代人传承经营，不换地方，不改变味道，质量如一的古老店铺。而道吾然与亚历山大的手风琴世界，让人们有了另一种认识——手风琴不仅仅是一种乐器，它宛若活着的有灵魂的人，拥有独属于自己的传记和历史。

道吾然和亚历山大都是普通的民间音乐人，他们有着相同的追求与信念、热爱与情怀。他们用毕生所得的收藏品为家乡贡献了一座手风琴艺术宝库，他们的梦想、情操和精神追求都在这些琴里。这一切，不但记录着一个人的理想，也是一种传统文化的坚守与传承。

琴声悠扬，承载着两座边城各族人民相融共生的历史印记，见证了厚重的人文底蕴，也是中华人民共和国成立七十多年来，伊犁乃至新疆政治经济文化发展变化的历史见证——各族人民交错杂居，相互依存，成为中华民族命运共同体的缩影，续写着和谐幸福美好未来的新篇章。

四 季 歌

春

杏花开了，沐着清晨的微风，柳芭大妈打开了面包店的门锁，开启了新的一天。

柳芭是俄罗斯移民的后裔，日常生活还保留着俄罗斯族的习俗。明天是俄罗斯族一年当中最重要的节日——帕斯喀节（复活节），每年过节，她都要亲手烤面包。俄罗斯族会在帕斯喀节烤制美味诱人的面包，画彩蛋，预示着一整年都会幸福美满。

柳芭家的面包店，在小城名气响亮，下午三点面包出炉的时候，香味随风飘散。走过的人会突然驻足，找寻香甜气息飘来的方向，这麦香味足以安慰所有的心灵，纯朴、天然的味道使人仿佛沉醉于伊犁河谷的田野，脑海中会突然出现一个词——故乡。

我认识柳芭大妈快二十年了，每年夏秋两季都去她家做客，胖嘟嘟的葡萄在架子上懒洋洋地晒太阳，一同享受日光浴的还有院墙上的啤酒花果实。柳芭大妈忙着晒啤酒花，忙着熬果酱，有杏酱、草莓酱、樱桃酱、苹果酱和树莓酱……浓稠的果酱装在搪瓷盆里也在晒太阳。柳芭大妈烤制的一种叫"比洛克"的面包，味道独特的秘密就是以啤酒花作为发酵剂，果酱铺在面饼上，烤制成浓香的面包，香甜着岁月。

这些年，柳芭大妈年纪大了，慢性病缠身，糖尿病引发了多种后遗症，最让她难以忍受的是足跟溃烂的疼痛，经常出入医院，行动日渐不便。去年老伴先一步离她而去，店里也不需要她操心，一辈子闲不住的她终于闲了下来。

小女儿莉莉娅继承了做面包的祖传手艺，打理着小店。莉莉娅一头自来卷，皮肤白，眼窝深，这是俄罗斯血统赋予莉莉娅的特征。

天气好的时候，柳芭大妈常去店里坐坐，和熟客聊聊天，见见老朋友。更多的时候，她会在熟悉的味道里陷入回忆。

店里挂着一张黑白照片，年幼的柳芭站在妈妈身边，弟弟坐在妈妈怀里，妈妈很年轻，穿着碎花连衣裙。

"妈妈叫卡基丽娜，一九三三年出生在苏联，在她还是幼儿时，便被家人抱在怀里来到了伊犁。

"我出生于一九五二年，成年以后各民族间的通婚变成一件很平常的事。我丈夫是汉族，我的三个孩子都是漂亮的混血儿。"

在柳芭的回忆里，那时候一家人住在伊犁河南岸，占地一亩的大院子里果树茂盛，院墙上爬满啤酒花的藤蔓。俄罗斯族人为了谋生，就在伊犁河畔建起碾小麦的水磨，烘烤出俄罗斯列巴拿出去卖。柳芭的妈妈有一双勤劳的手，苹果洗净、切好，熬制果酱，啤酒花晒干用来发酵面团，厨房里有个烤炉，是柳芭的爸爸舒木斯基亲手盘的。爸爸在柳芭十几岁时就去世了，养育四个孩子长大成人的粗粮列巴，都是妈妈烤出来的。

柳芭是长女，即使出嫁了，妈妈也一直和她生活在一起。在莉莉娅的记忆里，巴布（外婆）挽着发髻，操着卷舌音，衣裙缀着蕾丝花边，面目安详，衣着朴素，仪态从容，像一位隐居民间的王后，用优雅的姿态给家里的女人传递这样一种观点：生活可以清贫，但不可以潦草，内心的安然，便是高处。

每年春天，妈妈都会带着柳芭粉刷房屋，种植花草，酿制格瓦斯。安宁的家园，正常的生活秩序，在简单的劳动与欢乐中找到生命的存在感。即使在清贫的年代，莉莉娅姐妹仍穿着洁净，长得结实。放学回家扑进巴布怀里，把头扎进裙裾里。莉莉娅觉得现在的妈妈，容貌举止越来越像巴布。黄昏时分，彩霞满天，玫瑰盛开，列巴的香味飘满庭院。

"妈妈八十年代初曾经回过她的故乡，亲人都挽留她，她执意要回来。她说舍不得家园，舍不得孩子。妈妈坚持用祖传的手艺做面包，炉火烘烤，保留了传统风味。妈妈把手艺传给了莉莉娅，莉莉娅从小帮忙揉面，自然而然就学会了。"

也有人问柳芭的面包有什么秘方，其实没有，列巴的配方是从祖先那里传下来的，并不特别，只是在漫长的时间里，平凡的配方在时光中发酵，渐渐成了传奇。

居住在伊宁市的俄罗斯族同胞，会在节日的第二天盛装相聚在俄罗斯风情园欢度帕斯喀节，他们的相拥带着家人的亲切感。面包茶点摆满一大桌，碰彩蛋，跳舞歌唱。老人们的眼神中闪烁着烟火尘世的彼此认同，他们享受一年里难得的聚会，享受彼此生命里水乳交融的美好时刻。

柳芭大妈没能迎来第二年的春天，她在冰雪消融的冬末告别了人世。

帕斯喀节上，莉莉娅为族人端出了精心烤制的面包，口腔里弥漫着鲜花和粮食交融的芬芳，柳芭的老姐妹落泪了。因为命运，一个人会与另一片地域产生奇妙的缘分，不但能够在异乡扎根，而且会在异乡土壤的滋养下，开出别样的花朵。

莉莉娅每天操持着面包店，回头客越来越多，面包一出炉就卖空了，买不上的人自然有意见。莉莉娅从不用机器代替手工，不用发酵粉，所以每天就只能做那么多。

"传承了三代的口味，不能在我手里变了味道，顾客吃不出来，妈妈可以，我可以，良心可以。"

夕阳洒下金光，莉莉娅锁好店门，慢慢往家走，一想到家门打开，再也没有妈妈温暖的拥抱，她有些伤感。巴布，妈妈，那些岁月传说，曾写满光影斑驳的围墙，曾写满被树叶剪碎的阳光，默立在或深或浅的记忆之中，隐入尘烟。

夏

这个夏天，对锡伯族小伙壮杰来说，有着独特的意义，他驾驶着"空中快线"直升机，带着游客俯瞰伊犁河两岸壮美的自然风光。

首航那天，壮杰天没亮就穿衣起身，装备齐全，来到直升机前仔细检查，从旋翼到机尾再到机头，来来回回几十个动作，仔仔细细巡检。

起飞前的各项准备已经就绪，他拿出手机，看着爸爸的照片，发出了一条信息。

"爸爸，今天我正式开始了职业飞行，我想带你坐我驾驶的飞机。"

小时候，壮杰和所有的小孩一样，看见飞机从空中飞过，特别兴奋，指着飞机又蹦又跳。

——爸爸，我长大了要开飞机！

——好呀，那我就坐你开的飞机。

爸爸是个修理工，喜欢看军事类杂志，他一边看一边给壮杰讲航空母舰、飞机、坦克。壮杰特别崇拜爸爸，因为爸爸懂的特别多，天上海里，无所不知。

壮杰的成长之路并不顺利，上一年级的时候父母离婚了，妈妈去了他乡，他和爸爸一起生活。初中寄养在姑姑家，高中跟在妈妈身边。多变的生活环境，让壮杰早熟又独立。童年时对蓝天的向往，驾驶着飞机在空中翱翔的画面，在时光与现实面前，变成了一个梦境，一句戏语。

高考时，壮杰报考了飞行技术专业，但很遗憾心愿落空。北京石油化工学院的录取通知书来了，外面的世界很精彩，他高高兴兴地去报到了。毕业后从事过很多种职业，不知为什么，想当飞行员的愿望从未改变，飞行对他来说，始终有种诱惑，自己也觉得不可能，但就是不甘心。

也可能是因为梦想压在心里，壮杰打着几份工，努力地攒钱。有一天，他在网上看到了一家民营通航机构发的信息，直升机驾驶员培训，地点在南京。

这个消息再次点燃了壮杰的飞行梦想。

没想到，几乎同时，壮杰的爸爸突发脑出血去世了。原本壮杰是想和爸爸商量的，他想像小时候一样，认真地对爸爸说："我要学开飞机。"爸爸或许以为他在开玩笑，也会笑着说："好嘛，那我就坐你开的飞机。"

壮杰料理完爸爸的后事，思前想后，决定去南京学习飞行技术。他用爸爸的抚恤金和自己的积蓄交了第一笔学费。

第一次站在直升机前，摸到飞机的时候，壮杰泪如雨下。爸爸终究没有看到儿子飞上蓝天，虽然他走了，但手机号码还保留着，每一件重要的事，壮杰都会发信息告诉爸爸一声。

"爸爸，我今天理论考试通过了。

"爸爸，我通过实践考试了。

"今天试飞了，很想你。

"爸爸，今天我结业了。"

思念从未断线，只是表达方式不同，这是只存在于血脉中的联系。

壮杰为了挣学费，兼职打工，奔波在南京的大街小巷，苦活儿累活儿从不退缩。

很多人提到飞行都会觉得很刺激很浪漫，能在空中飞来飞去是一件特别酷的事。但现实与想象总有差距。事实上充斥双耳的是旋翼转动发出的噪声。当直升机在空中时，壮杰想要提问都得凑到教练耳边大声喊，这是对肺活量和耳膜的严峻考验。

通过体检、政审、理论学习和座舱实践、飞行训练，壮杰拿到了飞行驾驶执照。

在异乡漂泊的人，一边渴望着精彩的人生，一边付出着巨大的代价，壮杰为了圆一个儿时的梦想，改变了自己原先的生活轨迹，这便是追逐梦想所赋予的美好和残酷。回头看看，生活之手最大的公平就在于它从来不会让你承受全部的幸福或者苦痛。

就在壮杰结业的时候，传来伊犁即将开通低空旅游项目的消息。

天降福音，壮杰简直不敢相信。

"哇，这不是我家嘛，这个航线是为我开的吧！太不可思议了！

"我如果回家乡工作，爸爸可以看到我开飞机吧！"

生活在伊犁河南岸的锡伯族人，是清代不远万里由东北迁移而来，成为西北边陲既重要又稳定的军事力量，逐渐融入本土，完成了从客居到定居的转变，是新疆多民族地区历史形成与发展中凝重的一笔。二百多年之后，壮杰成为第一个驾驶直升机飞过家乡山河的锡伯族后代。

在四千米的高空俯瞰家乡，河道蜿蜒曲折，大气磅礴。离天空越近，底下的城市就变得越小。享受这种自由的感觉，是壮杰儿时的梦想，如今成为他的人生事业。

而立之年的壮杰，也是一个三岁男孩的爸爸了。

黄昏，返航落地，壮杰走下飞机，看见不远处妻子带着儿子等着他。儿子给他喂了一口棒棒糖，生活甜蜜的味道大抵如此，有朝夕不眠不休的辛劳，也有辛勤劳碌后内心的舒坦。人世间的温情是什么呢？是大地上蜿蜒的河流，田野中生长的果实庄稼；

是蓬勃的野草，村庄里升起的炊烟；是父母的期盼，孩子的亲吻。

儿子突然挣脱了他的手，向飞机扑过去。

——爸爸，我要开飞嘀（机）。

——好呀，爸爸坐你开的飞机。

秋

父母的金婚纪念日即将到来，小张打算用一种特别的形式为父母庆祝。想来想去，他决定为父母拍一组别有意义的婚纱照。

金秋九月的一个周末，小张没跟父母提前打招呼，一早跑来接父母。

——亮亮，你要带我们去哪儿呀？

——带你们出去转转，玩个新潮，旅拍婚纱照。

浩浩荡荡的伊犁河，沿岸风景秀美，车子一直开到了巩留县团结灌区。山谷背依雪山，村傍河流，空气中飘荡着牧草的清香。

——爸爸，就是这儿，带你们跑这么远的路，我想送给你们一份特殊的礼物，请你们见证儿子的劳动成果——高山牧场的最后一家牧民也喝上了放心水。

小张的父亲是水利工程师，曾任伊犁哈萨克自治州第一任农村改水办公室主任。那些年，边远偏僻的地方，安全清洁用水不达标，父亲接受任务，起早贪黑，为了解决农村饮用水从渠水改为自来水的难题，带头捐款为改水筹集经费，到过伊犁的好多地方。

小张子承父业，成长为水利工程师，主动请缨，八年的改水工作，长期待在农村和山区，根本顾不了家。深山无信号，每次进山，有时候会失联好几天，难免让人担心。他也因为对妻儿的愧疚和工作环境的艰苦，抱怨过，犹豫徘徊过。在父亲的鼓励下，他坚持了下来。在霍城县一个山区给最偏远的村子通清水的时候，水龙头拧开的那一刻，村民们给他们撒糖。那一刻他感受到了干水利，就意味着奉献和牺牲，让边疆的山山水水、一草一木，得到水的润泽，是他们嵌入到骨子里的使命。

——爸，我带你来这里，是想让你看看你退休之后，伊犁水利事业的新进展。

——这一片，原先是很大一片旱田，就因为通了渠道，有了灌溉才变成了农田，庄稼长得多好啊！我退休的时候，农村通水到村庄。因为你们接着干，现在老百姓家家户户通了水，生产生活条件更好了。八十年代，我负责牧区饮水和抗旱打井工作，跑遍了每一条山沟，山山水水在我脑子里就是一本账。为解决民生饮水，水利人付出了很大代价，都值得啊！

——爸，你扎根新疆，没有后悔过，我选择了水利，也不后悔。

太阳越升越高，车行驶到了察布查尔锡伯自治县察渠龙口。沿途稻浪滚滚，一眼望不到边。

——老伴，你记得不？一九八六年我为这个水利项目跑前期勘查，一年在外二百多天，自行车骑几百公里是常事。有一年抗洪，就在这一片，浮冰堵塞河道，乡村遭遇了冰洪，我们踩在冰窟窿里，身上的衣服结了冰，冻得硬邦邦的。

——我咋不记得！那些年你不着家，我有一次得了急病，加上药物过敏，报病危了，都没让你知道。你一心扑在工作上，有一年腿做了手术还没有痊愈，就在病床上吊着腿审核资料。

山静水清，时光静默不语，记忆从未逝去，有幸亲历一片土地的变迁，是世界上最幸福的事情之一，张工应该算一个。他献身水利，足迹遍布伊犁的山山水水，被称为"伊犁地下水资源活地图"，他和水利的关系不同寻常。半个世纪的风雨，水利事业的发展给伊犁的草场、农田、荒地带来了勃勃生机，他兑现了扎根边疆、建设边疆、繁荣边疆的庄严承诺。

车子继续行驶，老人在后排昏昏欲睡。

——爸妈，你们还能认出这是哪里吗？

——哎呀！老婆子，这不是多浪农场吗？咱们当年结婚的地方啊！

——那时候我们都是知青，哪里艰苦到哪里去。我在这里的种子队当老师，我们就是在这认识的。

张工的老家在江苏无锡，是一九六三届高中毕业生。一九六四年，他响应国家号召，满怀人生理想，远赴新疆投身到边疆的开发建设之中。伴着火车一声长笛鸣响，他在家人的泪眼中，离开家乡，远赴四千多公里外的新疆，从此改变了一生轨迹，把自己的青春和热血奉献给了这片土地，一待就是整整半个世纪。

这批知青被列入新疆维吾尔自治区农垦厅高技术人才计划。到达乌鲁木齐时，张工被安排进入乌鲁木齐农垦大学学习水利专业。

"一九六八年毕业后,我被分配到了伊犁,又赶上知识青年再教育,分到了这里,在这里劳动了两年,我们认识了,恋爱了。一九七二年秋天结婚,成家立业了,从此就在伊犁扎了根。时间真快呀,五十年了,老婆子,你辛苦了!"

小张的妈妈落泪了,因为她的名字里有个"秋"字,结婚的日子,定在了金秋九月。

农村一片丰收的景象,葡萄、冬枣迎来收获,南瓜、冬瓜开始采摘外运,高粱、稻谷正在收割,晾晒完玉米和红辣椒,农民准备播种冬小麦……当年的学校、当年住过的土房子如今已荡然无存,但他们仍然记得正值青春年华,相遇相知相爱的朝夕。

两位老人手挽手,慢慢在农场里转悠,找寻他们当年在这里生活过的印记。小张举着照相机跟在父母身边,为他们拍下一个个瞬间。

时光荏苒,当年风华正茂、意气风发的青年,如今已鬓染秋霜、年逾古稀;从青丝到白头,他们始终以宁静质朴的态度面对生活,相爱相守、不离不弃。

冬

元旦早晨,飘起了小雪。

伊犁河纯净静谧,一望无际的蓝色飘带悠长深邃,此时陪伴人们的是山的雄伟,河的沉静,雪的妩媚,是人间的温柔。

我和陈萍经过伊犁河大桥,沿着察布查尔锡伯自治县的乡间公路行驶了一段时间后,停在了一所宅院门外。院落齐整,敞亮的大开间里，布云秀和三位绣娘飞针走线，赶制一批伴手礼订单——西迁路线图。

客厅也是布云秀的工作室，靠墙的展示架上琳琅满目，摆满了挂饰、靠垫、背包、披肩、鞋子、旗袍、演出服、民族服装……绣品上的花草蝴蝶，显示出锡伯族人独特的生活气息。另一个展架上，十几个奖牌摆放齐整，这是布云秀用千万条彩线轻盈穿梭绣出来的硕果见证。

在绣娘那里，一件绣品，打磨的不是时间，不是功夫，而是心性，用了心的绣品，一针一线，处处都能感受到爱的温度。这种温度，代代相传，寄托美好祝愿，点缀着生活风貌。

察布查尔锡伯自治县是我国唯一一个以锡伯族为主体的多民族聚居自治县，当地妇女有一项拿手的手工技艺——锡伯族刺绣，历史悠久、内涵丰富，被列入第三批国家级非物质文化遗产名录。

布云秀自小心灵手巧，年少患了耳疾，留下后遗症，中断了求学之路。劳动之余，她跟着邻居大妈们学会并练就了精湛的锡伯族刺绣手艺。

陈萍也是察布查尔锡伯自治县本地人，通过二十多年创业奋斗，成为当地小有名气的女企业家。陈萍看到大多数妇女冬季农闲时待在家，日子过得紧巴巴的，就想为家乡做点儿力所能及的事情。

从自己熟悉和材料充足的东西入手，这是从商亘古不变的规律。一番市场考察之后，陈萍发现近十年来，随着扶贫项目、非物质文化遗产申报等工作的开展，特别是随着旅游业的兴起，锡伯族刺绣迎来了机遇。

陈萍与布云秀既是同乡又是同岁，还有共同的情怀，两人一商量，联手创办了刺绣合作社。

时间从不停留，生活在人们的追求中朝着方便、自由和富足的方向发展，刺绣这一传统文化的传承时空和方式也发生着变迁，传承关系由母传女变成面向更多的学习者，生产活动的主体也由家庭转变为合作社，拓宽了绣娘创业增收的路径。

她们成立了公司，注册了商标，生产和销售锡伯族刺绣服饰及家居用品、旅游工艺品，通过电商平台打开了销路。

又到了冬季农闲时节，陈萍邀请来了苏州乌镇的苏绣非遗传承人姚惠芬老师为合作社的绣娘培训。陈萍来找布云秀，就是约她去见姚老师拜师学艺。

姚老师生在刺绣世家，一颗单纯朴实之心，为绣而绣，苏绣已经融入她的生命。布云秀非常钦佩姚老师，从一个乡村绣娘成为享誉绣坛的工艺美术大师，其间的艰辛可想而知。布云秀将她视为自己的恩师和榜样，学习结束后，布云秀成为其中最优秀的学员。

——云秀，我看到你好用心，是学习刺绣的好苗子哎。可想跟我去苏州学习？我亲自带你，你放心，不让你出费用，吃住都在我家里。

——老师，我想去，可是，家里怎么办？女儿要中考了，男人只会种田养牛，不会做饭干家务。

布云秀深知机会来之不易，和丈夫女儿商量，家人的理解和支持出乎她的意料。女儿让她放心，一定会好好学习的。丈夫让她放心去，一年两年都可以，不会做饭可以学，别担心他们会饿着。

布云秀去了乌镇，一头扎进了苏绣的世界，她异常用功，只用了一年时间，就掌握了苏绣、湘绣、楚绣等多种技法，成为全能型绣娘。

布云秀学艺归来，年年参加技能大赛，短短四年，成长为自治区级工艺美术大师。

布云秀把苏绣的精华盘金绣、双面绣与锡伯族刺绣传统针法相结合，吸收哈萨克族、维吾尔族的刺绣特点，在传统中创新，不断丰富产品种类和花样，提高锡伯族刺绣产品的价值。

她的刺绣工作室是察布查尔锡伯自治县第一家集展示、传承、培训等诸多功能于一体的个人工作室，周边乡镇的各族妇女慕名前来学习，加入绣娘的队伍中。

布云秀用一双巧手和一颗金子般的心，获得了尊敬和美誉。绣品即人品，换言之，只有其人才能绣出其绣，其绣必出自其人之手。浮躁是传统民间工艺最要不得的，要成就好的作品，往往要付出数十载的光阴。几万针、几十万针，针针都穿梭着岁月。

陈萍和布云秀为身边各族姐妹开启了一扇"刺绣大世界"的大门，由最初的三十人发展到如今的三百多人，绣娘们用银针彩线改变了一眼能望到头的生活，过上了热气腾腾的好日子。或许她们不知道何谓独立女性，但是她们身上有女性的坚韧，更有女性的崛起意识，时代洪流将她们冲刷得愈加勇敢，成为时代变迁的主角。

村庄静谧，漫天飘落的雪花营造出一种浪漫的安宁，绣娘们围坐在布云秀身边，听她点评每个人的绣品。

　　勤劳能让一双稚拙的手变得灵动，也能让一颗简单的心灵动起来，谁都可以成为生活里的能工巧匠。这是一个勤劳就能致富、努力就有收获的时代，日子在流转中堆积，在沉淀里丰盈。

　　两千多年前，丝绸之路上，绵延的商道，声声驼铃的背后是传统手工艺的输出。如今"一带一路"上，网络新平台的快速传播，让历史在这一刻，有了回望，也有了与现实的交集。

伊犁河谷春天的舞蹈

野果林的华尔兹

到达新源野果林的时候，刚下过雨，整个山谷像刚洗完澡，美得惊心动魄。

新源野苹果保护区位于那拉提山北坡科克萨依，海拔约一千六百米，以野苹果树为主形成了著名的天山原始落叶阔叶野果林区，属濒临灭绝的珍贵种质资源。伊犁野生苹果也叫"塞威氏苹果"，是古地中海区温带落叶林的孑遗植物，一般五月开花，八九月成熟。

青草、松柏、花朵、泥土都被雨水浸润过，空气中弥漫着一股湿漉漉的味道。这一刻，如同走进由无边无际的花树组成的迷宫，淹没在花树的海洋，人在仙境，无法不渴望沉醉。

这就是所谓的"花海"吧。行走在野果林中，一会儿跌入谷底，一会儿又被抛上浪尖，随着山峦起伏，野苹果树就在山坡上、沟底下汹涌起浮，人如同在花朵的海洋里随波漂荡。花海的次要条件是色彩纯净。满山遍野的野苹果树，全部都是孪生姐妹，这是野苹果的地盘，没有别的杂树能够扎根其中。一树树白色的花，点缀着星星点点的粉红花蕾，花蕊上的雨滴，如同少女睫毛上的泪珠，惹人爱怜。绿叶被花朵隐藏起来，似乎它的存在只是为了映衬繁花怒放的狂野。

一阵清风吹落的花瓣如云似雾，随着风的方向，雨点一样飘飘洒洒，闭上眼睛，花瓣掠过脸庞，带着雨点滴落般的凉意。

置身于没有边界的野果林里，被盛开的花树一层层包围着，让人无法不陷入其中，忘了自己是谁。

地上是厚厚一层白色的花瓣地毯，脚踩上去的那一刻，真是不忍心，尽量让脚步轻一点儿，再轻一点儿。"落红满路无人惜，踏作花泥透脚香。"落英终将化作春泥，把真挚的爱献给故土。而我将花香带到文字里，带到回忆里。

塞威氏苹果在世界苹果栽培史上扮演过重要的角色，许多古老的苹果品种均由塞威氏苹果选育而成。它对于揭示亚洲中部荒漠地区山地阔叶林的起源、植物区系变迁等都有一定的科学价值。近年来，由于人类活动的干扰和虫害的出现，新疆野苹果自然种群数量和分布面积日益减少，目前总面积仅存十五万亩，已濒临灭绝的边缘。

伴随着春天的尾音，野苹果树在寂寞的山谷里举办了一场盛大的华尔兹舞会。这场春天的盛宴，让我们领略了天山野生植物优雅的舞姿。这片浩瀚山林，连同野苹果林里的所有生灵，请为蓝天、雪山永远翩跹舞蹈吧！

库尔德宁的桑巴

沿着吉尔格朗河驶向库尔德宁，高耸入云的喀巴班依峰在阳光下闪耀着银色的光芒。

行驶在山道上，不必急着赶路，慢慢欣赏沿途的风景。

山水相映，沟岭交错，毡房点点，车子不时被羊群阻挡，牧人和善地微笑，用鞭子拨动着领头羊的耳朵。逐水草而居的游牧民族，总是向着草盛水美的地方迁徙。

巩留县库尔德宁景区是国家级雪岭云杉自然保护区，森林、草原、雪山、溪流、峡谷、瀑布，共同构成了库尔德宁壮美的北国风情画卷。

库尔德宁被动植物学家誉为"欧亚大陆腹地野生生物物种天然基因库"，森林草原植被系统、生物环境都是天山山脉保存最完好的区域。这里还是雪岭云杉的原生地，雪岭云杉已成为伊犁哈萨克自治州的州树。伊犁哈萨克自治州的第一部电影，也是全国第一部反映伊犁自然风光，充满浓郁哈萨克族风情的音乐电影——《我的家在伊犁》就是在这里拍摄的。

女儿第一次见到如此壮阔的草原，兴奋得难以自抑，对着松涛尖叫，在山坡上打滚，野花在她的身下被压扁了又瞬间顽强地抬起头来。

谁能说清楚山坡上的野花开了多少年？就像有人问在伊犁大地上有多少种盘根错节交融着的民俗文化一样玄妙而难以解答。这又有什么关系呢，说不清就说不清吧，这丝毫不影响我对雪山、对草原的热爱，扑倒在翩跹起舞的野花丛中的那一刻，我就被幸福击中眩晕着，像年少时突如其来的暗恋——喜欢上一个人来不及和谁商量。

每当春天降临库尔德宁，沉寂的山谷抖落的积雪，化作潺潺溪流滋润着植被。草原与森林交织，草甸与灌木相间，灌木之下，野草莓、树莓、野芹菜、野蒜、野葱……迎着春雨欣欣然伸展。各色野花伸出腰肢，舞起强劲的桑巴，如果说新源野果林如同优雅孤傲的宫廷华尔兹，那么，库尔德宁山坡上的野花就像狂野的街头桑巴，跳得酣畅淋漓，充满了世俗的热闹和尘世的烟火气息。

有一首歌这样唱道："花开的地方，就有希望在生长。"哈萨克族被誉为"马背上的民族"，花草旺盛、猎鹰飞翔的地方，就是他们的家园。生命在深峡与阔谷里生长，当然，甜蜜的爱情也在生长，和野花一样，一季又一季，生生不息。

恰普其海的芭蕾

亲眼见到恰普其海的芳姿之前，我只在别人的照片里见过这片碧蓝的"海"。新疆是距离大海最远的陆地，把湖叫作"海"，这种叫法充满了向往与虔诚。

恰普其海是特克斯县境内的一个湖，是特克斯的高山明珠。特克斯河是伊犁河的主源，河水灌溉着两岸近百万亩良田，使其成为伊犁河谷的粮仓。

昭苏盆地的阿腾套山和库都尔山地丘陵把特克斯河分为东西

两段。东段河道狭窄，水势湍急，尤其是恰普其海和中游支流阔克苏河，河水咆哮奔腾，汹涌澎湃，落差三四百米，水能条件优越。恰普其海峡谷更是伊犁河流域大型综合水利水电工程的理想选址。

五月的第二个清晨，我看到她的第一眼，眼睛里充满了像蓝宝石一样的湖水，湖水化作一层薄雾，打湿了春天的心跳。

站在岸边，世界是静止的——静止的湖水，静止的蓝，水鸟静静悬浮的湖面上，静得没有一丝涟漪。恰普其海啊，就像少女的脸庞，闪着青春的光彩，圣洁的湖水，舞动着一场没有掌声的芭蕾。

春暖花开时节，站在面朝"大海"的地方，是一种无言的幸福。湖水是淡蓝色的，背靠着高山，野花开得正欢；面对着良田，麦田里的青苗，生长着节节希望。

我的身边有两个女孩，一个十七岁，正在为即将到来的高考游弋书海；一个十岁，正像麦苗一样茁壮成长。美国一位名叫安妮·斯通的母亲在《一位母亲写给世界的信》中说："让他看见天空中的飞鸟，日光里的蜜蜂，青山上的繁花，静思其亘古流传之奥秘。"恰普其海不就是这样的地方吗？作为母亲，我们可以带孩子来亲近自然，却无法包办她们的未来。她们的青春注定比我们这一代的更绚烂。

"没有谁的青春是容易的。"——这是白岩松的肺腑之言。我曾经对着纸上的这句话凝视许久。青春或许就是一场一个人的芭蕾，可以没有掌声，但是绝对不能没有火花。那心无旁骛追求理想的情怀，那义无反顾奔赴爱情的决然，那无怨无悔情意相牵的灿烂，在人的一生里只有青春时期拥有，离开这个纯洁而明亮的阶段，同行者会越来越少。犹如我们的行程，从野苹果花的优雅华尔兹到库尔德宁野花的热情桑巴，来到恰普其海的时候，随着那一汪碧水，幻化为孤独的芭蕾。这是一段旅程，也是对人生的观照——生命的过程注定是由激越到安详，由绚烂归为平静。

柔软的阳光拂在脸上，像一句句情话细腻温绵，直抵心田。站在恰普其海岸边生长着希望的麦田里，我不能不想起自己青春里不可或缺的诗人海子和他的《五月的麦田》，心里充满着苍凉——一个如此热爱麦子的农家孩子，他那特立独行的流浪艺术家的气质决定了他的命运走向。如果当年海子来到伊犁，或许他的命运就会在恰普其海的麦田里拐个弯吧。

在时光长廊里，既没有或许，更不会有假如，生命是一艘离岸的船，没有返程的船票。

"从明天起，做一个幸福的人/喂马，劈柴，周游世界/从明天起，关心粮食和蔬菜"——这是海子心目中的理想世界，这个世界单纯而美丽，浩渺而开阔。在这个尘俗的世界上，在海子的心目中，还有一个类似"美丽"的世界，散发着"麦子"的芬芳。

这样的理想世界，就在恰普其海，我替海子看到了，如果有可能，我愿意在春天替他种一株麦苗。

恰普其海的芭蕾，将在我的心里化作一只天鹅，在未来的岁月里优雅起舞。

新疆大地上的秋天叙事

你或许欣赏过很多地方不同的秋天，而伊犁，这个被称为"塞外江南"的人间仙境，拥有最湛蓝的天空和最澄澈的河流，带着新生般的晨曦和经时光冲刷的历史。秋天丰饶华美，大地的礼物随手捡拾，在这个季节，何愁之有？

画 秋

伊犁河以南，西天山支脉乌孙山北麓，辽阔的河谷盆地，察布查尔锡伯自治县境内稻浪滚滚，一眼望不到边。锡伯族自清乾隆二十九年（一七六四年）从东北西迁伊犁，一七六六年又南渡伊犁河，在这里驻防屯田，创造了"喜看稻菽千重浪，遍地英雄下夕烟"的奇迹。"察布查尔"锡伯语为"粮仓"之意，这一片土地的确成了伊犁河谷的沃野粮仓。

早在三百多年前，这里便埂若棋盘，稻香万里。一八〇九年，锡伯族领袖图伯特进京朝觐，带去了察布查尔大米作为礼物，得到了嘉庆皇帝的赞赏。据《锡伯族百科全书》记载：早在明末清初锡伯米就已名扬四海，悠久的种植历史和得天独厚的自然条件，使得锡伯米素有"贡米"和"军粮"之美称。

锡伯族有种植稻田画祈福的传统，每年秋天，纳达齐牛录乡"绿梦飞扬"大型稻田画产业示范基地里，以田野为画布、以秧苗为彩笔绘制的稻田画，美中有画，画中有景，年年都不重样。稻田画主要由紫色、黄色、绿色三种彩色水稻组成，经过彩稻选育、图案设计、定点测绘、秧苗栽植、田间管理五个环节，形成了精美的稻田艺术。稻农们从年初征集图案，四月筹备设计，五月插秧，随着水稻生长，七至九月进入最佳观赏期。《勤劳的锡伯族人》画中锡伯族男人背着弓箭眺望远方，锡伯族妇女贤惠持家，展现了一幅幸福美满的和谐画卷。《哪吒闹海》彩稻图案栩栩如生。《三生三世十里桃花》由淡黄深黄、淡紫深紫和黑、白、粉红色及常规绿色等八种颜色的水稻组成，成了稻田中的别样景色。《战狼》《我爱北京天安门》《功夫熊猫》等巨幅稻田画生动立体。《弹奏冬不拉的哈萨克族小伙子》《婚礼新人》展现了浓郁的地域风情。

气温虽在持续降低，大地上的劳作仍未停息。正在收割的稻谷，屋顶上晾晒着的玉米和红辣椒，准备播种过冬的小麦……草木逐渐零落，万物趋于蛰伏，但生命并未就此凋谢，只是转而在静默中积累。

望不见尽头的田野里除了种满令人踏实的庄稼，居然还有大片大片盛开的薰衣草，秋天土黄色的主调里跳出炫目的紫色，会在跃入瞳孔的那一瞬间令人恍惚。东经八十度，北纬四十度的秋天，因着大地的一抹紫色而惊艳于世，随风摇曳着那份不与世俗同路的宁静高远，好像天生为一种情调而生。

近处，劳作的农夫，田里的牛，村舍的树木房屋，构成了一幅别有趣味的乡村风光图。远处，白石峰下，薰衣草守望着爱情，向日葵守望着阳光，红豆草守望着收获，红花守望着希望。绿洲白杨、天山雪松、戈壁红柳守护着我们根植的家园。

酿　秋

刚进九月，小艺驾车前往两百公里之外的南路天山峡谷深处，她说今年山谷里野生草药植物生长茂盛，花蜜更是极品。

特克斯县喀拉峻山谷里沟壑密布，喀甫萨朗沟背依雪山，村傍河流。暮色下，空气中飘荡着牧草的淡淡清香，那是一种宁静致远、淡定从容的气息，一种让人心无他念、无所牵绊的气息。

这里是小艺家的蜂蜜基地，叔叔一家在这里养蜂产蜜，小艺在城市里销售。

蜂蜜对人体的有益之处，自古就广为人知，《神农本草经》把蜜列为有益于人的上品。小艺叔叔把他那两百多箱伊犁黑蜂视为宝贝，在这个山沟度过了四十年与蜜蜂为伴的时光，日渐衰老仍不肯离开。他说只有雪山森林草原才是最适合黑蜂生长的栖息地。伊犁山花蜜声名远播，成分中很大一部分是党参、益母草、山贝母、野薄荷、牛至、百里香、甘草等，山花蜜是真正的纯天然绿色保健食品。黑蜂体型大能力强，在零下三十摄氏度的寒冬里能安全越冬，在八摄氏度的气温中还能到野外采蜜，在海拔一千八百至二千五百米处采到的松花蜜尤为珍贵。

养蜂人多生活在深山老林，大部分蜂农家里祖祖辈辈都是养蜂人，子承父业。小艺说她叔叔这一辈子最痴迷最骄傲的事就是养蜂。年轻时养蜂是他的一份事业，可年老体衰，儿女多番请他下山享福，城里早就买好了房子，他固执得很，劝不动。叔叔一生都没有吃过丰盛的菜肴，没有穿过华丽的衣裳，隐居深山潜心酿蜜。

小艺对喀甫萨朗沟有着深深的眷恋，每个季度都去住几天，给叔叔送些生活用品。小时候跟着父母去，跟着哥哥去，成年了带着孩子去。对她而言，那些日子简单而有趣，也是人生中的经历和财富。不知不觉走过了三十多个春秋，现在销售蜂蜜是她的主业，她也不愁销路，都是老主顾预订。小艺每次进山，难免让人担心，有时候会失联好几天，旷野信号弱，在某个点才会有信号，打电话还要边爬山边踩点。回来的时候朋友们都围着她，后备厢里放满了好东西——野花、山泉水、羊肉、鲜牛奶、奶油、野芹菜、野蘑菇……

小艺返程途中遇到了牧民转场，趁着牛羊还没有完全啃光草原上已经开始衰败的草，哈萨克族牧民们组成驼队，赶着畜群，带着帐篷和生活用品，浩浩荡荡地从海拔较高的夏季牧场向秋季牧场迁徙，并最终到达百公里外的越冬牧场。漫山遍野大块大块的墨绿倏然翻身，换成一袭苍黄的秋衣。漫长而艰辛的转场路上，看着转场的队伍乘着古老的交通工具，经营着远古流传至今的游牧业，过着一种知足达观的生活，她突然眼窝一热，趴在方向盘上，感动的泪水盈满眼眶。

我们所眷恋的烟火人间，是什么呢？是大地上生长的果实庄稼，是村庄里升起的炊烟，是父母侍弄的蔬菜，是寒秋里提醒你添衣的人。

晒　秋

伊宁市是一座多民族多种文化交融的城市，天空明亮而开阔，鸽群带着清亮的哨音飞过，俯视着车水马龙和高楼大厦，飞过果园里漫长的聚会。行走在伊宁的秋天里，流金叠翠的枝叶下，延伸着百姓的平常生活。

枝叶繁茂的橡树立在街边，沉甸甸的棕色果实就像老人沧桑的眼神，阅尽树下匆匆来去步履间那不曾言说的秘密。游客在小巷里闲逛，兴趣盎然地在庭院门外张望，对着行人或者民居拍照。

无限的风情还是在小巷里，妈妈们坐在树荫下，将新鲜可爱的水果洗洗切切，去籽、加糖、熬煮，整个巷子都飘散着甜蜜的香气。各种果酱带着朝霞的颜色，庄严地静置在搪瓷盆里晒着秋阳，那也是一种浪漫。一个人在哪里得到真切的感受，他的生命就在哪里流连与生长，这是丰沛的伊犁，也是元气旺盛的新疆。

走在街头，空气里都有一股甜丝丝的气息，浓郁又扎实。甜是隐藏在"粗犷"标签下的细腻味觉，是道不尽的硬汉柔情，一半来自瓜果，一半来自糕点。从盛夏到深秋，熬好果酱晒在阳光下是怎样一种"美得冒泡"的小日子啊！

晒秋菜的几乎都是中老年人，小区花坛、楼前、小广场，晒辣皮子、晒大葱、大蒜、皮芽子，晒大白菜、红薯、雪里蕻……

我相信每一双拣菜的手，背后都有一个家庭故事，在岁月里某一个不经意的时刻，在儿女心中勾起温暖的回忆。秋霜将落未落，树叶微黄，面目慈祥的老人用布满老茧的双手翻拣着红绿白黄的菜蔬，这番场景使得晒菜也成为一个地方的风物诗，这些土味的寻常生活风景顿时文艺了起来。

长风万里送秋雁。在边疆热烈的阳光下，古朴、安详的事物一直都在。

一树芬芳

沙 枣 花

随着手指在键盘敲下"沙枣花"三个字，馥郁的香气弥漫开来，汇集成一堵花墙，立在我的面前。

墙的另一边，是十八岁的我，手里拿着一块香皂在宿舍楼的水房里洗漱。一个姑娘循着味道走过来，她在水汽迷蒙的空间，穿过夏士莲洗发水的味道，穿过硫黄药皂的味道，穿过蜂花护发素和海鸥洗发膏的味道……笑吟吟地走向我。我和卢燕，这个来自东疆小城——鄯善的回族姑娘初次相识，只因她的嗅觉捕捉到了我的毛巾上潮湿的沙枣花的味道。

难道气味比其他任何感官更能传递记忆的内容？如果不是这样，为什么我任何时候回想起十八岁时的光阴，首先唤醒的是嗅觉里沙枣花的味道，其次才是在脑海里复苏的校园时光呢？正如《香水的故事》所谈——"某种气味突然间就能够栩栩如生地再现人们当初的某种经历，昔日重来，音容宛然在目，时间也仿佛根本没有偷偷溜走过。"

我和卢燕同班，也住同一间宿舍，天山南北八个姑娘，她与我最亲近。她有个姨姨家住二道桥，在二道桥有名的小吃街经营着售卖黄面和凉皮子的小吃店。每个周末，她都到姨姨家去。周日傍晚回来先看我在不在宿舍，若是在就叫我去楼顶，拿出凉皮子或者是黄面烤肉，她就在夕阳下看着我吃。我们俩挨得那么近，即使在烟熏火燎的市场里帮了一天忙，她的衣服上、发丝里残留着孜然的味道，当我吃完心满意足地靠在她的肩上，依然能嗅到来自她的颈窝里细若游丝的沙枣花香。

人间智慧常常不是在文字里出现的，而是应用于民间的温饱冷暖。夏季的旷野里，沙枣花碎米粒般的花心隐藏在叶片的银光里，那不断随着热风涌来的香气，令人陶醉晕眩，蕴藏着一种看不见却无处不在的力量。主妇们折几枝沙枣花插在窗台上，把干花放在衣柜里；捡拾它的枯枝烧柴打馕；落在地上的果实多半也是羊儿的食物；沙枣花蜜总比山花蜜多了一层浓郁的香气。沙枣树根植于民间，把它自身的一切都回赠给民间，这是人与自然和谐相处的默契。

我常常在香气中迷惑：土地如此贫瘠，为什么它的枝条瘦弱纤细却有着质地坚韧的骨骼，它的花朵细碎幼小却蕴藏着巨大的能量，它扎根的力量从哪里来？开花的力气又从哪里来？

放羊的老汉年复一年在林间游荡，却从不告诉我答案。

丝绸之路，一路芬芳。西域作为东西方经济文化交流的必经之路，无数香料曾经在这里汇聚，人们对沙枣花香情有独钟，沙枣树也被称为"中亚香水之树"。据说在南疆，沙枣树被誉为

"沙漠中的美人"——不以花容取胜，而以香韵夺爱。有人说传奇女子香妃，身上散发的香味就是中原所没有的沙枣花的香气。传说她自小便有用泉水浸泡沙枣花沐浴的习惯，用沙枣花香来熏衣，甚至用沙枣树油护理头发。

边地辽阔，生命勃发出顽强的斗志对抗与命运相随的孤寂。在那烈日、酷寒与焦渴里，胡杨、芦苇、白杨、红柳、梭梭、沙棘、芨芨草、沙枣树……依然展现着生的欣喜和悲伤，还有那不屈服的韧性与耐力。沙枣树的幼枝披着银白色的光芒，老枝露着红棕色的光亮皮肤，树干也因为承受了太多的风力而歪斜着生长，与光照强烈、疾风暴雪的边地环境如此相宜。上天总是用无形的力量平衡着自然界的一切，让世界精彩纷呈得不可思议。风把种子吹到哪里，就在哪里落地发芽，每一种植物的叶茎里，都有说不尽的暗语藏在里面。这片土地上的人也一样，来自五湖四海，操着各地方言，他们是出生之地的过客，是他乡之地的外来者，为了生存在荒原里打出一口又一口水井，开垦一片又一片农田，生养一代人又安葬一代人，他们终于将自己和自己的后代变成了他乡的主人。当初，我的先辈是以一种什么样的理想和信念，从辽阔的长江流域来到了遥远的伊犁河畔，在风餐露宿的路途上怀揣着怎样的一个梦想？是否因为被歪斜的沙枣树枝挂住了褴褛的衣裳，才停驻在这条河的右岸，筑起了一处小小的家园？至今我都不知晓真正的答案。命运就是这样一双看不见的手，把人推往未知的路上。家园的确立不一定要经过深思熟虑，也不一定是周密谋划的结果，或许是树底下第一缕炊烟，或许是陌生人递过的一碗水，或许是途中休整时的临时起意，更多的是对一片土地抑或一条河流产生的信任与眷恋，就这样在异地他乡安顿下来了，低头劳作没有怨言。在恶劣的自然环境里，面对那逃避不了的苦难，努力适应环境安身立命，而且能够活得泰然，便是对"活着"这两个字最好的诠释。

野生植物与庄稼相依，遍地里蓬勃无声地生长，或许就是大地的本相。沙枣树叶上的白霜，是否预示着人生命运无常的苍凉？人生从未停止过挣扎与漂泊，什么人和什么树会在什么地方相逢是无法预知的，是机缘与宿命使然。

人和树的命运是一样的啊，有什么区别呢？

远离家乡的人闻到沙枣花的香味，让人感到一种亲切和温暖。用不起香水和护肤品的学生时代，舒尔曼香皂的沙枣花香为我们所钟爱，那是家乡的味道，也是青春年华里最明亮的印记。我和卢燕，走到哪儿都带着它的味道。它陪我们坐过公交车和火车，住过旅馆和地铺，去过南疆和北疆。在我们难过不安、辗转难眠或者空虚无聊的时候，它的香气像镇静剂，让我们在奔波中感到安宁和踏实。那时候我们对沙枣树所知甚少，除了它的样子和花香，不知道它还有另外几个少女般娇柔的名字——"桂香柳"或者"银柳""香柳"。知道了又能怎样？卢燕肯定会哈哈大笑着捶着我的背说，沙枣就是沙枣嘛，还叫什么"香柳"，娇气死了。

毕业以后，我们各自回到家乡，就像一棵静默无言的沙枣树，生活在城市边缘。其实成为一棵生长在边远地区的树，也是我们的意愿吧。边疆的孩子与无边无际的世俗生活紧密相连，那些远方的风景啊，都市的繁华啊，对我们有什么实际意义呢。我们的心愿只是在夏天的太阳下绽放一树芬芳，度过灿烂与静默的一生。

时间是像酶一样的存在，帮助我慢慢消化岁月里的经历和味道。至今我仍在回味那青涩中的甘甜以及随风沙逝去的岁月。那么多年，我一直在等待别人告知我一个答案，很惭愧我如此迟钝，明白得有些晚。其实，放羊老汉的存在，本身就是答案——无论是树还是人，它总有自己的坚守，也总有它坚守的力量。

桂　花

到达长沙的时候，空气里飘浮着一股奇异的香气，那香甜的味道，至今还在我的脑海里时时苏醒。

让我留恋的学生时代距今已有二十年的光景了，如今得到一个重返校园的机会，真是意外的惊喜。内心的愉悦其实并不完全来自对知识的渴望，更是因为将要迎来不用操心柴米油盐的新鲜生活。

秋阳里飘浮着暗香，甜丝丝的气息无孔不入。校园清静，树木葱郁，这让我内心的愉悦远远盖过了身体的疲累。安置好行李，出去看教室，教学楼前花香更浓郁了，我东张西望，满目苍绿，但是没看见花开在哪棵树上。一个长发垂腰的女子走过来，她似乎看出我在寻找，笑盈盈地说："桂花很香吧，这棵是丹桂，那棵是银桂。"

草木与人一样，每一种树都有自己的个性和脾气，甚至每一棵树都有自己的美学观念和意志取向。有谁见过两棵一模一样的树？连找到两片完全相同的树叶都不可能。我面前的这两棵桂树，就是个性迥异的。丹桂使劲往高里长，让自己看起来高挑一些。旁边那棵银桂，每一根枝丫都旁逸斜出，却又很齐整地长成了一个圆冠。这棵树很辛苦吧，如果不费些心思管教这些枝条绝对长不成这般好看的模样。

这两棵树像是相互较劲似的，花开得有点儿疯狂，一边开一边落，我真有点儿替它们担心，担心它们会因为用尽气力而累死。丹桂的花瓣泛着金色的橘黄，银桂的花蕊闪着银色的浅黄，娇嫩细小的花形，三五朵挤在一起，花香甜腻，浓烈而清新，长驱直入，渗透力无比强大，一下子便进入五脏六腑，甚至渗入每个毛孔。德国小说《香水》中写道："人可以在伟大之前、恐惧之前、在美之前闭上眼睛，可以不倾听美妙的旋律或诱骗的言辞，却不能逃避味道，因为味道和呼吸同在，人呼吸的时候，味道就同时渗透进去了，人若是要活下去就无法拒绝味道，味道直接渗进人心，鲜明地决定人的癖好，藐视和厌恶的事情，决定欲、爱、恨。主宰味道的人就主宰了人的内心。"我想起家乡的沙枣花，嫩黄的花蕊爆裂在烈日之下，味道密实沉厚，香得让人窒息，完全可以用"猛烈"来形容。每一种草木都与其生长的土地交集，都储存着属于地域的强烈情感。南方的桂花与边疆的沙枣花外形虽然类似，香味到底是不同的，桂花香气细腻清新并有飘逸感，很容易使人产生一种对未来和甜蜜生活的殷殷期待！

汹涌的花香与一个人的内心渴望、精神意志之间是否存在某种关联？这是一种女性的观点，体察草木如同体察自身。男性大多不会因为世上有花就认为这个世界是美好的，而女性更容易将自己的情感或命运寄托在某种草木上。舍勒曾经说过："女人是更契合大地、更为植物性的生物，像娴静的大树，男人就像树上乱嚷嚷的麻雀。"这段话的前面几句我都赞同，但最后一句我就不能理解了。我的浅见是男性关注的是外部世界，女性擅长打探内部世界。正如女性关心蔬菜与花香，男性致力于粮食与江山。自然和人，在这个时刻，同时产生了双重意义——现实与寄托，物质与理想。

　　我对桂花最早的认识，是从王维的五言绝句"人闲桂花落，夜静春山空"中来的。桂花是中国十大传统花卉之一，古代的咏花诗词中，咏桂之作的数量颇为可观。早在春秋战国时期就有了关于桂花的记载，《山海经·南山经》中提道："……招摇之山，……多桂。"屈原《九歌》中载有："援北斗兮酌桂浆""辛夷车兮结桂旗"等。可见在楚地的早期诗歌中便提及桂花的食用和观赏价值。而湖湘大地深受楚地文化影响，种植桂树的历史也较为久远。农历八月古称"桂月"，便是由芬芳的桂花，中秋的明月得来。"嫦娥奔月""吴刚伐桂"的传说中，月亮和桂树是两位一体的，桂树能与月亮一样象征长生。受此影响，历代文人墨客和达官显贵，常在官邸宅园引种桂花。此刻，桂花从古诗里走出来，活生生地开在我的眼前，我的掌心里躺着小巧可爱的花蕾，脚下洒满了细碎的落英。想到桂花受到的礼遇与美誉，旷野中的沙枣花是多么孤独啊，没有在唐诗宋词里留下痕迹，也没有才子佳人的戏文传说。在南疆土木结构的屋子里，织着艾德莱斯绸的姑娘一边忙碌一边哼唱着。就是这样，荒郊野外的沙枣花太不起眼了，它的最高待遇也就是出现在边疆的民歌里。

初秋的橘子洲头，水面上隐隐地笼着一层雾气，湘江的气势如此浩大，完全具备一种天高地阔的博大气质。那座著名的叫作"岳麓"的山和这条叫作"湘江"的江，是这个城市的地标和灵魂。久负盛名的岳麓书院，庄严、神妙、幽远。进了二门，高大的银杏树与桂树比肩而立，石墙上蓄积着的青苔有来自时间深处的味道。树下一地金黄的碎屑，洒落在斑驳的青石板上，好一幅秋天的静物油画。我仰望这两棵古老的树，繁密的枝叶间透过细微的阳光，它们诠释着"仰看流云，伫立不动，并且懂得怎样一声不响"的深层内涵——以不动来看世界的动，从而洞悉人与自然。纵观岳麓书院一千多年的历史，非同寻常的经历与传奇，这些树木所目睹的变乱和沧桑，经受过的苦痛和辛酸，以及不堪的惊惶和噩梦，不是身处和平年代的我辈能够想象的。

一个阿婆蹲在树下，低着头，轻轻地将花屑一点点拢进布袋里。她说每年都来这里收桂花，腌渍的桂花糖很香甜。恐怕这岳麓书院的桂花还独有一番滋味吧。书香？墨香？每一片土地都会与久住的人产生情分，与树产生情分，人与树便是亲人，产生一种惺惺相惜类似血缘般的情谊和眷恋。

在岳阳，我见到了从新疆生产建设兵团第八师石河子返乡的胡湘萍。听说我来自伊犁，初次见面便紧紧握着我的手不放。她的父母是一九五一年第一批去新疆支边的湖南人。母亲就是八千湘女上天山中的一员女兵，是荒原上的第一代母亲。她是出生在地窝子里的第一代兵团孩子，家里的孩子名字里都有一个"湘"字，以此纪念故乡。她高中毕业以后，在连队学校当老师。母亲有个心愿，希望有个孩子能回老家，她就通过亲戚介绍嫁回了湖南。如今，她的父亲、妹妹们都还在石河子，母亲已经长眠在戈壁滩上。她说自己出生在新疆，原本是不愿意离开亲人的，作为长女，母亲的心愿总要理解和完成。她说，当年母亲不到二十岁就离开老家，远离亲人，将自己的一辈子都奉献给了边疆。她在新疆出生长大，二十岁回到了陌生的老家，如今也是当了外婆的人了，还是想念那里的同学，想念那里的亲人。

她提着一个手提袋，里面装着两瓶自己酿的山果酒，非要请我们吃顿饭。打开瓶盖，一股草药香味飘了出来，她说："很好喝的，我在里面加了桂花，你们一定要尝一尝。"我举起盛满橙黄色液体的酒杯，承接她满满的心意，把苦涩中带着甜腻的果酒一饮而尽。这杯酒里，不仅有果实的味道，还有生命悲凉的味道。带着酒意，胡湘萍唱起五十年代的歌曲："坐上大卡车，戴着大红花，远方的青年人，塔里木来安家……亲爱的同志们，我们热情地欢迎你，送给你一束沙枣花……"原本激情昂扬的歌曲，让她唱得孤寂落寞，听得我心里酸楚，眼里也泛起了泪花。生命要经受怎样的守候，才可以画出尘埃落定般的圆？此刻的她，欲言又止，欲说还休。

当故乡成为回不去的遥望，迎面而来的是荆棘丛生的荒凉，曾经正值豆蔻年华的一代人，终究在风沙中化作白发苍苍。这两种树木生在南北不同的地域，花朵都小如米粒，却能够不断吐出汹涌的香气，隐藏着爆发性的内在生命力。沙枣树也叫"桂香柳"或者"银柳"，名字的暗示难道也是一种巧合？在命运的操纵下，什么人和什么树无法预知会在什么地方相逢，也是冥冥中的机缘与宿命。人生的真相就是动荡与漂泊、挣扎与辗转吗？或者说，命运本身即是漂泊？

　　美好的校园生活，在桂花凋谢之后结束了，真舍不得那种静悄悄却闪闪发光的快乐。收拾行装的时候，我把一条裙子小心地叠好压在箱子底下，裙子口袋里装着岳麓书院的桂花。留在心里的，还有那个为我指认桂树的身影以及桂花果酒的味道。那种偶然相遇，那种萍水相逢，是那么纯粹短暂，又是那么意义深远，是她们引发了我对生命存在的体悟。我只能写下这些文字，以示我对这段生活的珍惜和对她们的敬意。

　　罗伊·白迪切克在《嗅觉》里说："嗅觉的作用虽然强大，但它又常常被人们所忽略，……我们也许从没有想过如何开发和丰富自己的嗅觉感知，这样生命中许多微妙的欢乐就在不知不觉间与我们擦肩而过。"我太笨了，无法准确表达自己的感受，我说不出来，或许有些感触只适合在心里回味，只适合在沉默中发酵吧。

　　还没有踏上归程，我不争气的胃已经提出抗议，这是在边疆生活养成的根深蒂固的饮食习惯，多么想念奶茶、拌面、抓饭和馕啊，想念空气中飘散的孜然味道。我要回家了，有一个可以回去的家乡是多么幸运啊，那个前辈们开垦出来的绿洲田园是我称为"家乡"的地方。那是地理上的一个支点，一个灵魂停泊的所在。

五月琴歌

春天经过唐布拉草原

我是在五月的正午进入唐布拉草原的。

这个季节，喀什河两岸的低洼与高坡，阳面或阴处，野花铺满了所有的山坡，开得肆无忌惮，遗世而独立。只要你看上一眼，就会产生一种即刻融入其中，又不忍触碰的异样冲动。春天随牧人打马而过，山冈上阳光灼热，山风清凉。马克·吐温说："五分钟后，你会忘掉自己，二十分钟后，你会忘掉世界。"而我，似乎还没有到十分钟，美景已经深深地印在了心坎上。如果有什么流浪的理由，在这里你也会将它遗忘，只想在这漫长的时光和无尽的苍翠中长醉不醒。

草原深处，坐落着养蜂人的帐篷和蜂箱，他们在繁花时节酿造一家人的好日子。我就像一只蜜蜂，闯入了春天的草原。我是趁着中央音乐学院的和云峰教授带研究生来伊犁采风的机会，与他们一道踏上寻访伊犁民间音乐之旅的。边地辽阔，人们只能通过天空的颜色和风的速度知晓春天到达了哪些地方。而每个春天，风都把野花在山冈上爆裂与低吟的声音传到过我的耳边，我却很少能抵达现场。大多数时间，我在城市里奔忙，只知道春天来临野花盛开这件事情正在伊犁河流经的草原发生，而我在远离现场的楼栋里，畅想着那无边无际的美。

我喜欢五月，喜欢草木极盛时刻的鲜活与明亮，春天抵达伊犁河谷，这才是一年真正的开始。

草原歌声托勒敖

在伊犁河流域的任何一片草原，有种声音越过松林和群山传来，永不停息，这就是河流的声音。伴随着河流的，还有草原的歌声。这些声音不是文明史上的某种象征，不是古代传说，而是穿越时间传布到生命中的轰轰巨响，河流把歌声带向遥远，但这遥远不是静止的，而是永生不息的流动。

哈萨克族人把善咏史诗的人称为"阿肯"，这些民间艺人能记诵很多长诗，能即兴赋诗歌唱，在草原很受尊敬和欢迎。只要你踏进伊犁的河岸，看到丰茂的草原，生灵在深峡与阔谷里生长，你会深信不疑——这方天地原本就是滋生诗篇的摇篮，而这些诗篇被吟咏在阿肯的唱词间，又是那么与生俱来理所应当。

和云峰教授是云南的纳西族人，也是中国少数民族音乐理论、口头与非物质文化遗产等研究领域的学者。他原本是找我当向导的，可我作为一个土生土长的伊犁人对本地民间音乐却一无所知，实在是件令人难以启齿的事情。其实，我是很喜欢听哈萨克族民歌的，那随着冬不拉琴弦的拨动传出的琴音，包含着期盼、纠结与痛苦，常常使我没有来由地落泪，还有比落泪更沉重的心灵的战栗。我总认为清晨走出毡房，打湿我鞋面的露珠，也是牧人夜里唱歌，把月光下的草叶都听得心软落泪的证据。我不懂器乐和旋律，我只愿意默默地静立一旁，融入那种氛围中去，欣赏那些最为本质的歌唱和玩乐，去感受那种情怀。

我们下午到达加哈乌拉斯台乡时，文化站正在举办托勒敖弹唱活动，牧民中的"艺人们"欢聚在此，他们谈笑风生却又暗自较量。他们唱什么我听不懂，但是这种即兴弹唱确实朴实动人，我愿意在他们唱完后给予热烈的掌声。就是在这里，我才知道托勒敖已经在伊犁草原上流传了数百年。坐在人群中，我再一次为自己的孤陋寡闻而羞愧。回来以后，我为此查阅了很多资料，"托勒敖"是哈萨克语音译，可以翻译为"抒怀""抒情诗"或"宣叙调"，是一种哈萨克族民间艺人自行演奏冬不拉、说唱诗歌的曲艺形式。托勒敖最早起源于歌功颂德的赞歌，十三至十五世纪形成较为成熟的托勒敖艺术。随着文字的出现，托勒敖又成为书面文学的代表形式之一，被阿肯们记录整理，按照一定的曲调演唱。到二十世纪，托勒敖成为哈萨克族曲艺的重要组成部分。

显然，几个外地人的闯入，是出乎活动组织者和民间歌手们意料的，不时有人扭头看看我们，转过身去低头窃窃私语。活动即将结束的时候，和教授的学生郑婉娟上台用琵琶演奏了一曲哈萨克族民歌《可爱的一朵玫瑰花》，令在场的所有人都感到意外，哦，不对，应该是惊喜！欢快的音符如叮当的泉水奔涌而出，流淌到每个人心上。从众人陶醉的表情可以感觉到，民族的不同，语言的不同并不能成为妨碍沟通和交流的理由，用音乐的方式来表达远远比其他任何一种方式更直接和更有穿透力。

琴歌有相逢

活动结束，我们驶向套乌拉斯台村，那是山脚下一个哈萨克族牧业村，一片白杨树林里，牧民们已经拿着冬不拉等着了。草原上的汉子拿起冬不拉弹起来，亮开嗓子唱起来，穿着盛装舞起来就是艺术家，举起马鞭子就是放羊的牧人，这就是他们的日常生活。

前些日子我扭伤了右脚，养了半个多月才得以勉强行走，本来是不宜出行的，可我不想错过跟着琴声游走的机会。从伸向山谷的土路到白杨树林，中间隔着一条河，河不太宽，水流湍急。同行的人开始脱鞋袜，蹚过去对我来说是件麻烦事。看我跛着脚走得慢，有牧民建议我等一会儿，他去村里牵一匹马驮着我过河。正在商议的时候，一位瘦瘦的哈萨克族中年汉子主动用半通不通的普通话对我说，脚疼不要勉强蹚水过河，他可以背我过去。他的举动实在令我吃惊，要知道哈萨克族人是很讲究礼节的，晚辈在长辈面前不能毫无顾忌地说话，即使是平辈之间，陌生男女间的相处都是非常拘谨的。他目光坦然地望着我，我红着脸点点头，他脱掉鞋子蹲下，我既羞涩又紧张地趴在他的背上，顺从地配合他的友善蹚过河。树林里的草地上铺着羊毛毡毯，有牛犊卧在高高的草丛里吃草。

在这里，我遇到了一个名叫铁力克的孩子，这个十三岁的小男孩表情腼腆羞涩，黑眼睛灼灼发亮，普通话说得很流畅，完全可以充当我们的翻译。他的父亲阿里甫斯拜是国家级非物质文化遗产代表性项目哈萨克族民间歌唱托勒敖的传承人。阿里甫斯拜用冬不拉弹唱了自己创作的一首歌，歌声随着微风传递到我的心里，这只能是诞生在草原上的歌曲，他高歌的是牧民与高山、草原厮守的情怀，还有生活的艰辛和欢喜。

在每个民族的生命里，都有一种歌谣，携带着古老的信息，它包含着一种力量，埋藏在记忆里最深的地方，渐渐形成一种记忆密码，成为潜藏在一个地域、一个民族血液里的印记。这些印记是打开年轮的密钥，或者是认识一片土地、一个民族、一个群体的钥匙，总该有人记得，有人讲出来，有人唱出来，有人写下来。在不停变化的社会环境里，总有人去做他应该去做和能做的事，一个民族的文明与历史才得以传承。托勒敖就是阿里甫斯拜的记忆密码，代表着一个民族的印记。诗人，阿肯，他们肩负着一种使命，将赞美大地、感怀生活的诗篇弹唱给草原人家听。对于他们来说，生活中不仅仅只有劝诫、戏谑、娱乐，还有精神的游走，灵魂的歌唱，对一切美好事物的讴歌。

铁力克悄悄告诉我，他的父亲和那几个从乡里一起跟过来的艺人，完全是冲着婉娟姑娘的琵琶而来的，说在草原上从来没有见过这种乐器，还想再听几曲。

追溯起来，琵琶和西域是有渊源的。汉代刘熙《释名·释乐器》中提道："批把本出于胡中，马上所鼓也。推手前曰批，引手却曰把，象其鼓时，因以为名也。"意思是批把是骑在马上弹奏的乐器。南北朝时，曲项琵琶由波斯经丝绸之路传入中国，并在公元六世纪上半叶传到长江流域一带，当时称作"胡琵琶"。现代的琵琶就是由这种曲项琵琶演变发展而来的，在敦煌壁画和云冈石窟中，仍能见到它在当时乐队中的地位。冬不拉被誉为"人们心中的夜莺"，也是哈萨克族的文化符号。在哈萨克族家庭里，很难找到不会弹奏冬不拉的人，男女老少都能自弹自唱。只要冬不拉弹起来，草原上淙淙流过的泉水，清脆的鸟鸣，欢腾的羊群和骏马疾行的蹄声会立即展现在眼前。说来也有意思，新疆的民间艺术是一种最合乎地域特点的艺术。比如：十二木卡姆最适合在果园、葡萄架下表演，有一种世俗的欢腾气息；"花儿"在田间地头或山岭河边唱起是最应景的；贝伦舞，在婚宴、朋友聚会等联欢场所极受欢迎；冬不拉最适合在草原上弹唱，配上哈萨克族民歌的旷远悠长，营造出诗一样的深远意境。

世间所有的相遇，都是久别重逢——诞生于草原的粗犷的冬不拉与江南水乡婉约的琵琶在唐布拉草原的相遇，是多么具有穿越感的一幕啊。

我把铁力克的悄悄话转告给了婉娟姑娘，她立即戴上指套，弹起了传统曲目《月儿高》。看着一双双激动的眼睛，她提出和阿里甫斯拜一起尝试着用琵琶和冬不拉合奏哈萨克族经典舞曲《黑走马》。北京的学生和新疆的牧民在此时此刻用不同的琴弦蓄纳天地万籁，淋漓尽致地传达出草原特殊的音乐语言。若干年后，婉娟会不会在回忆里定格这个场景？是否每当回想起她青春年少时的远行线路图上，曾有过南北两种古老琴音的相逢？当然，还可以想得再深刻一点儿……

在故事和梦想之间

铁力克坐在我身边，我问他的名字在哈萨克语中是什么意思，他说是"希望"。阿里甫斯拜听到后笑着说，给孩子起这个名字，除了希望他能好好做人、尊重他人之外，还希望他能传承哈萨克族的民间艺术。长期的游牧经济生活方式下，哈萨克族人即使在没有文字的年代，也用口口相传的方式维系着哈萨克族民间艺术的传承。遗传基因真是奇妙，铁力克立志要学习传唱托勒敖，父亲也就收他为徒。拥有文艺情怀的人必然有一颗敏感细腻的心，爱好文艺的孩子更容易感受到幸福，当然，也更敏感地体会到痛苦。不过，随着牧民定居政策的推进，现代生活的冲击，民间艺术有人愿意继承，就该给予最大的尊重和支持。和教授说，哈萨克族民间音乐的基因需要保存下来，因为这里包含着族群的记忆、审美的积淀。我只能祝福铁力克，往小了说，是子承父业，往大了说，是带着哈萨克族的民间艺术一路前行。

看着他那黑葡萄一样的眼睛忽闪忽闪，我莫名地忧伤起来，我的女儿和这个孩子同岁，我多么希望她成长于山水自然之中，而不是一个困在楼房里不认识庄稼和野花的孩子。比起所谓的成才，我更祈愿她长大以后的身体里，生长着众多可以怀想的词汇。

　　恰德尔拜·依扎特别克靠在树干上，不声不响地反复抚摸着婉娟的琵琶。这个六十多岁的老人曾经当过县文化馆馆长。他从二十世纪七十年代末开始，至今已经收集了五十多首由三十多位民间艺人创作的托勒敖曲目。他的心愿是将这些托勒敖曲目编撰成书。一种民间艺术能走到哪里，能走多远，最终要看它是否能在变化的环境中寻得生存的土壤与发展的空间，而关注它的人又愿意为探寻这片土壤做出多少努力。正是在他的带动下，二〇〇五年，托勒敖被列为县级非物质文化遗产项目，后来又列入国家级非物质文化遗产名录，在巨变的时代为托勒敖寻找到了与现代生活接轨的契机。"托勒敖包含了我们草原的自然风景和牧民的生活习俗、情感记忆，必须传承下去。"在我眼里，恰德尔拜·依扎特别克的言谈举止非常具有诗性，我觉得未必发表诗歌、出版作品的就叫诗人，能否被称为"诗人"在于他的生活方式是不是具有诗性，精神上是否充满诗意。我的断定来自恰德尔拜·依扎特别克给我们讲的故事：三百年前，有个哈萨克族小伙子名叫木拉提，他把祖祖辈辈流传下来的民歌改编成自己的歌谣，弹着冬不拉在各个草场间游走。牧民马木江在一次阿肯弹唱会上喜欢上了住在山那边的漂亮姑娘古孜亚，他把自己的渴望之情讲给了木拉提。木拉提喝下了马木江敬的酒，带着他的冬不拉，骑了两天的马来到了古孜亚的毡房，他对姑娘唱道："姑娘啊！山那边最能干的小伙子马木江对你这么说——白天鹅在高空振翅飞翔，为了寻找栖息的地方/我心中鼓起远航的风帆，为了寻找你要走遍牧场/每当你微笑着站在我面前，笑脸像磁石牵引着我的视线/你鲜红的头巾宛如爱情的烈火，飘动在眼前，燃烧在心间。"优美的歌声传递的深深情意打动了古孜亚，她和马木江开始约会，很快搭起一顶毡房举行了婚礼。

"人生能凑合吗？我认为不能，但有些时候确实是凑合着的，想混就混过去了。那样质量不会好的，又不能重新来过，所以各种矛盾夹杂着，就向前走着，在希望和忧伤之间，在故事和梦想之间。"老人的话时不时在我耳边回响。整整一年了，那些在草原逐着琴歌的场景满满地堆积在我心里，我无法将那些感觉沉淀成文字，我生怕写出来，反而会带给我一些说不清道不明的快乐和忧伤。假如还有机会见到他，我会对他说什么呢？我能充满底气地对他说："我没有凑合着过日子，为了安慰疲惫不堪的心灵和肉体，在希望和忧伤之间，在故事和梦想之间，我一直在生活中寻找美好和快乐。"我能吗？

月色如水清凉

玩得太欢愉，天黑透了我们才住进一户牧民家里。当天夜里，女主人忙前忙后地招待我们，将各种食物摆满餐布，粗枝大叶的我们也没太在意她如何在极短的时间里操持好了晚饭。吃过晚饭，又喝了奶茶，她迅速将餐具茶碗归置停当，又为我们铺好被褥，这才去安置孩子睡觉。其实我特别想和她说说话，可是我们都不懂对方的语言，这个阻碍挡住了我想要叫住她的冲动。刚才她一直忙碌着为众人添茶布菜，我看着她恬静的神情，忽然为自己惭愧起来。我始终无法把日子里的那些小事当成理想、当成意义，总是想做些更大的事情以证明这个世界我曾经存在过。然而，世界再大，都大不过我们的内心，何不像她那样安之若素，她一定有她认为的生活意义，哪怕这种意义并非为天地立心，为生民立命，为万世开太平之类，而仅仅是为家人烧一壶奶茶，守护一只羊羔落地，夜晚拥住孩子温热的身躯。在漫长的草原时光里，她的日子没有钟表指针和物欲的指使，目光与家畜彼此留恋关注，永远心存顺应天命的幸福。谁曾经告诉过我，在伊犁这样一个不同生态、地理环境以及由此形成的多元文化并存的地方，爱情来自心灵，而不是来自经济基础、文化背景和社会地位。对于草原上的女人来说，"柔软"不是一个形容词，而是生命的本质和真理的一部分。

那是个清朗的月夜，我清清楚楚地记得无处不在的月光铺满大地。不知为什么，我很惧怕炽烈的阳光，在太阳光下我总会产生逃跑的念头，而对月光却有着始终如一的衷情，它带给我安详和平静。安歇在黑暗中的我听到窗外有人在边走边唱，用唱歌发泄自己的情绪，或许是醉归的人吧。我不知道他用了多大的力量，才抑制住了内心不驯的洪涌，而止水之下，又蕴藏着多深的哀恸？电影《钢琴师》中有句台词："生活是无比残酷的，但好在还有音乐。"在歌声中寻求解脱是美妙的，也是暂时的，最终会回到凡俗的人间。月光似水，抚摸着夜归人的身影，也笼罩着整个村庄。人生本始于这样的抚摸，这样的注视与倾听。而听着听着，似乎一种又一种知觉在奇妙般地复苏，在忽而高亢忽而低缓的歌声中即现即逝，像一面如镜的湖水微微晃动起来……空气清凉，加上连日来的奔波，我陷入沉睡。

云在移动，月亮在移动，思想在移动，风摇万木，夕照青山，一群本不相干甚至今生不会再重逢的人坐在树林里，弹冬不拉，弹琵琶，唱歌跳舞，这是一场相逢即告别的聚会。当冬不拉与琵琶的合音响起，山上的牧民听到悠扬的琴声，从不同的方向，向山下树林里聚集。看哪，那挥手奔跑的样子，那骑摩托车飞驰的样子，那骑在马背上欢呼的样子……他们面色红润、激情四射，奔向五月的琴歌。

草原冬雪

如果季节可以用颜色代表，那么能够代表北疆冬季的应该是白色。

伊犁河流域，唐布拉草原掩盖在白雪之下，进入深度睡眠。

一

接到老马的电话，他邀请几个老朋友去唐布拉草原，我回绝了。我怕冷，再说十二月的草原，是没有风景可看的。

天气阴霾，已经开始飘雪，车就等在门外，架不住盛情，我裹上羽绒服上了车。

老马家在尼勒克县城，经营着一家餐馆和一家洗车行，他创下的家业交给家人打理，而他自己更多的时候是在牧区游逛，随着季节贩卖蜂蜜、皮毛、牛羊肉、奶制品……他很满意自己的生活，一边自由地玩，一边挣钱，山上山下，城里城外都有他的朋友。

这次，他要带我们去哈萨克族牧民家吃马肉。

上一次来是两年前的五月，草原覆满了山花，正是最美的季节。毡房像白珍珠一样洒落在花毯上，远看炊烟袅袅，诗情画意。走近了会发现，它们掩映在松林里，清冷孤寂。夏天水草丰茂，是牧人的福气。而冬天，当绿色与河水隐退之后，牧民转场到冬窝子，新的定居点是院落，干草高高地堆积在屋顶和圈棚上，一户户紧密相连，显示出一种世俗生活的亲密与温暖。

哈萨克族人是寂寞的坚定守护者，他们以草原为家，以放牧为生，祖祖辈辈，一直这么延续着。这是我对牧民的简单认识，或许其他旁观者心中也有这样的认知。

山区的雪更大，长风呼啸，山路被雪抹平了，只能步行。长及膝盖的羽绒服，棉靴子，围巾帽子，从头到脚裹得严严实实，寒风像吹着口哨的匕首一般划过我的皮肤。我顶着风摇摇晃晃地走，不时要背过身去抵挡被风卷起扑面而来的雪粒。雪原中，除了风还是风，除了雪还是雪。

雪山是庞大的动物，半卧在大地上，不见头尾。它不动，可是它活着，森严凛冽的气息无处不在，我只是经过它身体中正在休眠的某个部位，即使很小的移步，也要使出全身的气力，在山体那些巨大的皱褶之间，渺小地经过。

我在举步维艰之时，思考这个世界辽阔的原因，是不是很可笑，它就是大的，人就是小的，我有限的认知制约了我的思维，不具备进一步了解更多真相的能力。唯一能做的，就是在山谷中沉默地前进。

阿克拜骑着马腾空而降，骏马的鼻孔喷着白雾，马鬃结满了冰珠。阿克拜那厚重的皮毛衣饰，翻身下马的姿态，像草原之王现身。草原汉子伸出结实的双臂将我托举起来，稳稳地落座在马鞍上。白色雪雾中，还有马匹向这个方向移动，朋友们一个个瘫坐在雪地上，当绝境中看到一线希望的时候，毅力倏然撤退，人一下子就失去了站起来的力气。

雪原里没有方向，也没有时间概念，我不知道马走了多久，即使马背上的阿克拜像一座山替我挡风，可我还是被冻僵了，连声音都发不出来，还好没有失去知觉。远远望见牧民定居点的青烟缥缈时，我居然感动得想哭。我像一棵冻白菜般地被阿克拜端了下来。记得小时候，妈妈让我去储物间拿白菜，那些白菜整齐地码放在屋角，冻得硬邦邦的，我双手捧起一个，快速地跑向厨房。此刻，我就是一棵冻僵的白菜，站不稳也迈不开步子，阿克拜掐着我的双臂，就像年幼的我拿着一棵白菜的姿态，将我拖进屋里，放在炕沿上。

阿克拜的小儿子阿穆勒在炕上爬来爬去，忽然被一个陌生人侵占了地盘，有些吃惊地盯着我看。女主人巴哈古丽替我解开围巾，脱掉靴子，又往炉膛里添了几块煤，也上了炕，拉过我的手轻轻揉搓。

终于暖和过来了，我闻到奶茶的香味，我听见狗叫，我终于回到了人间。

白色的墙边靠着白色的绣花枕头，白色的餐布上白色的搪瓷盆里盛着白色的牛奶。阿穆勒戴着白色的羊皮帽子在白雪堆积的院子里玩雪，身后跟着一只小白狗。阿克拜在羊圈里，给一百多只绵羊喂草料，大儿子阿德勒帮爸爸喂羊。马厩里喷出一团团白雾。目光越不过白色的山峦，牧人头顶着白色太阳，行走在漫无边际的白色雪原……

白色，近处远处，到处都是白色。"哈萨克"一词有"白天鹅"的意思，白天鹅是纯洁自由、美好幸福的象征。牧民一生敬畏生灵，爱惜食物，生活俭朴，俭朴到生活起居的一切色彩都还原人间最简单最原始的颜色——白色。

白色成为牧民日常生活的主要色彩，从一顶毡房到一块奶疙瘩，从衣食住行到一日三餐都是白色，白色高于一切色彩，是所有颜色的母亲，没有白色，诞生于其他颜色背景上的色彩，都将失去自我。

素简至极的白色给生存的艰难和痛苦带来清凉的慰藉，他们在民歌中唱道："我的披白挂蓝的女神灵/为求善事宰杀的白头羊/为跪拜铺展开的白垫子……"

松软的雪花是白色的，被冰雪覆盖的蜿蜒山脉是白色的，大雪漫无边际，雪有声音，还有重量，有生命，应该还有思想，大地会不会觉得疼或者痒，那沉睡在冻土里的生灵会不会感到冰和冷？它们和雪有着怎样的窃窃私语？外界人熟知的都是夏季唐布拉草原百里画廊的美景，很少有人千里迢迢奔来领略冬季的魅力，我也是头一回目睹它冬日里苍茫的雪野。

阿克拜忙完进了屋，身躯堵在门上，在草原生活，得有这样敦实威猛的身材，双脚才能在风雪里镇得住、站得稳。一个人的瘦弱无论是身体上的或是精神上的，都扛不住人生的风雪。常年生活在这里，夏季的喧嚣忙碌与冬季的寒冷寂寞也是需要精神力量来平衡的。

二

阿克拜一家的生活范围就在山上山下，草原赋予他们俭朴的生活，日出而牧，日落而息。

奶茶、馕、酥油、果酱、干果已摆在炕上，大块的羊肉在铁锅里翻滚。邻居坎吉别克端来煮好的熏马肉，附近几家邻居都过来了。"谁家来了客人，我们都会聚在一起。"坎吉别克为众人倒上第一杯酒。他黑红肤色、褐色眼睛、身上散发着一种类似羊毛的味道。从他的年龄、仪态、说话的方式，可以看出他在群体中的威望。

有人说新疆人恋家，迁不到哪里去，生的地方和活的地方往往是终老的地方，除非有命运的突然改变才会离开故土。

游牧民族守着祖先固有的生活方式，即便到了现代社会，他们依然策马扬鞭、驰骋草原，在大地上不断迁移，就是为了找到丰美的水和草，这是一种生存方式，也是现实和梦想的完美结合。

我记得外公在世时曾经说过，人选择在哪里生活，哪里的土地就养育人，土地对人是忠厚的，不会抛弃人，只有人抛弃土地。随着社会发展，为了金钱，为了生活，为了梦想……有很多离开故土的理由。当然，年轻人一般不会在一个地方长久地生活，大都拼尽全力走向远方，去实现自己的梦想。但牧民却舍不得离开自己的天地半步，就像阿克拜、坎吉别克，他们永远不会离开草原。

阿德勒十六岁，平时住校，只在周末回家。他想考大学，还不知道考哪里，学什么专业，让我给他讲一讲城里学生的想法。我问他为什么不想留在草原。他说，爷爷、爸爸他们世世代代都在山上放羊劳动，夏天把羊放到山上，打干草，冬天转到山下让羊群过冬，春天里羊羔出生，每个人都忙得晕头转向，羊又重新回到山上……年年都是这样，冬天山上太冷了，雪灾来的时候，羊危险，人也危险，经常刮风停电，出不去的时候，好像被外面遗忘了……

这是一个牧区孩子的真心话，冬季意味着晨昏不明、白雾弥漫的日子到来了，从十月开始天气转冷，一直持续到四月草芽冒尖，夏季忙碌，春季和秋季转瞬即逝。在社会快速变化的时代，他们与草原唇齿相依，他的祖辈，他的父辈和他，仍然这样生活着，他对草原深怀感情，也恐惧厚厚的积雪和呼啸的狂风，还有那说不出的与外界失去联系的孤独。

阿德勒说："我不喜欢冬天，没有寒流还好，下雪没有关系，我们能用干草喂羊，羊也能应对寒冷。最害怕狂风暴雪一起突然到来，有时候还是秋天，这样的坏天气一来，你们没有见过雪地上、羊圈里死去的母羊，刚落地就死去的小羊羔，还有出去找羊被冻死的人。"

阿克拜则希望儿子能成为一名兽医。他给我们讲了十月份大雪突然降临的那次经历："今年天气怪得很，才进到秋天嘛，羊还没有转场，暴雪就来了。我要赶快把羊群赶下山，雪湿湿的，夜晚冻成冰就完了，我加快速度赶着羊往回走。羊不知道要变天了，还慢慢地走，我想了一个办法，在马脖子下面吊了一个饲料袋，一边走，一边撒出来一点儿饲料，哄着它们跟着我走。路上雪越积越厚，踩下去全是水，我的马滑倒了，把我摔在地上，我爬起来再赶着羊走。后来我的羊明白了，挤在一块儿快快地走，天黑前回到了家。当天晚上，就有两只母羊流产了，羊羔可惜了，巴哈古丽心疼，我也心疼了。还有一家人有上百只羊，那天男人到城里去了，羊没能赶下山，几十只丧命了，他们家的损失太大了。草原上太需要兽医了，我的阿德勒可以呢，他想出去上大学我支持，他会听我的话，成为草原上受人尊敬的兽医，我的儿子我知道。"

游牧生活逐水草而居，成群的牛羊、马匹是牧民的生活保障，也是所有财产，游牧经济对自然环境的依赖不言而喻。素白的寂静的美丽的雪，是大自然的恩赐，草原依靠雪水哺育。有时，暴雪也是残酷的刽子手，夺走牧民辛苦操劳而获得的一切，甚至生命。

在草原上度过冬天不是件容易的事，但冬天也有晴空暖阳的好日子，羊群嚼着干草，躺着晒太阳，孩子们滑雪，女人们做针线活、打馕，男人们聚在一起冬宰、灌马肠、熏制马肉。好天气之下，一切都很美好，颠簸辗转的游牧生活，艰辛是真的艰辛，快乐也是真的快乐。

三

一碗一碗的奶茶端上来，一只接一只的空碗递到巴哈古丽手里。她裹着白色的头巾，在炕角忙碌着，手里拿着一块白布，在照顾客人们饮食起居的间隙，动作麻利地穿针引线，绣着桌布枕套之类，红色绿色的丝线，纹路细密精致，盘布着云朵、羊角、花卉这些最常见的民间图案，把大自然相依相存的事物绘制到衣食住行中，是主妇职责的一部分。此外，她还剪羊毛，挤牛奶，带孩子，操持一切家务。男人在哪，孩子在哪，羊在哪，家就在哪，她就在哪。

我四处打量，她的家里，无论用具还是饰物，白色之外，绿色最多，这绝对不是巧合。或许对于生于草原、长于草原的人来说，感知力和想象力会受到生存环境的影响，绿色便会不自觉地沉淀于自身意识和审美观念当中，体现在生活的每一处细节之中。

墙上挂毯中的花朵艳丽，铜壶厚实，炉火跳跃，奶茶滚烫，熟肉冒着香气……一屋子的牧民和客人自如安详地喝酒聊天。巴哈古丽和我聊着坎吉别克，说他年轻的时候，是草原上最英俊的骑手，草原上的姑娘们都很爱慕他。而出乎众人的意料，他娶了阿肯家心灵手巧却有小儿麻痹症的女儿。在牧区没有学校的年代，他的毡房就是孩子们的教室，他的妻子教孩子们识字，他对残疾妻子的关爱让牧区的男女老少都很敬重他。前几年的一次雪灾中，他带着三个儿子帮助邻居转移羊群，最小的儿子没有逃过灾难，那是个还没有结婚、人见人爱的漂亮小伙，母亲承受不住丧子的悲痛，儿子安葬之后也跟着走了，坎吉别克一下子失去两个亲人，人也老了很多。看着沉默寡言的坎吉别克，我觉得他就是《大雪将至》里的安德里亚斯，那个孤独的山林工人——"和所有的人一样，在他的一生里，也曾经怀有过自己的想象和梦想，其中的一些是他自己实现的，有一些是命运赠予他的，很多是从来都无法实现的，或者是刚刚得到，就又从手里被掠夺走的。但是他一直还活着。"

另一间屋子里，小狗趴在门边，阿德勒拥着阿穆勒在炕上酣睡，静谧到幽深，那是一种骨肉相依的幸福。

走进冬天深处，一个童话般的纯白世界，那么苍茫，那么干净，洁净的人心还原了人间最初的美好。人是一种自然，雪是另一种自然，雪可以没有人，人必须要有雪水和江河的哺育。眼前是无垠的皑皑白雪，远处山脊上生长着冷翠的松林，山顶之上是一碧万顷的晴空，山道上的马蹄痕迹伸向远方。

一场又一场大雪降落，白色的背景之上，雪以自己的方式描画出了一户牧民人家的日常——他们的日子，他们的羊，他们的愿望。时间的河流连绵不绝，春天在积雪中一点点绽开芽孢，孩子们在期盼中长大，并且更加珍爱生活。

第二辑 凡尘烟火

六星街的主人与过客

　　在剧变的时代里，我们都是过客，也一概都是主人。

——题记

　　那是初夏，一个周末的黄昏，我约了依琳娜到六星街散步，我俩说好在黎光街六巷的青骊民宿门口会合。我走到中心转盘，确定了一下方向，顺着路牌寻找。我这个路盲，走着走着就迷路了。

　　鸽子飞过上空，哨音清亮，巷道里有老人坐在大门口的木凳上聊天，有主妇举着胶皮水管浇花，潮湿的地面散发出泥土的清香，孩子们三三两两嬉闹，猫咪跑过墙角，太阳的余晖照在蓝色的墙面上。

　　这个六角形的街区，街道曲折，小巷密布，如同卡尔维诺的书名《蛛巢小径》。路牌设置得很是令人迷惑，黎光街、赛里木街、工人街交错并行，每块路牌都是从一巷开始按照数字排序到十巷。明明你正对着工人街的指向牌，转个身又面对的是赛里木街，特别容易混淆。当我和别人说"我在黎光街十巷的手风琴馆等你"的时候，和我约见的人很可能一边应答一边向着赛里木街的巷道走去。

有时打车，出租车师傅会问："哪个六星街？上海城的六星广场还是师范后面那个？"然后谨慎地调动大脑里的路线图，试图迅速定位到乘客指定的位置。

"差不多能找到。

"那个地方岔路太多了。"

唉，都是不确定的短语，听得我不放心，一路提醒他，那附近有个学校，还有个餐厅，有个气派的大院子。其实，说了一路，我自己也没说清楚，目的地到底在几巷。不过下车时司机会好心建议，去六星街，要是想准点到达，最好提前十分钟打车。我们都没好意思说破——至少八分钟是给迷路转圈圈预留的。

六星街街区的规划布局，与十九世纪末现代城市规划先驱埃比尼泽·霍华德提出的田园城市理论有着极其相似之处。街区整体上呈六边的星状，中心是公共建筑，外围为居住区，独具特色。对于很多本地人来说，六星街就像一个环环相连的迷宫，外地人更是走进去出不来，出来了便进不去。

六星街的中心是一个六角圆盘，黎光街、工人街、赛里木街纵横交错，形成从中心点向四周辐射的六条街道。据说二十世纪五六十年代，这里俄罗斯族居多，转盘处有一口水井，是整个街区唯一的生活水源，这里便成为活动聚集地，人们在水井边乘凉，在树荫下拉手风琴，唱歌跳舞、聚会、举办婚礼。

如果给这个叫"六星街"的地方写一份说明书，有几个关键的时间节点是必须介绍的。二〇〇九年，六星街被列为旧城保护性改造的重点项目，保留了原始风貌；二〇一〇年被命名为"新疆历史文化街区"；从二〇一九年开始，伊宁市人民政府对六星街街区建筑风貌、生态环境、经营业态实施全方位保护，那是将六星街更新改造提升成景区的起点。流光溢彩的城市史就此掀开一角。

从那时起，巷道的一侧，各种施工材料堆放挤压，路况变得狭窄而复杂。这个位于城市北侧，占地四十七公顷的街区，历史并不算长。据史料记载，一九三四年，伊犁屯垦使公署由霍城惠远迁至宁远（今伊宁市），伊犁屯垦使聘请德国工程师规划设计的街区，将源自欧洲规划理论的放射形路网，与中国传统院落进行了结合。从路牌的名称可以得知，六星街的三条主要街道——黎光街、工人街和赛里木街，在一九六四年之前，并无自己的专属名字，它们被人们统称为"六星街"。

经过近百年的变迁，多民族聚居的六星街在纵横之间交织出奇特的文化共生现象，这是它最显著的价值所在。来自首都北京的城市规划师李昊，走过世界很多城市，心中有着理想之城的标杆，对于现实中的城市，评价有时难免苛刻。然而，站在六星街，他说："对于六星街，我实在是无法不赞美它。在这样中西合璧的街坊中漫步，很容易感受到城市独特的文化个性。在某条路上，我似乎依稀能看到英国莱奇沃思那样的田园小镇风貌，历史的变迁又仿佛重现眼前。城市幸福感，也就来源于这种生活气息。"

在六星街，那些刷着蓝色围墙、屋顶或门柱的庭院，传统与现代融合并存，像一幅用蓝色马赛克拼成的画，展现着城市文化的多样性。蓝墙之外，一架花篱，摇曳着田园诗意。在游客眼中，走进迷宫一样的巷道，仿佛走进一处公共艺术展示中心，绚丽的民居演绎着鲜活的民俗生活。

新建的中心小广场有长椅供人歇脚，老人推着婴儿车走累了，可以坐在那里休息。天气晴好的时候，常有一位戴着墨镜的俄罗斯族白发老人，坐在那里即兴演奏手风琴。当他展开右臂，徐徐拉开，微眯着眼，能感受到神情的舒展和自我的存在。他或许在琴声中回忆：某年的某个夜晚的家庭聚会，面包香甜，热茶温暖，姑娘们起舞助兴，歌声笑声像解冻后的冰河般奔涌。他还是英俊小伙，拉着手风琴伴奏，深情的眼眸随着紫色的裙摆旋转翩飞。如此生动的景象，属于年轻时代，只有爱情才能展开眼神交会之后细节纷繁的剧情。

周末或者节假日，小广场上常有群众自发举行的演艺活动，参与者中老年人居多。巷道里聚集着由年轻人组成的乐队，真挚的歌声里充满着追逐梦想的力量。玩乐器的小伙子卡尔帕提穿着牛仔裤和蓝色的圆领衫，他擅长将都塔尔与现代电子曲风结合，配上他的烟嗓，即使再熟悉的流行歌曲，也会在星光闪烁的夜晚，给听者带来另一种惊喜和感动。

又一年夏天，在六星街音乐庭院里，一场民间艺人的专场音乐会正在进行。我再次见到卡尔帕提，还是一样的牛仔裤、蓝色圆领衫。灯光迷蒙，歌声婉转，唱着感伤的情歌，时光仿佛停滞在了那一刻，定格在了这场回忆之中。幸好，他所处的场景说明这个酷爱音乐的男孩在时间的激流中保持着自己的节奏，平稳一点儿，闲适一点儿，每一天、每一年都没有与音符分离。

民间艺人赛努拜尔的都塔尔弹唱响起。

············

请你倒满茶杯

如若能再次相遇

我的心会无穷地开心

总是会倾诉彼此的感情

能和最亲的人一起哭泣

也想和最亲的人开心

············

即便是跨越语言、地域和民族，这种质朴深情的歌唱总会让人产生共鸣。朴素、浓烈、坚韧、温暖、纯净、深沉，这些可以无限堆砌的形容词皆不足以描述她的歌唱，她的都塔尔早已与家乡、土地、亲人和生命融为一体。每一种乐器都有自己的灵魂，借由一双双弹拨的手，将生活的褶皱填满美妙的音符。

作家罗伯特·瓦尔泽曾写道："在夏天，我们吃绿豆、桃、樱桃和甜瓜。在各种意义上都漫长且愉快，日子发出声响。"夏夜的六星街，歌声萦绕、乐曲悠扬、笑声欢畅，有相亲相爱的人，有远方来客，灯火辉煌，人间值得。哦，就是那个难以忘却的夜晚，演出结束后，我和友人却找不见停车的地方。我们从巷头找到巷尾，找了相邻的两条巷道才终于找见，七转八拐，驶向回家的路。

人流在街角汇合又离散，街边的树，庭院的花，承载的记忆和情感更广阔复杂。街区的魅力藏于树荫之下，斑驳的光晕洒在墙上、路上和人们的身上，随风晃动，梦境一般记录着四季的更替。我有时路过看见老人坐在树下发呆，是不是身体欠安？不，也可能往事正在脑海里卷土重来。还有一次，我在树下等人，无意间瞥见身边白杨树上有一行刀刻的小字——我在这里等过你。一个悲伤的爱情故事，就用一句话概括终结，简单又复杂。这棵树就像一个证人，身上携带着证据，无声无息老去。

白杨、槐树、梧桐、白蜡、橡树……在无法扩建的路边，向有限的扩展空间表达沉默。庭院里的人，从老人到孩童，都爱着街边的树，就像爱家人，从根部爱到树梢。院门内的人，来来去去，生生死死。路边的树，则一言不发，供那些回味往事的人坐在树下缓解孤单，获得一些旁白和物证。

古丽努尔嫁到赛里木街有三十年了，我去她家的时候，她身着白衣花裙等在门前，热情温暖。她家是本地典型的蓝色小院，走廊摆着盆栽的红色海棠和无花果树，还有那种宽叶的橡皮树。古丽努尔生在兵团，说一口流利的普通话，高中毕业后分配在一家国营宾馆工作。她的第一个孩子是男孩，出生半年后被诊断为脑瘫，她为了照顾儿子而辞去了工作。曾经多少个黑夜，她在丈夫的怀里泣不成声，白天，却又在亲友们面前强撑欢颜。好在一家人相亲相爱，在家人的精心呵护下，原本经医生诊断活不过二十岁的儿子，已经过完了二十六岁的生日。她还有一个女儿在特殊教育学校当教师。"女儿就是为了照顾哥哥学了这个专业，她教哥哥认字写字可尽心了。你看，这是哥哥给妹妹写的字。"古丽努尔的语气中满是骄傲。小学生的方格本上歪歪扭扭写着"吃了，饱了"四个字，热乎、踏实，看得我眼窝潮湿了。

　　老刘和媳妇住在黎光街二巷与江苏路的交会处。夫妻俩下岗后，在街角开了一家小商店。他出生在六星街，熟人熟地。"我对这一片太熟悉了，活了六十年没有离开过。我年轻那会儿，巷道里只要出现个陌生人，我瞅一眼就知道他要干啥。"他说得没错。骑自行车的少年，来到一扇后窗下，车铃有节奏地叮当响了数次。屋里的女孩听明白了，找借口出门，坐上自行车迅疾而去。母亲找不见女儿身影，赶紧关窗户，好像不愿听见窗外的树叶在风中窃窃私语一样。更远处的一棵树，看见一对青年男女进了通用机械厂的大门，牵手游荡到月亮升起。"是我老了吗？过去的事情忘不掉，现在的事情记不住。"曾经红火的通用机械厂早已被一片住宅区覆盖，可在老刘心里，青春的回忆清晰如昨。谁说不是呢？我也感觉人到中年以后，眼前的事物越模糊，从前的记忆却越清晰。卡尔维诺在《看不见的城市》里说："在梦中的城市里，他正值青春，而到达依西多拉城时，他已年老，广场上有一堵墙，老人们倚坐在那里看着过往的年轻人，他和这些老人并排坐在一起。当初的欲望已成为回忆。"

　　依琳娜带我去过她的长辈阿拉娜的家，我承认自己带着很大的好奇心，这一点和大多数人一样：生活在伊犁的俄罗斯族，他们有着怎样的传奇故事？简陋的屋子里，最显眼的是墙上挂着的家人们的黑白照片。"这个，我妈妈，这个，我妹妹，她们都躺在六星街的墓地里。"

　　这所房子和里面旧式的物件告诉来者，在这座城市里曾经生活过怎样的人，以及这些人在这座城市里曾经发生了怎样的故事。

阿拉娜的丈夫阿那托力久病卧床，卷曲的白发堆在头顶，面容清瘦。床下竟有四五只猫咪在玩耍，时不时有一只调皮地跳上床，从老人身上踩过去，像在鼓励床上的老人：要活下去，要生机勃勃。依琳娜用手指一指猫食盆说："看，日子虽不宽裕，但不管啥时候来，盆里都盛着满满的猫粮，没亏着小家伙。"

我经常看见七十多岁，因身体肥胖而走路气喘的阿拉娜，双手提着艳丽的裙裾在俄罗斯风情园跳舞，没想到家里是这样的境况。"我喜欢跳舞，活一天便跳一天，高兴就行了嘛。"

去年阿那托力去世了，阿拉娜还是照样去跳舞，碰上了就聊几句，她也不诉苦，只是淡淡地说："一起生活六十年了，剩我一个人在家里不好受，出来跟大家跳跳舞，什么都不想了。"对于悲伤，人的天性中并无对症的良方。以往的岁月里，无论生活多么艰难，在手风琴的伴奏下高歌舞蹈，这是一种达观。

这都是与六星街有着深厚过往与情缘的主人。我成长的时光与这一街区无关，反而能因此获得某种个人化的表达角度。我追溯着六星街的前世今生，我写过它，并不意味着就了解它，我对它依旧陌生，依旧会迷路。

有一回我又迷路了，误入工人街五巷，巷口一户庭院外立着一株高大的蔷薇，根茎粗壮、枝条修长，一树娇艳的黄色花朵密密匝匝，特别壮观。我在花树前拍照、流连，冒冒失失走进院子和主人攀谈，忘了自己要去干吗，不过因此牢牢记住了那一树黄蔷薇。第二年夏天再经过那里，门口那一树黄灿灿的绚烂消失了，从邻居那里打听到这家人出租了院落搬走了。我站在那里，就像做了一场梦，怀疑那棵花树是我的幻觉。可明明好几个人都告诉我，那里真的有两棵招眼的树，院门外是蔷薇，院门内是樱桃树。改造后的庭院成了演艺餐吧，我还进去过，在树上摘过甜美的大樱桃，而那一树蔷薇，竟然真的消失了。那么大一株花树，怎么能移走呢？它在另一个地方被栽活了吗？

在新媒体高调亮相的六星街，以个性鲜明的风貌成为这座城市的旅游新地标。每一个来到这里的人，都要到六星街走一走，否则就好似没有到此一游一样。

漫步在街区，民宿客栈、手工艺品店、餐厅、特产店鳞次栉比。咖啡馆、酒吧、饮品店越来越多。夜间灯火闪烁、劲歌热舞，往来的年轻人俊颜鲜衣，咄咄逼人的青春，让夜晚的六星街完全不同于白昼的小巷幽深。他们似乎在宣示：这街道，这座城，这时代，属于又一辈新人。

以全新面目出现的六星街让原本就找不到方向的路痴，更找不到路了。

王炜炜的民宿开在黎光街九巷，她和无数预订她家民宿的游客一起经历着在六星街迷失方向的时刻。因为找不到路，就在附近打转而取消预订的事时有发生。

"导航那么精准，为什么你还找不见呢？

"你到了啊？不好意思，我出去接你，自己给迷路了。"

为此，她亲自设计了手绘地图，拍成照片，发给每一位咨询的客人。

依琳娜在广场中心的俄罗斯风情园经营着一家面包店，建筑物明黄色的外墙配上墨绿色的木窗很是显眼。更明显的标识是，路边树荫下立着一个举着面包的俄罗斯族姑娘彩塑。就算站在马路对面的方位，顾客还是常常找不见。

——看见广场上的三套马车铜塑像了吗？从马头正对的方向过马路就到了。

——三匹马？你指的是哪个马头对着的对面？

这是依琳娜经常接到的询问电话的内容，搞得她啼笑皆非。因为她自己也是路痴。"朋友听说六星街有好几家咖啡馆，让我推荐一下哪家的好喝，我大脑里迅速展开了地图搜索并确定了方位，表述时却无法说清楚到底在哪条路上。只好对朋友说，说了你也找不到，自己去转转吧，转到哪家进去就是了。"

看来，没有一个路痴能顺利进出六星街。

六星街成为"潮街"，三条主街上，大部分宅院都被商家购置或者租赁，开设为时尚门店，新潮涌动、生机焕发，周围的餐饮业被带动运转起来，所有业态共同依附在六星街旅游景区生态链上，像毛细血管一样相互连接，又相互供养。

六星街的好光景到来了，咨询招商政策的、打听房源的、装修开张的……很多客商没能等到来年春天，那条彼此供养的毛细血管，就被疫情剪开一条细微的口子。

无论因何而阻隔，时间的脚步总是坚定不移地朝前走，年轻的人和事永远像浪潮一样滚滚而来，那是发展的力量，成为每一个时代不羁的风尚。即使游客稀稀落落，新店铺依然登场，明丽的色彩刺激着经营者的斗志，他们对未来充满信心。就像草原上的火灾，土地完全被烧黑烧焦，所有绿色都消失了，可烧焦的土壤养分更丰富，新的植被长得更茂盛。人也是这样，他们总能找到办法，怀揣着希望重新开始。

许多人在崭新又永恒的当下面临选择，"韧性"再度成为一个具有神奇魔力的词语。所有问题的解决似乎都来自一种信念，失败也好，痛苦也罢，各种人生障碍不过是一个个终会过去的时刻。新的造梦逻辑，带来新的希望和新的迷茫。痛苦正在过去，遗忘还没来得及发生。但无论如何，六星街正慢慢从阴沉的寒冬走进阳光明媚的春天。

春节前，我带女儿去拜访一位暂居六星街的电影导演，聊得开心，不觉忘了夜已深。告辞以后，母女二人又转向了，索性顺着路随便走。身旁除了行驶而过的车，几乎没有行人。走着走着，见一个院子门口亮着灯，两个巴郎在卖烤肉串，孜然的香味绊住了女儿的脚步，她站在烤炉前吃得那么享受。

那个夜晚，空气寒凉，圆月高悬，天空明净。月亮下面什么都显得美，忧愁也可以转化成诗意，要是月亮旁边闪着星星，感觉更是美妙极了。我和女儿继续沿街步行，像把一本旧书一页页翻过去，读出新意味。长大的孩子，蒲公英一样随风四散，即将大学毕业的她将飘落何方？这个冬夜，一盏小灯照亮的院门、烤肉的香气，不知道会不会让离家的孩子长久挂念。

这样的夜晚，以前没有出现过，像电影镜头般美好，转瞬就消失了。我记着，写下来，这美好就获得了永恒。

冬天过去了，春天过去了。五月，初夏来临，晚霞渐出，浅浅的金色余晖照耀下，六星街的玫瑰在空气里晕开的香气，自然而热烈。这样的一个夜晚，皮特罗的老父亲溘然长逝，带着他奶奶的嘱托，那不能告诉别人的秘密，再也见不到天亮。第二天，我走在黎光街四巷，路边的树干斑驳得就像生活的裂痕，树还是那些树，在太阳最炽烈的日子也能感受树荫下的清凉。生离死别终将来临，我们在怀念一个人的时候，到底在怀念什么？有些告别是无法说再见的，那就叫作永别。但是只要你想起那个人，汹涌的思念就无法停止。那些透过树叶缝隙投下的光影，就是生命里最珍贵的记忆。

想想前些年也走过这里的小巷，日子静谧漫长，街角的小店播放着陈奕迅的《十年》，听歌的人心想：十年后的岁月遥遥无期。后来在小巷里又听到《十年》，不禁轻叹浮生也不过转瞬。如今走在这里，反倒会被不经意间撞见的某一个场景打动——同行的人，吹过的风，琴弦里流淌的诗，来不及告别的人，树皮上刻着的誓言……一切的一切，自然、平实，又自带温度和力量，这就是生活。

秋收冬藏又一年

从新疆到广西，从西北到西南，从寒到热，穿越了中国。

立冬那天，我妈在南宁弟弟的家里包白菜馅饺子。窗外，紫荆花开得绚烂。

我妈说见不到雪，一点儿冬天的样子都没有。

立冬标志着冬日的开始。《月令七十二候集解》中将"冬"解释为"冬，终也，万物收藏也"，指秋季作物全部收晒完毕，动物开始储藏食物准备冬眠，人也进入休养生息的时节。节气的意义，在悠久漫长的历史中已经逐渐演化为民俗文化的一种象征。

我妈是国庆节之后出发的，行李里除了衣物，还有真空包装的辣皮子、奶皮子，瓶装的油辣子、酱菜。她为不能带上装有酸白菜、糖蒜以及酱菜的坛坛罐罐感到遗憾，再三叮嘱我吃掉或者送朋友，不要浪费了。

爸妈出去遛弯，遇到卖菜的，还是老习惯，一买就是好几公斤洋芋白菜。他们老是忘记把葱论根买，四季青菜水嫩的南方，三天两头飘雨，洋芋买回来三两天就长芽了，白菜则会腐烂掉，根本没法存放。

古代没有冰箱，更没有反季节蔬菜，人们要想在冬天吃到青菜是不可能的，腌菜真是一个伟大的发明。当天寒地冻，寻觅不到新鲜食物时，一缸咸菜便是漫长苍白中最为深刻的味道。作家汪曾祺说："中国咸菜多矣，此不能备载。如果有人写一本《咸菜谱》，将是一本非常有意思的书。"

在过去运输不方便、大棚不普及的年代，寒冷地区的人们，总要在入冬前囤菜，以便挨过长达五个月的冬季，而晒菜，就是为囤菜所做的前期准备。

每到秋分前后，城市乡村的街角都有卖菜的卡车或者马车，堆满了大葱、白菜、萝卜、洋芋等蔬菜。三三两两的主妇围上去，从中挑选出包心扎实的大白菜。白菜的特性主妇心里门儿清，既能吸附其他食材之味，又能保持自身独有的清香，价格便宜耐储存，完全是蔬菜界的典范。青皮的白菜水分多，适合炒着吃，白皮的白菜做馅或腌制，这可是主妇们当家的本事之一，关系到全家人半年有滋有味的生活，半点儿马虎不得，每一棵白菜都得经过眼睛打量再上手检验。

晒秋菜的几乎都是中老年人，对他们来说，囤秋菜已经成为人生的一部分，不在入冬前囤菜，心里空落落的，不踏实。

农田里的庄稼丰收了，家家户户就开始晒辣皮子，晒大葱、大蒜、皮芽子，晒大白菜，晒红薯……这种惊人的阵仗，南方人不太能理解。若把这道壮观的风景当作北方的"季节限定"，那么一切就有了仪式感。

那时候家家院子里都有一口菜窖，秋收后菜窖里的洋芋萝卜要能一直维持到来年春天。我爸在菜窖角落里倒几桶细沙堆起来，把树上吃不完的苹果梨子摘下来一层一层码在沙子里。菜窖里除了果蔬，还有不清楚哪来的癞蛤蟆爬来爬去。我因为害怕癞蛤蟆所以从来不敢下菜窖，取菜的任务就落到了弟弟头上。他灵活单薄的身子从菜窖窄小的洞口下去，手里拿着一个筐子在窖里捡拾，菜窖很小却很深，他举着筐子顺着梯子艰难地向上爬，小脸涨得通红。

伊犁人偏爱吃酸白菜，很多人家里都有口大缸，大白菜晒好后，洗净控水，在大缸里码整齐，每码一层就撒一层大粒盐、辣椒面和小茴香。最后，用一块石头压实，静等发酵出水。农村有用酸菜汁来开胃降火的做法，牙龈上火肿痛，不用吃药，从菜缸里舀两碗冰凉的酸白菜汁喝下去，即可止痛消肿。

压缸石是有历史的，可能比家里孩子的年龄都大，日积月累浸入了酸菜味，丢进滚水里能煮出一锅酸菜浓汤。压缸石以青墨色为首选，酸白菜吃完清缸的时候，要洗得干干净净放在窗台上，来年接着用。

回想往昔，漫天飞雪、大地白茫茫的日子里，弟弟下到菜窖里，就像小松鼠在树洞里掏着囤积的果实。屋里炉火正旺，我们吃着妈妈做的酸白菜拌面，心里美滋滋的。

家常滋味带着年代的味道，历久弥香。回想小时候素淡的生活，更加体会到这个时代的丰盛。

我成家之后，居住的小区老人特别多。每到入秋，小区花坛、楼前、小广场上晾晒着各种秋菜，除了车道，能占的地方基本占满，从辣椒、白菜、洋芋、大葱到花生、红薯、红枣、雪里蕻，堪比菜市场。

黄昏散步，总能听闻一些关于丢菜的事情。昨天七号楼的花生少了，今天九号楼的红薯不见了。大葱白菜成捆成棵不见的情况也经常发生，都是无头案。小区物业才刚起步，服务不完善，丢菜的阿姨就去保安那里告状。所以，那段时间保安有点儿忙，骑个自行车在楼前楼后巡逻。

二十年过去了，我搬了好几次家，小区管理也越来越规范，公共场地不许晒菜，盛况不复当年。但是一些花坛边沿、广场拐角还是有辣椒红薯摆着的。室外有限制，阳台派上了用场，防雨防盗，而且阳光直射自然形成的温室，使菜晒得更均匀。

物流越来越便捷，一年四季超市菜铺都有新鲜蔬菜，年轻人已经不太愿意做这些事，也许多年以后，晒秋菜腌咸菜也会成为非物质文化遗产。

我妈想把储菜的优良传统传承下去，便教给我一些储冬菜的基本常识。比如，大白菜立在墙根，大葱晾晒时一定要保留葱叶，这样可以保持它的元气，等叶子晒蔫了就可以把大葱叶子编起来，根朝下放在阴凉处。腌菜的时候也让我看着，一边操作一边给我讲解，可我总是心不在焉。她以为腌菜从娃娃抓起，蔬菜的清香就会渗入我的骨髓与灵魂，长大后就能成为一名合格的家庭主妇，我的孩子以后也能吃上酸白菜、油辣子、花花菜。可惜我辜负了她的厚望，迄今为止，我从来没有独自动手腌过一坛咸菜。

每次回娘家，临走时打包咸菜，连吃带拿送朋友，她们比吃肉都高兴。虽说如今已经很少有咸菜就馒头的日子了，但我们这一代人依旧对这种简朴的菜式深怀感情。

　　我倒是把晒辣皮子的传统继承了下来，懒人懒办法，防盗窗网格上插满了红辣椒，自然风干。

　　人间烟火里滋长着一种叫责任心的东西，经年累月操持着琐碎细密、热气腾腾的日子。在这些人的热爱里看到我们的另一种生活与宿命，他们都是别人，却又都是人世间的另外一个我们。这也是"一方水土养一方人"所映射的日常饮食流变和独特的味觉审美，并在其过程中留存和传承食物所承载的味觉记忆、饮食习俗、文化样态与情感。

　　又一个清晨，妈妈从冰箱里拿出奶皮子，煮开浓茶，倒入牛奶。辣皮子剁碎和肉末洋葱炒在一起的小菜，刚出锅的热饼子，摆放在餐桌上。她说，看不到白茫茫的雪，再没有一碗热热的奶茶，那还叫什么冬天呢！

　　四千多公里之外，我还在睡梦中，月色晦暗，朔风正劲。原野寂静，土地都闲下来了，万物静等一场雪。一年一轮回——春生、夏长、秋收、冬藏，大自然永远秉承这个法则，有作有息。

人间小欢喜

黄昏时分，我走进艾力家的小院时，他的妈妈——胡西旦大姐迎上来问好。

我的嗅觉捕捉到一股香甜的味道，果然，灶台上熬着一盆果酱。杏酱的味道，再熟悉不过了，这是童年的味道。

杏酱的味道是相似的，形状却大不相同。胡西旦大姐熬制的杏酱是将整颗杏子投入糖水里，又不能让糖丝粘在盆底带出煳味，只能微火慢熬。最后，奇迹出现了——糖汁红亮，杏子颗粒完整，晶莹剔透。

——大姐，我妈妈做杏酱，都是把杏核去掉，熬出来的酱稠稠的。你这个杏子一个都不破，糖汁透亮，你是怎么做的？

——这样用手轻轻晃动盆沿，不能心急，不要用勺子搅拌，不然糖汁会浑。

不同的民族，制作杏酱的方法也有区别。夕阳的微光里，我吃到了带着杏核的杏酱。

——喂耶，你的眉毛拧到一块了，不甜吗？

——太好吃了，酸甜酸甜的。

伊犁是水果的天堂，第一次读到但丁的《神曲·炼狱》里"此处春常在，花果万千，各诉蜜意"时好惊奇——这分明就是我们伊犁嘛！从五月的桑葚、草莓，六月的杏子、树莓、樱桃，七月的苹果、桃子、梨、李子、甜瓜，九月的葡萄、红枣……每一种水果，都被巧手的妈妈们熬制成果酱装进瓶子里，封印住每个季节所独有的美味。

果酱是伊犁人茶点的标配。从城市的面包到牧区的馕，蜂蜜与果酱，都是最佳佐餐伴侣。这与移民定居在伊犁的俄罗斯族有关，他们在融入伊犁生活的同时，更是将自己的民族文化播撒在了伊犁。

对于伊犁的主妇来说，制作果酱不仅仅是给孩子增添一道吃食，还是一个特殊的仪式，有点儿像厨房魔术，餐桌上没有果酱，总感觉少了点儿什么。尽管超市里的果酱应有尽有，但是会遭到妈妈们的鄙视："那不是果酱，是果冻，添加了那么多明胶，还有说不出名堂的添加剂，哪有果子的味道，难吃死了。"所以，在许多伊犁人的厨房里，仍然看得到主妇挥舞着漏勺的身影，也闻得到熬制果酱的香气。这大概是工业化的世界里，她们对家人、对生活最真挚的爱了，以感恩之心去领悟食物给予的珍贵滋养，厨房里的秘密，便是人间小欢喜。

我的少女时代，每一个暑假，都与果酱有关。

院子里有棵海棠，每年都结很多果实，树枝几乎垂到地上。海棠果不耐储存，烂掉又可惜，做成果酱便是最好的处理方式。

我坐在树下，洗衣盆里满满一盆核桃般大小的果子，我的任务是去核，挖掉虫眼，手指被小刀划得伤痕累累。但是一觉醒来，果酱带着朝霞的颜色，稠稠酽酽，庄严地静置在搪瓷盆里，那样的早晨，带着欣喜，又充满爱意。

它们最终被封存起来，等待一场雪的降临。西红柿、李子、葡萄……装着各种果酱的瓶子摆满了杂物间。

而我的手，不是被西红柿汁液蜇得生疼，就是没完没了地增添小疤痕。

我并不爱吃甜食，所以对果酱也没什么热情，或许，回忆很美好，但熬制果酱的过程并不都是甜美的。

我对熬制果酱的程序烂熟于心，却没有亲手熬制过一次，即使自己当了妈妈，也没有给过孩子这种甜蜜的表达。然而，我家的餐桌上常常出现各种果酱，有妈妈熬的，也有朋友送的。

朋友伊琳娜家年年果酱不缺席，大多来自她妈妈之手，伊琳娜的妈妈常常烤制一种叫"比洛克"的果酱面包，杏酱、草莓酱等本地水果制成的酱，都被她铺在面饼上，烤制成浓香的爆浆面包，香甜了我女儿整个成长岁月。

有时伊琳娜也动手熬酱。那时候我们还年轻，深秋，我们两家会选一个周末，带着俩孩子去霍城县大西沟采摘野酸梅。大西沟还没有被开发成景区的时候，我也并不知晓野酸梅是亚洲独有的且唯一分布在新疆霍城县大西沟境内天山山脉北坡的罕见物种，是世界仅存并濒临灭绝的原始野果。我们在大西沟每个山头自由出入，男人在河沟捡石头，孩子采野花编花环，我和她忙着捡拾熟透的浆果。

野酸梅经过她的熬制，浓缩成精华，珍藏在冰箱里。她还熬草莓酱、樱桃酱和树莓酱。在俄罗斯族中，树莓被认为是最甜、最美味的象征。

　　果酱的甜蜜历史，是从哪里起源的呢？时间倒回到旧石器时代。在西班牙的一处洞穴里，当时的人们就会从蜂窝里掏取蜂蜜，然后放在土器中和水果一起煮，果酱可以说是有史以来人类能够保存的最古老的食品吧。古罗马时期，人们会将水果和鲜花一起放在蜂蜜中浸泡，以追求水果更好的口感并将其保存下来。公元前三二〇年左右，著名的亚历山大大帝东征，把珍贵的砂糖带回了欧洲开始制作果酱。果酱就是食物保存试验的一个缩影，而它的诞生，与糖息息相关。

　　因为甜蜜，果酱除了具备食用功能，还可以用来隐喻爱情。

　　王小波在给李银河的情书里写道："我和你就好像两个小孩子，围着一个秘密的果酱罐，一点儿一点儿地尝它，看看里面有多少甜。"

　　日本电影《小森林·夏秋篇》里，市子一边做果酱一边自语："掉落一地的果实只能等着慢慢腐烂，拼命长大的成果只是付诸东流，于是……把你们做成果酱吧。"——就像是在说她那段没能善始善终的爱情。

　　卡耐基有句名言，提醒人们不要瞻前顾后忽略了当下，真正重要的是过好每一天。"我们多数人都像那样——挂念着昨天的果酱，又担心着明天的果酱——却不会现在就把今天的果酱，厚厚地涂在面包上。"

　　女儿并不知晓这句名言，她的吃法即是把果酱厚厚地涂在面包上。

　　"你抹的果酱也太多了吧，不腻吗？照你这样吃，牙不疼才怪呢。"我看着女儿手里面包上摇摇欲坠的果酱忍不住啰唆。

"这样吃才过瘾嘛!"两个小姑娘一起反驳。

"来,再加一点儿,这样才有满足感。"伊琳娜任由孩子吃甜食,完全不顾她们长不长蛀牙。

回想多年以前,我们去山林里与小动物们抢着采摘浆果,然后经过挑选、清洗、碎浆等工序做成一瓶果酱,享受完那片刻的味觉欢愉之后,还能留下什么呢?脚步踏在落叶上的声响,孩子欢叫的场景,对未来生活的憧憬……时间路过我们的时候多残忍,一晃人到中年,那些飞扬的笑声变成了迟暮的伤痕。还好有甜蜜的果酱疗伤,天真和倔强,还和从前一样。卡耐基说得对,为每一个当下而活,为了内心的热爱而投入行动,美好的生活,从拥抱平凡的此刻开始。这,是幸福的法门。

即使搬进城里的楼房,我的妈妈还保留着做果酱的习惯。有一天打电话叫我过去,进门的时候,她正在厨房熬果酱。望着一丝不苟守在灶前操作的妈妈,我的眼前浮现出年轻的她在炉火前忙碌着的样子,熬果酱,熬糖稀,铁锅里滚着骨头汤,从烤箱里拿出配方简单的面包……如今妈妈老了,却依然想让她的孩子在冬天的早餐桌上吃上亲手熬制的果酱,在她心里,从盛夏到深秋,熬果酱是怎样一种"美得冒泡"的小日子啊!

胡西旦大姐的杏酱,让我感到羞愧,水果如此鲜美,我却不解风情。

夜间,读约翰·济慈的书,正好看到这样一段话:"说起享受,此刻我一手在写,一手握着油桃凑近口齿——何其美哉。这桃肉柔软蜜滑，汁液香甜——如获赐福的草莓，这丰腴的美味沁人喉舌。我当然受其滋润，硕果累累。"

哎哟，就在刚刚，我也是吃着流着蜜汁的油桃写完了这篇随笔。脑海中顿时闪过一个念头：明天要不要和妈妈商量一下，熬点儿杏酱呢？

餐桌上的融合

一天晚上，媒体人法法跟我说拍视频的事。说完了正事，我跟她说，明早在艾山江的水煎包子店约个早餐。

第一次去吃艾山江的水煎包子，就是法法带的路，我付的钱。

后来，"艾山江的水煎包子"就成了我和法法约饭的暗号。

外地来了朋友，我也会带到这家包子店，美其名曰"尝一尝我们的民族团结早餐，才能了解各民族文化相互交融的新疆"。

大型纪录片《天山脚下》的总导演祝勇回想起在新疆拍片的经历时说："这世界的地理风貌、人文历史，没有一个地方像新疆这样高度融合，冰与火相融，古与今相通，这份相融相通，随即又转化为对新疆人精神的塑造。"

融合——物理意义是指熔成或如熔化那样融成一体；心理意义是指不同个体或不同群体在一定的碰撞或接触之后，认知、情感或态度倾向融为一体。

新疆的魅力，在于它巨大的包容性。新疆是一个多民族聚居、多种文化荟萃之地。民族融合的过程，不单单是一个血脉交融、人口繁衍壮大的过程，更是一个文化交融、习俗变迁的互相影响的过程。

有人问过我："怎样以最快的方式了解新疆？"

我就回答了一个字："吃！"

融入一方水土，不是仅仅进入它的地界，而是要从胃开始适应这个地方的饭食，才能透过不同的语言和风俗，安心从容地欣赏一个地方的美景，体验地域风情。

疆域辽阔，每一种食物的诞生，都含有某种生活创意。随意在街巷里转悠，看到打馕人用长长的火钩"吊"出烤馕的那一刻，就像飞出一轮金色的太阳，仅仅是注视便能够给人注入生命的能量。而同样出自馕坑的烤包子，则是用一个长柄的大水勺，一次就能取出好几个，给人一种丰收的视觉感受。

就是这样，新疆人用最简单的食材，容纳最丰富的内容。

扯远了，转回来说一说艾山江的水煎包子。

新疆包子，最具代表性的是薄皮包子、水煎包和烤包子。以这三种包子来说，只有水煎包原先并不属于新疆。

水煎包起源于中原地区，在华北和西北颇为流行，取材方便、丰简皆宜，不受地域的限制，不受季节的影响，一年四季都能制作，成为各地畅销的大众化的风味小吃。无论出于口味还是情感，水煎包在任何地方都能得到最广泛的认同。随着人口迁徙，人们将这种用水煎方式制作包子的技术传到新疆，再经过当地人的不断改良，成为特色小吃。

它是地域间、民族间大融合的完美产物。

清晨五点，路灯安静地竖立在街道边，伊宁市光明街沉睡在黑夜里。艾山江·亚生夫妇从巷子深处走来，打开店门。

二十年来一路相随，默契分工。

天空透出光亮，小城逐渐苏醒，一排排民居门口花枝摇曳，挨着院墙的是挺拔的白杨树，时光如溪水长流，光明街仍保留着老伊犁的生活气息。

包子店热闹起来，热腾腾、油汪汪的水煎包混合着各种语言的问候上桌了。

从少年时起，艾山江就在餐厅打工，拌面、抓饭、烤包子、烤肉等新疆特色美食样样精通。五十一岁的艾山江并没有发福，和红光满面的厨师不太一样，他个子不高、身形偏瘦，老板是他，厨师也是他，杂活儿也是自己干。扛面粉、揉面、擀皮拌馅，油煎翻面……虽然店里也有伙计，但是每一道工序他都亲力亲为。

"皮薄馅美"是艾山江水煎包多年积攒的口碑。拌馅配料是艾山江的绝密武器——新鲜牛肉加牛腰子油和用油脂高温爆香的洋葱，鲜美多汁。包子两面都煎得金黄焦脆，包子皮薄厚也是恰到好处，外皮、肉馅和汤汁一起咬下，才能感受到其中的美妙。每天食客们吃进肚子的五千个水煎包，带给了艾山江一家人富足的好日子。

临近中午，包子店迎来一天中的客流高峰，常来的熟客，艾山江喜欢用"朋友"称呼他们。来客连菜单都不用看就直接点餐，熟悉得就像在自家厨房。店门外、小渠边也有等候的人，对门的面肺子、隔壁的凉粉店，不时有人传话再来两笼包子。

伊犁旅游这几年火爆，艾山江的包子店也成了伊宁市的打卡地，柜子顶上放着一个奖杯，上面刻着"新疆民间餐饮匠人"的字样，这是他前些年参加餐饮比赛获得的荣誉。

央视播出的纪录片《美食中国之伊犁味道》里，艾山江和他的水煎包光彩亮相。纪录片前采期间，烈日炎炎，我带编导小林吃完包子去喝格瓦斯。他跟我说，你们这里真是一个神奇的地方，简简单单吃一顿饭，摆上来就是好几个民族的食物混搭，每顿饭都有民族大团结的影子。

确实如此，就说吃水煎包，奶茶是不可少的搭配。哈萨克族喝奶茶的习俗传承已久，是游牧民族茶饮的代表，也承载了民族融合的独特记忆。茶是中原农耕文明最典型的代表，而牛奶则是牧区生活之魂。奶茶的出现，是农牧文化融合的产物。远道而来的陌生人，用一碗碗奶茶打破关系的壁垒，交谈的话语就会变得柔软、温暖而松弛。

无论吃早餐、午餐还是晚餐，无论在什么样的餐桌上，哈萨克族的奶茶和维吾尔族的抓饭烤肉、锡伯族的大饼、汉族的馒头油条，都是绝配。

五月的阳光暖暖地照在身上，我带着来自南京的纪录片摄制组去吃水煎包，小伙子们吃得满嘴流油，大呼过瘾。摄影助理吃完在外面晃悠，手机捕捉到一幅画面：后堂的窄门里，厨师戴着一顶红色帽子，蹲在女儿旁边正在打电话。小可爱乖乖地坐在小板凳上，噘着小嘴等待爸爸的亲吻。孩子的身后，立着一袋圆滚滚的洋葱。这一幕场景就像是一场不需要彩排的情景剧，即兴而随意地展开，好的作品，正是鲜活的生活本身。

艾山江在边合区上海路和民丰路拐角处还开了新店，从北京路菜市场那个巷道走到头就是。店名很有诗意：艾山江溪流水煎包子。

人生起起伏伏，在伊宁这座小城的每个奋斗者的胃，都被奶茶包子慰藉过。丰富的物产孕育出浸润在小生活中的大滋味，穿越时间、地域和民族，演变出万千吃法，也是伊宁独具风味的情感表达和故土乡愁的延续。只要烟火缭绕，小城就永远保持着气定神闲、古朴平和的姿态，一如岁月本身。

达吾提家的桑子熟了

吐尔逊说要带我去一个好地方，他甩着胳膊，腆着肚子走在前面，我跟在后面，他推开一扇木门，偏过头对我使了一个"进去"的眼色。

跨进门槛，桑树的浓荫就罩住了我，头顶的桑果又大又鲜，看看都要流口水。我一只手拽住枝干，一只手忙着往嘴里送，黑紫的汁水顺着指尖滑过手掌再流到胳膊上，洇出弯弯曲曲的细线，有种回到小时候的感觉。

在我的童年，到了五月，桑葚比杏子抢先一步成熟，小孩子在桑树上爬上爬下，小手和嘴唇被桑葚汁染得紫红，变成花猫脸，把衣服弄脏剐破，难免被妈妈数落。那时候，大自然的一切馈赠都是丰美的，每一种果实吃到嘴里，都是世界上最好吃的东西，那是没有超市没有零食的年代里最大的幸福和安慰。成年之后，我们这一代人对于田野里任何一棵树或一株花草所怀有的感情，都根植于岁月，潜藏于记忆深处，当置身于某种熟悉的气息时，沉睡在年轮里的童年回忆便苏醒了过来。

吐尔逊喊我："哎，到这边来，还有白桑子。"和黑桑子酸甜的味道不同，软糯的、拇指状的白桑子放到嘴里不必嚼就融化了，甜到发腻。前两天我拍了巷道里小孩子摘桑子的照片发给一个没来过新疆的朋友看，他回复说："这种果子不好吃，不甜。"此刻我站在桑树下，想到和他的这番对话，心生同情——在边疆夏季平均每天长达十六个小时的光合作用和昼夜温差的共同作用下，果实蕴含的甜蜜因子是什么滋味呢，没尝过的人当然想象不出它有多甜。

这个大院子里有五棵树龄超过二十年的桑树，每棵树上的桑果我都没有放过，一圈吃下来，肚子已经发胀了，双手黏糊糊的。

——咱们中午不用回去吃午饭了，就在树下面的毯子上休息吧。

——这个毯子是接桑子的，不是让你睡觉的。

——这个院子没有主人吗？你去找个塑料袋，咱们摘一些带回去吧。

——咋没有主人，那边呢！

在我和吐尔逊你一言我一语的对话间，我顺着他下巴扬起的方向望过去，院子的另一端，一个灰衫白胡子的老头坐在树荫下低头干活儿，完全无视有人在他的地盘上放肆。

"你咋不早说，羞死人了。"我白了吐尔逊一眼，赶忙过去问候。

边疆的民间魅力在于巷陌，一条条幽深洁净的巷子，庭院齐整排开，果木繁茂，院子里的灶台和卡尔瓦特（木榻）是安置在果树或者葡萄架下的，卡尔瓦特上铺着鲜艳的花毡，一家人在此休息。来了客人，铺上条毯，放置小条桌，请客人上座，饮茶，吃饭。

就在这样一个阳光初照的早晨，达吾提老汉坐在树荫下，把树枝锯成一截截柴火码放在灶台边。我向他弯腰问好后，他便掂起水壶洗手。洁净的灶台上，盆里的牛奶煮出一层微黄的奶皮子。

达吾提老汉笑着问我："丫头，奶子喝不喝？""不喝了，肚子饱了。"这是新疆人的口头禅，什么名词后面都带着"子"，什么丫头子、儿娃子、果子、麦子、皮芽子……吐尔逊过来和老汉说着闲话，我自己转转，两亩多地的院子，院墙周边都是果树，树下草丛里，老母鸡带着一群鸡娃溜达着觅食。

关于桑树，琢磨起来很有意思。在我国文化典籍中，桑树的地位很高，"桑"这个字的使用频率也很高，人们把土地称为"桑田"，农事劳动称为"桑麻"，又以"沧海桑田"借喻世事的变迁，"桑梓"被用来比喻故乡。更不要说"开轩面场圃，把酒话桑麻"之类广为流传的诗句，还有以桑树为起源的丝绸之路，那是对世界文明和贸易作出的多么巨大的贡献。

维吾尔族建筑风格的庭院内外随处可见桑树的存在，这是一个标志性的图腾。据说是先民留下的传统，在古人的认知中，桑树枝叶繁茂，粗壮高大，果实能饱腹，树叶能养蚕，具有养育生命的神奇功能，所以将桑树视为吉祥树，心存敬畏。桑树包含着的这种古朴的精神文化色彩，倒是与《诗经·小雅·小弁》中的"维桑与梓，必恭敬止"极为契合。

桑树是边疆日常生活的重要组成部分，也是民族习俗、信仰、文化、历史的烙印。比如，桑果可配药和酿酒，枝条可用来编筐，桑木可制作民间乐器和家具。隋唐时西域已出现桑皮纸。西凉时期，高昌出现了养蚕业，千年之后，艾德莱斯绸神秘的图案依然衬托着女人妙曼的身姿。

另外呢，如果你听到这样的故事，不要觉得诧异哦。母亲带着孩子去学校报名，老师问："巴郎子是哪一年哪一月出生的？"母亲回答说："就是那年桑子熟的时候生的。"老师淡定地在心里推算，然后填写在表格里，继续问下一个问题。在边疆，人们用某一种作物或者果子成熟的时节来记忆某件事情发生的时间，是再正常不过的事了。比如"桑子熟了的时候"，就是一个重要的时间标识。

达吾提老汉不识字，他也不懂关于桑树的那些典故，他只是沿袭传统，把桑树种在庭院里，唱在民歌里："用你院中的桑木/做成了一把热瓦普（民族乐器）/在情火的烤炙下/我的心儿成了卡瓦普（烤肉）。"

哎哟，火辣辣的情歌！

我们告辞的时候，达吾提老汉拿出一个塑料袋递给我，一脸慈祥地说："丫头，桑子多得很，带一点儿回去吃嘛。"

走出院门，我问吐尔逊："你咋认识他们家的？"

"我不认识他，昨天入户走访路过，看见院子里的大桑树了。"

"你不认识人家，还带我来吃桑子？我再不跟你出来了，今天脸都丢到桑树下面了。"

"我明天还来呢，你来不来了？"

　　"来呀，带一个盆子来呢。"

　　一路斗嘴，回到了村委会大院，古丽波斯坦带着她漂亮的小女儿迎面走来。我张开双臂正要拥抱她，看见自己张开的手掌黑紫黑紫的，还没来得及放下，小姑娘就喊起来了："阿姨，你的牙齿咋是黑的？你没有刷牙吗？"我尴尬地对古丽波斯坦解释："达吾提家的桑子熟了，我吃桑子去了。"小姑娘又喊起来："阿姨，你的舌头也是黑的！"

　　亲爱的麦迪娜，你能不能小声一点儿啊，阿姨丢在达吾提家桑树下的脸面刚捡起来，就被你揭掉了。难道你是那个从皇帝游行队伍里溜出来的，说皇帝没穿新衣的小孩吗？

人间有味是清欢

下班前，女儿发了条语音："回家时买点儿细面，我给你们做韩式拌凉面。"进家时，黄瓜丝已经切好，甜辣酱和辣白菜、蒜瓣都备齐了。

煮熟的面条过凉水，温度瞬间降低，去除了面条表面糊化的淀粉，使面条变得更加筋道。浇上用雪碧调和的辣酱汁，配上黄瓜丝、辣白菜、生菜，再摆上一个煎蛋，撒上芝麻粒，形式和内容都有了。

端上桌的除了凉面，还有期待的眼神。

"嗯，好吃！"面的清凉、黄瓜的清脆、酱汁的酸甜里透着微辣，都涌入口中。

自古以来，民间就有六月吃凉面的说法。无论在干热的北方还是湿热的南方，凉面在夏天的餐桌上从不缺席。各地有各地的传统，各家有各家的配料，用家常的食材便能做出无法割舍的味道。

在新疆，男人爱吃黄面，女人爱吃凉皮。昌吉一带的凉面又叫黄面，做法讲究"三遍水，三遍灰，九九八十一遍揉"，色黄有嚼劲。面条下锅煮熟，捞出过两遍凉水，之后拌清油。卤汁是凉面的灵魂，菠菜、黄花菜、木耳、蛋花等等，少不了辣面子醋蒜等各种调味品，最后倒入水淀粉，使汤汁略微黏稠。丫头子往那一坐，对老板说一声"黄面、凉皮对半！"双方都心领神会。

还有种吃法是男人们的最爱，黄面烤肉。黄面和烤肉可是绝配，盘中上层是烤肉、中层是黄面、底层是黄瓜丝，黄面温凉、烤肉滚烫、黄瓜丝清爽，不可名状的混搭美味。这可是多民族同奏的美食乐章，一般多是店堂里回族师傅卖黄面，店门外维吾尔族师傅卖烤肉，客人享受的是双重服务，双重口味。吃完以后，屋里屋外，各算各的账。

女儿上小学的时候，有个暑假我们带她去恰西景区，正好遇到有个电影剧组在拍外景。她钻进拉器材的大车驾驶室里不下来，非要跟着去看热闹。转悠到黄昏回来，仰着脏兮兮的小脸跟我汇报，中午吃的是黄面卡瓦普，拍电影真有意思，导演可威风了……时光飞逝，快得令人惆怅，那个混在陌生人群里吃黄面烤肉的小丫头，如今已经能麻利地给父母做可口的凉面了。

现在的她比我还高半个头，翩翩站立一旁，我心里却固守着她幼时的模样，她的成长历程里有那么多温情有趣的故事，让人不由得想记录下来。

我的母亲善于厨艺，和面时她会加点儿碱面，这样和出的面筋道顺滑，手工擀出的面，擀得薄，切得宽。配上凉粉，打个酸汤，油泼蒜泥和辣面子，再烫个嫩韭菜，那是我念念不忘的滋味。

当我成为主妇实在不知道该做什么饭的时候，简单快捷的凉面便会成为首选。上班的、上学的，累了一天回来，吃上一碗凉丝丝的面，在开胃和清爽中取得平衡，心中的燥气便没了。

孩子养大了真好，在今后的餐桌上，韩国拌凉面、日本乌冬面、炒意面会经常出现。

在古代，凉面曾经有过一个诗意的名字：冷淘。杜甫曾写过一首《槐叶冷淘》这样称赞道："经齿冷于雪，劝人投此珠。"《唐六典》中记载，皇上在每年夏天举行朝会时，都要让御厨给官员供应冷淘。书中还记载了冷淘的具体做法：采青槐嫩叶捣汁和入面粉，做成细面条，煮熟后放入冰水中浸漂，其色鲜碧，然后捞起，以熟油浇拌，放入井中或冰窖中冷藏，食用时再加佐料调味，成为令人爽心适口的消暑佳食。

"咦，这不就和我们现在常吃的菠菜面一样吗？"

随着宋代烹饪技艺的进步，冷淘也不局限于槐叶冷淘了，银丝冷淘、甘菊冷淘纷纷登场。明代时，冷淘从宫廷移步民间。市面上出现了专门经营凉面的餐馆，制作也越来越精细讲究。据明朝万历年间《扬州府志·风俗》记载："扬州饮食华侈，市肆百品，夸视江表……汤饼有温淘、冷淘，或用诸肉杂河豚、虾、鳝为之。"

至清朝时，凉面已经成为市井人家的家常饭，能丰能俭、能素能荤，时至今日依然活跃在各家各户的餐桌上。

"爸爸，要不要再来一盘凉面？噢，冷淘！"

从冷淘到凉面，从滋养贡品到百姓餐桌，经历过诗人礼赞，也抚慰过清寒岁月，饱含着亲情关爱，蕴含着民间智慧，一碗面以一种阅尽沧桑的淡然，幻化出万千风味，演绎着人生百态。

万般滋味是榴莲

在美食界，臭豆腐、螺蛳粉和榴莲，并称三大魔性般的存在。这三样都不产自新疆，却偏偏受到丫头们喜爱。比如，我女儿尤其喜欢嗦粉。我呢，越是吃不上就越是惦记榴莲。

榴莲是个神奇的物种，顶着"水果之王"的称号，不羁的模样、浓烈的味道、奇异的口感，爱它的人爱到极致，讨厌它的人也讨厌到极致。

有一年冬天我去深圳，晚饭后出来闲逛，在一条商业街的音像店里给女儿买动画片碟子，路过水果摊时闻到一股股臭味，小推车上堆放着叫不出名字的水果，那时候不认识榴莲，不知道是它散发的味道。再说，一个来自瓜果之乡的人怎么能想到居然还有这种水果，我们新疆的水果可是又香甜又好看的。

没过几年，南方水果搭乘物流货车出现在边城，山竹、芒果、榴莲在水果店里常常能见到。女儿在好友晓霞家里第一次品尝了榴莲果肉，回家兴奋地对我说，吃到了很奇怪的、又臭又香的、像冰激凌一样的东西。

我问晓霞给孩子吃了什么冰激凌，她纳闷："我没给你丫头吃冷饮呀!"随后给我解释,她女儿跟随爷爷奶奶去深圳姑姑家过年,回来后就嚷嚷着要吃榴梿,那时候,听说过榴梿但没见过,自然也买不来。两年过去了,这不,今天她爸拎了一个榴梿回来,尖刺外面还捆着铁丝儿,这东西太贵了,竟然一百多块钱一个,大公鸡才不过二十来块钱。晓霞是个精打细算过日子的主妇,她捧起榴梿左看右看没看出哪里值钱。她女儿狂喜不已,叫来最好的伙伴,也就是我女儿来分享好吃的。全家带着仪式感把又臭又贵的东西打开,色、香、味,这玩意儿占了哪个?哪个都没占上!偏偏让人一旦爱上就爱一辈子。

一番话勾起了我的好奇心。

有个周末,我牵着女儿去父母家,顺路买了半个榴梿,塑料袋也裹不住从裂缝里飘出的臭味。当时爸妈不在家,我没忍住馋,和女儿商量,不等了,咱们吃一半留一半。鼓起勇气,挖一勺送进嘴里,果肉奶香软糯,口齿留香——气味与口味的极致反差,恶臭与美妙不可言传的强烈对撞。

果然如郁达夫在《南洋游记》中写的:"榴梿有如臭乳酪与洋葱混合的臭气,又有类似松节油的香味,真是又臭又香又好吃。"难怪有人说世上没有讨厌榴梿的人,只有还没爱上榴梿的人。

妈妈进门就吸了吸鼻子,然后走进厨房,往柜子上看,趴柜子底下看,打开柜门盆盆罐罐翻着看。我问:"你找啥?"妈妈说:"咋一股子臭皮芽子味道,我看看是不是皮芽子滚到旮旯角烂掉了,咋那么臭呢?怪不怪,出门时还没有臭味呀?"

我干的好事,榴梿味弥漫整个房间,久久不散。我讨好地把榴梿肉喂到我妈嘴边:"可好吃了,可贵了。"我妈一脸嫌弃,坚决不吃，还让我快滚，把她房子都弄臭了。

爱吃榴梿的人臭味相投，我有时买上榴梿拎到晓霞家分享，她说榴梿是魔鬼与天使的相拥。在驻村宿舍，我和元芳把能吃到榴梿视为天大的幸福。

相传明朝郑和率船队三下南洋，出海时间太长，船员们思乡心切，归心似箭。一天，郑和在岸上发现一种奇异的果子，就带回与大伙一起品尝。有人问郑和，这种果子叫什么名字，他随口答道："'流连'，取自'流连忘返'之意，寄托思乡之情。"榴梿与"流连"同音，后来人们就将它称为"榴梿"。

榴梿漂洋过海，又在陆地奔波几千公里来到边疆，价钱多贵啊，在我们这儿，一个榴梿相当于一只羊腿呢。上百块钱几口就没了，简直就是开洋荤啊！爱得上，吃不起。

榴梿营养丰富，广东人常说一个榴梿三只鸡。《本草纲目》中记载："榴梿可供药用，味甘温，无毒，主治暴痢和心腹冷气。"可见，李时珍也是多次试吃过的。

榴梿不可多吃，肠胃无法完全吸收时会上火。若吃榴梿过量，可立即吃几个山竹化解，山竹属至寒之物，可克制榴梿之热。唉，山竹也够贵的，用我妈的话说，买这些东西都是浪费，吃一小半在肚子里，扔一大半在垃圾桶里。她说得好有道理。

新疆男人倒是对榴梿不大感兴趣，但是他们会包容女人吃榴梿。

王蒙先生曾扎根新疆十五年，他的作品犀利与幽默并存，尤其在短文中，最能见其幽默，以下是他关于榴梿的记叙。

　　早在一九八七年访问泰国的时候,就听人说起过榴梿。"你吃过榴梿吗?"熟悉南国的友人问。流连?多么好听的名字,没有任何别的水果有这样美妙的发音。梨,叫人想到离别;枣儿,特土;瓜,傻乎乎的;桃儿,又太小儿科。"不是那个流连,而是石榴的榴,莲花的莲。"友人说。那就更妙了。我想:石榴和莲花,都是最美观、最赏心悦目的,不但看起来悦目,听起来也十分悦耳,既有榴梿直观的鲜丽,又有流连的深情,还未相逢,我已经爱上了它。

　　而一九九一年的新加坡之旅使我对于榴梿的兴趣又热了起来。特别是同行的女作家黄蓓佳更是念念不忘念念有词地说是要吃榴梿,似乎不吃榴梿就白去了新加坡,白参加了新加坡新闻艺术部主办的世界作家周。我一面对她追求新鲜经验的热情唱赞歌,一面绅士风度地默不作声。

　　反正我已经去过了靠近赤道的新加坡,反正我已经吃过了榴梿,反正这已经是一篇小文章的题材啦。写了文章也罢,榴梿对于我们仍然是陌生的。

　　——王蒙散文随笔《榴梿》

　　王蒙先生是大作家,也是日常的表达者。真正的智者,可以通过文字让人看到另一方心境。

　　确实,榴梿对于我们仍然是陌生的——无论我多么爱吃榴梿,也只是偶尔尝一尝罢了,它终究不是在边疆的土地上生长的苹果葡萄西瓜,我们吃不完也吃不够。

房顶上·屋檐下

那时候，我还小。

夏季的黄昏，晚霞满天时刻，巷子里的男人们忙完了一天的活计，围坐在谁家大门口的条凳上，或蹲在白杨树下，打牌、下棋、吹牛皮，天不黑透不散去。

一群孩子一起玩耍，从巷子的这一头疯到那一头。我经常带着弟弟顺着木梯子爬到房顶上，俯视屋檐下我们视线所及的人间，看男人挥动的手势，看树枝上跳跃的鸟雀，看女人吵架，看鸡鸭归巢，看菜园里碧绿的生机……那是万物中无尽流变的光阴。

我坐在平平整整的房顶上，谁也看不到我。房顶上那种明亮又隐蔽的空间，让我感到一种说不出的自由与安妥。沐浴着夕阳的余晖，独自享受着乡村的宁静。

在某种意义上，到了高处就意味着获得了一种超越别人、观察别人的权力。我不仅看见自己家院子里熟悉的一切，还看到了前后左右的邻居家院子里陌生的一切。我双脚不动，眼睛却可以望得很远，甚至感觉可以在房顶上走遍整个村庄。当然，这也只是想想，我的目光从来也不会走出太远，一般最远也不过是越过四五个院子。法蒂麦家院子的后墙，通往大路的拐角处有一个黑黑的电线杆子，电线杆根部有半截水泥方柱，我的视线越不过那个电线杆子。每当我四处巡视，目光飘移到半截水泥方柱上，就算完成了房顶上的旅行。

在我十岁的时候，这是我所能攀爬的最高处，也是我所能看到的最大的世界。

法蒂麦的弟弟，一个五岁还不会说话，走路老是摔跤的白胖胖的小男孩，此刻正在妈妈的搀扶下洗澡。他是我们这条巷子长得最漂亮的孩子，雪白透亮的皮肤下面映出的粉红色脸蛋让见到他的人都想亲上一口，还有他的睫毛，又弯又长，眼睛周围毛乎乎的。

那时候谁家要是办宴席，老人们总是抓着几颗糖说一个谜语逗小孩子，谁猜对了就奖一颗糖。老人们知道的谜语总是那几个，翻来覆去让我们猜。有个谜语是："上边毛，下边毛，中间一颗黑葡萄。"每次听到这个谜语，我的脑海中都会闪过法蒂麦弟弟的眼睛，只有他的眼睛才配得上这个谜语。

洗得干干净净的小男孩被他妈妈放在葡萄架下的木床上，给他手里塞一个弹弓叉子就忙别的事去了。他就乖乖地坐着，一直玩弄手里的弹弓。我看着看着，就觉得太无聊了，他怎么就能天天、月月、年年玩这个东西从不厌烦呢？

那个可怜的漂亮的小男孩没有活过十岁。不过他在人世间得到的爱一点儿也不少，他的家人对他呵护有加。巷子里的男孩子都有弹弓叉子、木头手枪，从东家院子窜进，从西家院墙翻出，跑得满头大汗抓特务。法蒂麦的爸爸也为儿子做了弹弓，即使儿子不能跑不能跳不能说话又咋样？别的男孩玩的东西他都有，做工更精巧。他走了以后，我每天黄昏都能看见他妈妈坐在葡萄架下，手里捧着他的弹弓叉子，默默地坐一会儿。一个孩子走了，生命之花凋落在宁静的湖面上，没有荡漾起涟漪，村庄里的人继续劳作，只有亲人才会感到悲凉与不舍。或许，生命之花每天都在凋零，无所谓老幼。我所看到的，不过是人世间每时每刻发生的事。

去年冬天，父亲要卖了老院子，让我回去看看，他说以后院子不再属于我们了，就是一个曾经住过的地方。

时隔三十年，我再一次也是最后一次站在房顶上，望向法蒂麦家的院子。多少年想不通的事忽然就明白了。小男孩怎么会无聊呢？一点儿也不无聊。事情往往就是这样，不经历的人永远也不能理解，或许有些人来到这个世界就是为了沉默。他的"难以自拔"让我相信，那是他发自内心的热爱，沉溺，旁若无人，一点儿也不绝望，却更像是在绝望里孤独地挣扎，而弹弓叉子是他唯一能够掌握的武器。

巷子里的男人辛苦挣钱、养家，女人操持家务、带孩子、照顾老人，家家都一样。乡下的男人风格硬朗，大男子主义，不会轻易表达感情，也不会体贴妻子。后院的麦吉是个热心善良、幽默风趣的男人。可是他嗜酒，三天两头醉醺醺的。他老婆阿米娜穿着旧得看不出原样的长裙子，穿着一双破旧的鞋子在院子里忙来忙去。三个孩子最大的也不过七八岁。麦吉经常烂醉如泥地躺在院子里，浑身是土，睡得昏天黑地。他不喝酒的时候也是一个好爸爸，将最小的儿子抱在怀里亲吻，孩子笑得蹬着小脚揪爸爸的耳朵。

有一天黄昏，两口子打架把左邻右舍全都惊动了，麦吉瞪着红红的眼睛，嘴里说着含糊不清的话，举起拳头朝阿米娜打去。三个孩子哭喊着往妈妈怀里扑。男人们拉开了麦吉，女人们给阿米娜递上毛巾。打架的原因是，阿米娜要回娘家参加侄儿的婚礼，为了不让娘家人看到她的寒酸样子，就想去供销社扯一块花布做一条新裙子，再买一条新头巾。谁知道麦吉把她攒下的钱全部偷着拿去喝酒了。别说随礼的钱，连买一条头巾的钱都没有了。本来麦吉就爱喝酒，劳动也是三天打鱼，两天晒网的，这个家全靠阿米娜会操持才勉强不饿肚子。日子过得不宽裕本来就很憋屈了，再加上麦吉死不悔改，酒瘾越来越大，对家庭生计不管不顾，阿米娜的委屈可想而知。麦吉是孤儿，多亏心善的阿米娜嫁给了他，跟着他吃苦受累。经过这一折腾，再这样下去，这家人的日子就要过不下去了，邻居们都替阿米娜感到委屈。

吵闹归吵闹，阿米娜看在可爱的孩子们的分儿上，日子也得接着过下去。麦吉还不到四十岁，在醉酒的春夜猝然长逝。阿米娜在第二年秋天带着三个孩子改嫁到了别的村子。

苏珊·桑塔格说："人必须在人的世界里求取意义。"那么好吧，阿米娜也应该求取她穿着好看的裙子回娘家的幸福日子。杨木匠和阿米娜两家院子只隔着一道矮墙。杨木匠的老婆是个泼辣的四川女人，经常说阿米娜的孩子站在墙头上偷她家的杏子，还拔她家的菜。这在邻居之间都不叫个事，家家院门挨着院门，墙根连着墙根。这家的果树伸到那家的院墙里，那家的鸡跑到这家的鸡窝里，两家的电表箱子紧挨着挂在一棵白杨树上，邻居之间的往来，无非就是蔬菜食物、物件家什之间的传递，何必呢？可是，杨木匠的老婆有点儿看不起麦吉家的穷日子，难免要找点儿事说道说道。阿米娜搬走以后，她也难受了好多天，或许是感到内疚吧，她的孩子也没少吃阿米娜打的馕。杨木匠家的大门两侧堆放着木头，晚饭后巷子里的女人们都围坐在那里议论家长里短，永远都是那些关乎生离死别的话题，杨木匠的老婆是嗓门最高的那一个，那些日子明显地少了她的高音。

我更喜欢长时间俯视院子里的菜地。千姿百态的树、五颜六色的花、大大小小的瓜、长长短短的豆，墙头上匍匐的啤酒花藤蔓，墙根下的野薄荷和樱桃树。我看见右边院子的马海德拿着一把大剪子修剪葡萄藤，左边院子的阿舍儿将大蒜栽得密密麻麻。

隔壁的杨木匠家的小儿子养了一窝兔子，有一天给菜地浇水，隔开两家菜地的院墙突然塌了好大一片，那些逃命的兔子从我家菜地的胡萝卜秧子里钻出来四处逃窜，谁都没有发现兔子们在地下开掘了那么长一条曲里拐弯的秘密通道。我小脚的奶奶拎个小板凳在菜园子里挪去挪来地拔草，她守着菜地精心侍弄，那些蔬菜都长得神采飞扬，西红柿结得又大又多，把枝条都坠得直往下出溜，靠不到树枝架子上，害得我奶奶一遍又一遍把枝条拽起来用布条子绑到架子上。拔草的时候，她养的肥猫紧紧跟着她，懒洋洋地眯着眼趴在她的小脚边，不时抬起头瞭一眼，一副不耐烦的表情。

无论我站在房顶朝着哪一个方向，抬头都可以看见雪山。半山的雪杉，半山的白雪，巍峨壮阔，就在眼前。雪冠洁白炫目，洁白中又有一道道清晰的褐紫色的线条，像刀刻出来的一样。它是乡村生活的一个背景，既无法靠近也无法跨越，维护着我们空气一样的自由和尊严，日常生活里的安宁与富足就是这样来的吧。

妈妈带我到巴扎上，远处有鼓声传来，咚咚，咚咚咚！节奏强烈，激情四溢。紧接着唢呐声响起，高亢凌厉。生命多么渺小，在大地之中微如尘埃，人们有自己的悲欢，借着鼓声，发出向命运挑战的强音。混杂的声音里，鼓声依然是最突出的，是心脏的跳动。我扭转身子四处张望，寻找鼓声的来源。三个民间乐手坐在乡村最高的建筑物——供销社的房顶上，吹奏的吹奏，敲鼓的敲鼓。

在这片土地上，这声音一点儿也不陌生，节日或是庆典，在上空久久回荡。我们头顶上的炽热并非来自阳光，而是房顶上的纳拉格（维吾尔族的一种打击乐器）。鼓声如雨点砸向干旱的大地，溅起尘土飞扬。人们在鼓声中走动，沿着日子的方向，做着该做的事。多少年后，我读到意大利文学大师卡尔维诺的《树上的男爵》，故事里有一个一生都生活在树上不愿下来的孩子，这不正是我儿时的心境吗？不禁感叹，东西方尽管地域相距甚远，但文化中也有相同的东西。

我想起童年在房顶上独坐的黄昏，还有供销社房顶上不绝于耳的鼓声，依然在瞬间迷失，我无法形容那种来自空旷中的鼓声，它的幻影来自哪里？至今像夜色一样弥漫于我成年的心灵。它为何如此空旷？我没有答案。它以无边无际的孤独笼罩着命运之源。消失的鼓声，散去的人群，还有消失的河流与红柳，让空旷显得更加空旷。坐在供销社房顶上敲鼓的乐手，也是沉浸于孤独中的孩子吗？高处的感觉对于他们，也有不同寻常的意义吗？

还有一条巷子，是我外婆家的巷子。院子挨着院子，房子接着房子，高矮都差不多。弟弟因为是男孩，所以更调皮一些，放学了，太阳还明晃晃地挂在天上，家里就奶奶一个人，他撂下书包，猴子一样蹿没了影。放学路上他已经和另外几个孩子商量好，各自回家上房，在我外婆家的房顶上会合。之所以定在这里，是因为外婆发现了，也会纵容他的玩心。

孩子的世界之所以和成年人的不同就在于其旺盛的好奇心，房顶刚好满足他们顽皮探险的需要。他们从巷子尽头的房顶跳到院墙上，又跳到土路上。离那不到一公里远的地方，有一条小河，到了那里，男孩们脱掉背心扑通扑通跳进去游泳。

那条河虽然不宽，河水却很深，河沿上长着一些桑树和歪歪斜斜的柳树，还有一片一片胡乱开着的蒲公英。走得更远一些，是一大片河汊子，那里生长着茂密的芦苇、红柳。这静谧之处是鸟儿们的自留地，鸟儿们或短或长，或鸣啭或低回地吟唱。苇丛深处，有野鸭子和飞鸟，传出啁啁啾啾、拍拍扑扑的声音。

我一次次来到河边找弟弟回家，自己却不急着回去，由着他在水里再扑腾一会儿，自己也可以享受闲趣。蜥蜴忙得蹿来蹿去，夕阳下的红柳在苇丛深处隐秘而幽静地开花，绽放着一种不可抑制又无法表达的激情。暮色随之而来，树林与灌木之上一半明亮，一半幽暗，风吹草动的喧哗在半明半暗之中涌动。这是一个多么完整的世界，有村庄、有人家、有河流、有庄稼、有花朵、有生灵，还有远古就有的云霞和月亮。物质之外，生命中间，这是一个纯粹而又美好的幸福世界。

长大后，我对生活的提问很少，并不是没有困惑。在人群中理解不了的问题，就去向大自然请教。只要站在远离人群的地方，旷野就会告诉我；只要有足够的时间，答案就会自然呈现，那些不明白的事情，是因为没有等到足够的时间。就像落雪的冬天，植物动物都会休眠，冻土之下，孕育着无限的希望，春天来了，天地澄明，万物复苏。

童年仿佛挂在蓝天上的云朵，一转眼，便只留下些许痕迹。我仰望天空，在脑海里勾勒出昨天的模样和那些徜徉在灿烂阳光里的日子。"哎，你好吗？快下来吧！"三十年后的冬日晴空之下，我站在房顶上，对面院子里传来法蒂麦的呼喊，就像小时候那样站在那里，向我招手，叫我下去玩抓石子儿。

拐角处那个黑黑的电线杆，下面的半截水泥方柱，依然没有任何变化地立在那里。

没变的还有呢，你看雪山，千百年来，从来都是那样肃穆无言。雪山之下，绿洲之上，是我们的家园。

花　心

遥远的事情，我们看得更清楚。

——卡夫卡

一

就在我写这篇文章的前一个周日，深秋的午后，我陪着从外地回来探亲的朋友在街区闲逛。无意间偏了一下头，目光瞬间被勾住，挪不动了。

一条不长的侧巷里，洒扫干净的土路通向两扇破旧的木门，路的中间，一大束黄艳艳的九月菊，它的根埋在一个黑色的涂料桶里，花枝漫过了桶的边沿，开得张扬肆意。我们对视无言，同时向着那一束黄色火焰迈步疾走，在距离它一步之遥的位置站住。秋风里，可爱的九月菊仰着小脸，接受陌生目光的爱抚。我低着头，默默地看着它，压抑着内心的洪流——我终于也向花儿低了头，这意味着什么？我身边的朋友也在沉默，我们都知道对方在想什么，却什么都没说。

就在这里，我们踩到了童年遗留的影子。留住这些古老的巷子，留住开在我们生命里的那些花儿，是我们说不出口的愿望，并通过它返回过去，对美好的流连，往往比美好本身更深远。我们经历过的那种生活，和最后叙述出来或者记录下来的，不完全是一回事，在文字描述和真实生活之间，还隔着太多东西。

里尔克说过："在时间的岁月中，永远没有自己的故乡。"而我的故乡永在，它只是随着时代在改变，古旧的一切慢慢消失，城池的容颜越来越年轻。

如同每一个晴朗的早晨，阳光洒在白杨叶子上，邻居们都在忙着洒扫庭院，这是整条街巷的集体劳动模式。

我背着小书包走出家门，第一天上学，因为日子的特殊，我观望周遭熟悉的一切，内心有一种神圣的感觉。阿舍儿在给南瓜秧浇水，阿米娜的第一坑热馕已经卖完，樊老汉打开了杂货铺子的门，阿琪古丽前几天粉刷过房子，石灰的味道还在飘散。美兰正在黄泥抹过的灶台前烙锡伯大饼……宁静清凉的秋天，马奶子葡萄挂满藤架。清贫并不意味着凑合，生活的美满，正是每一天洁净与安宁的总和。

我走过阿迪力家门口的大桑树。拐弯处，院墙外的核桃树上缀满了青果。巷子最尾端是居马汗家，墙根下野薄荷蔓延了一片又一片，两个男孩光着脚窜出来跑得飞快。霞霞和马玲玲站在岔路口的中药铺子前等着我。我从口袋里掏出三颗水果糖，一人一颗，塞进嘴里，往学校方向走去。

一路走过，临街的木窗扇上是浮雕花纹，墙头上爬着啤酒花的藤蔓，水渠边上盛开着蔷薇、夹竹桃、美人蕉、波斯菊……单看庭院的洁净整齐和绿荫繁花，就能感觉到主人家对生活的热爱。

行人的脸上也是一副从容淡定的表情，眼神里带着一点点骄傲甚至有些自负。无论是上班的、打馕的、开店的，还是缝衣服的、补鞋的、行医的……日子顺畅或者失意的，身世坎坷或者财运亨通的，离婚失恋或者顺风顺水的，脸上多少都带着这种神态，沿着时间的方向，在光影下流转。

日子就是这样，在月份牌上一天一张翻过。放学路上的景象和早晨又不一样。海曼在葡萄架下削洋芋，马德海坐在廊檐下抽着莫合烟。公猫和母猫在花间小径一边散步一边调情。巷道里，踢球的少年在尖叫。卖瓜的壮汉在吆喝。谈恋爱的情侣坐在卖酸奶的小摊上，摇着冰粒眉来眼去。木萨江站在房顶上放鸽子，他可以从一群鸽子中分辨出哪只是自己的，只要一个口哨，鸽子就会在空中翻几个翻子。门前树影巨大，阿迪力的驼背爷爷静静地坐在木凳上看人来车往。人活不过一棵树，树下的老人经常换面孔，树还是那棵树，多少从树下走过的人不在了，树依然落叶又发芽。

这是一条巷子里的市井生活，人们在这里养家糊口，繁衍生息。几条纵横的街巷，聚集了各种小商贩和手艺人，在一个很小的范围内便可以满足所有的日常需求。每个人不但互相熟知，还认识他家的老人、孩子和亲戚，整体氛围封闭而亲密，人们习惯了熟悉的口音、老旧的房屋带来的安全感。那时候办公楼和商场没有高过三层的，解放路没有扩宽，西大桥转盘的雄鹰石雕还是边城的地标。

妈妈刚把臊子面端上桌，外面就传来一声巨响。马海德伐倒了几棵白杨准备用来盖房子，要给大儿子娶媳妇。树根太大了，刨根的时候连带着拽倒了院墙。我和一群小孩拥在一起看热闹，爬上土堆伸头看那个深坑里盘满了树根织下的网。

老人们说，树长得壮实，花开得旺，这个家肯定是和睦的，运道也不会差到哪儿去。成年以后，我才明白，对于遥远的疆土，这是种怎样的福祉和幸运。

二

种树养花是边疆一种与生俱来的生活习性，当地人天生就具有园艺家的天分。我妈妈就是个"花痴"，只要走在路上，她的目光就会追逐着路边的花草。她的背包里经常拿出来的，不是向别人讨要的花苗，就是收来的花种子。甚至有时候从遥远的地方回来，她从提包里首先掏出来的也不是我们期盼的礼物，而是异地植物的根茎或种子。她兴奋地给我们描绘这株植物，从遇见它的情景到它生长的样子，从花开的颜色到散发的气味，不会漏过任何一个细节，全然无视我们失望的表情。

妈妈像鸟儿一样扑棱着翅膀回来，首先要关心的难道不应该是她的宝贝孩子怎么样吗？我无法形容内心的感受——对她的想念和此刻的失望之情相互交织着。但是，我妈妈就是有一种神奇的本领，她只需要一个手势，一个眼神，一串笑语就能让家恢复往日的温馨。她有一双多么麻利的手啊，两只手同时伸出来，一只往左摸摸女儿的头发，另一只往右揽过儿子的脑袋，俯下身子亲亲小脸蛋。然后指挥我们撒开脚丫，抱来一个花盆，栽花浇水。侧过脸来，心满意足地朝我递过表扬的眼神，下巴颏儿一扬，那意思就是你可以搬走了，花盆落下的位置，就是她的下巴意会之处。接下来，孩子与丈夫又填满她的心间，妈妈给我们分派完礼物，转身走进厨房系上围裙，做一顿丰盛的饭食。

在阳光的线条延伸得很长很长的夏天，太阳就是个贪玩的小孩，明晃晃地赖在天边不肯回家。时光悬在那里，看似静止、若有若无，缓慢悠长。妈妈料理完家务，拿着剪刀和铲子，走进"自留地"，那是她的私人花园。

她在花园里拔草，大声叫着我们的昵称，那声音里甜蜜的溺爱真让人吃惊，但又是确信无疑的。"咪咪，快去给妈妈取一截麻绳来，刺玫的枝子快断了，快点儿，我的小咪咪真是勤快的小蜜蜂……"

咪咪？谁是咪咪？我和弟弟茫然对视，却争抢着奔向厨房，拉开抽屉，抢那一团麻绳。我们都想得到这个称呼，妈妈会在不同的场合叫出各样的昵称，"蛋蛋""猫猫""小乖乖"……哄得我俩忙个不停，心里还甜滋滋的。

妈妈养了一盆昙花，好几年都没有开花，但是她极有耐心地等待奇迹出现的那一天。一个初秋的夜里，天快亮了的时候，家园沉睡在安静、潮湿、混沌的蓝色雾霭之中。我被妈妈从被窝里拽起来，迷迷瞪瞪地站在葡萄架下，被一朵洁白的梦幻一般绽放在眼前的花朵惊醒了。冰凉的露水滴到头顶、胳膊上，风吹起我的睡裙。第一次，我感觉到生为女孩的优雅，感觉到自己和扑面而来的晨风、苏醒的鸟儿一样轻盈。第一次，我的呼吸都是花香，我的想象，内心的独白和自然的启示，全是花儿赐予我的恩惠。

那印象过于深刻，以至于二十年后，我在苏州头一回见到白色碗莲，恍如梦境中的昙花开在了水面。

我家有个故事一直是巷子里的笑谈。有一阵子我妈妈迷上了栽种仙人掌类的植物，什么仙人棒、仙人指、仙人球……巷子里没人养过这些毛乎乎的东西，他们说，要不是仙人掌能治病，谁养那个刺牙子，这些毛毛虫一样的东西，不能吃也不好看，还占个盆，扎到娃娃可咋办？我妈妈为了向邻居们证明她养的那些仙人掌的"亲戚"能开出漂亮的花，可是上心极了。那盆仙人球长得很快，占满了花盆，却一直不见它开花，也因为怕扎着小孩子，便撂在葡萄根的低洼处。有一天晚饭后，弟弟的皮球滚到了那里，他捡球时发现仙人球打花苞了，赶忙向妈妈报告。妈妈高兴地把花盆搬到了廊檐下，打算第二天向邻居们炫耀。偏偏那天晚上，爸爸喝醉了，他摇晃着进门，走着走着怎么就一个趔趄没站稳，一屁股坐到了仙人球上……我们入了梦乡，没听见爸爸的哀嚎，也没见到他的惨样。妈妈说她打着手电筒，一根一根拔刺，生怕漏掉一根。第二天，巷子里就传开了，张会计的勾蛋子（屁股）肿成了居马汗家的大尾巴羊。我爸爸好几天都趴在床上养伤，当然更不好意思出门见人了。

从开春到下雪，每一个黄昏，妈妈都在花园里劳作，她的烦躁掉落在泥土里，花草仿佛是她的解药。她在花园里的舒展，比在厨房里的唠叨可爱得多，衣衫上沾染的花香，也比油烟味好闻。她守护的家园，没有哪个角落没有植物的枝丫、草木的味道。

　　她用细长的手指抬起芍药的下巴，眼中掠过一丝轻快的亮光，只是那么一瞬间，我却瞥见了她眼里闪现出的那超脱万物的轻盈，朝天空，朝内心。假如我日后的回味是错的，那么就允许我将错就错吧。

三

　　当我出嫁有了家庭，操持起了小日子，我才明白妈妈有多了不起。直到今天，我都不敢确认自己是否真正懂得了她。她可以享受平淡日子带来的任何细微乐趣。这不是一种爱好，而是一种能力，若不是拥有这样从一盘咸菜、一朵小花中获得乐趣的能力，何以抵抗清贫带来的疲劳无望，更不要说那些无法抵御的白发和皱纹。我从妈妈和邻居女人们身上看到，母亲们就是有一种神奇的本领，即使没受过什么正规教育，只凭着直觉、巧嘴和一种母性的沉稳，就能在灯火和茶饮的日常生活里，把隐埋很深的生活哲理灌输给她们的孩子。

　　如今的我，也是一个女孩的妈妈，我却没有一个花园让她目睹植物的生长传奇。我多么希望她成长于山水自然中，而不是一个困在楼房里不认识庄稼和花朵的孩子。我给她讲述我的童年故事，她说，我也想吃玫瑰花酱，我还想要一个你妈妈那样的妈妈。

　　人说有其母必有其女，我却没有意识到与妈妈的相似之处，我可没有耐心像她年轻时那样，投入地挖掘一个花盆里的秘密。

直到多年以后，我从一盆休眠的百合根子里，拨出了火柴头般的嫩芽。那一刻，我抵挡不住想看到它长叶开花的欲望，兴奋地重新栽种。就在浇水的那一刻，我想起了妈妈种花的情景，我的呼吸瞬间停顿，心跳加速。原来，我一直在等待这种冲击！我的潜意识里，有多么希望能够成为她啊，能像她当年一样，怀揣着一颗花心，站在庭院的花丛里，耐心地修剪花枝，那是经历过悲欢离合之后不带任何抱怨的淡定和从容。

　　我像一个有恋物癖的人，在现实与回忆之间流盼，一遍一遍思忖着记忆里那些意味深长的物象，以及那些物象给我带来的意念——为什么有些顿悟，比一朵花开，还要来得深沉与迟缓？

我 的 树

我曾经有过一棵树，一棵核桃树，它在蓝天下活了三十年，消失在邻居的馕坑里已有十五年了。

一

进入十一月，一场又一场大风刮过了伊犁河谷，风带来了雨，雨下着下着就变成了雪，乌拉尔山南下的寒流侵入天山北部。漫长的冬天来了，天寒地冻，一切不是必须又要紧的事都暂且放下，人与人之间的走动渐少，无边无际的寒冷使得冬天仿佛没有尽头。

快到年根的时候，我挺着大肚子，顶着大雪，周末回了一趟娘家。下车的时候，风雪交加，天色暗沉，我看见"拆"字以立在一个红色圆圈里的形式，刷在巷口最醒目的位置。

难得遇见屋子里坐得满满当当，邻居们都聚在这里，茶壶在火炉上噗噗作响。暖乎乎的家里，大家正在讨论一个比山区雪灾更令人感到寒冷的消息："丫头，你听说了吗，咱们的巷子开春要拆迁了……"司马义大叔一脸悲戚。他家和我家只隔着一道矮墙，那张熟悉的脸庞上，宽阔的嘴唇，蒜头一样的鼻子，布满细纹下垂的眼角……年逾七十，如同一截干瘪风干的枯木。大叔患有肺气肿，一到冬天就不好过，吸点儿凉风就咳得直不起身子，几乎很少出门。每次看到他的两个儿子扶他上车前往医院，我爸妈都赶忙过去多说几句宽慰的话，他们总是担心他回不来了。过了清明，看见他在院子里哼着歌修剪葡萄藤的时候，心就放宽了——他又战胜了一个寒冬。

巷子里的人都说司马义的命好，少年时流浪到这里，饿得蜷在阿尤普老汉家的墙根下，动都动不了。在善良的人们的帮助下，他不但活了下来，还进印刷厂当了工人，入赘成为阿尤普的大女婿，生了五个儿女，有了十几个孙子孙女，从孤身一人到热热闹闹一大家子人呢。结发妻子病逝以后，他很快娶进了新媳妇，后来因为新媳妇不善持家离婚了，又娶了一个更年轻的新媳妇进门。反正挺能折腾的，这绝不是一个普普通通、甘愿等待生命逝去的汉子。

能让司马义大叔发愁的事，一定是大事。他可是个乐天派，巷子里的笑话大王。他也是个热心人，谁家兄弟打个架，妯娌拌个嘴，他都有本事两头劝和。哪家分家盖房，婚丧嫁娶，都少不了他跑前跑后忙活儿，主持仪式。谁也没见过他发愁的样子，年轻时他爱喝酒，喝醉了闹笑话出洋相，乡邻们调侃他，他也不在意。有时候喝多了走错门，一本正经地对我爸爸发问："你偷懒了吗，你咋把葡萄架搭歪掉了？"他坐不稳，跌到了地上，站起来拍拍身上的土，又接着问："你咋回事，给我一个瘸腿的板凳吗?"第二天我遇见他,就会和他打嘴仗:"比阿凡提还聪明的大叔,今天葡萄架歪了,板凳瘸了,你走路也歪歪子了。"他的反应相当敏捷,说:"哎,丫头,人心没有歪,大门没有歪,你上学的路也没有歪。"

父母其实心里也有预感,只是多少怀着侥幸的心理罢了。一年前他们已经在城西买了一套楼房,预备了安身之处,既没有装修也没有搬家的意思,他们只是在等,等到不得不搬离的最后时刻。

司马义大叔的意思大家都明白,他不愿意搬去一个陌生的住处,失去邻居们的拥戴,就失去了他存在的价值。他拍拍胸口,说:"我这个地方疼了,住了几十年的老朋友们散掉了,唉,意思没有了嘛。"

爱操心的阿依古丽大妈担忧的是另一码事。"院子没了,树长在哪里呢?花开在哪里呢?鸽子和燕子到哪里做窝呢?"

杨木匠的老婆乡音难改,带着四川腔打断了她,说:"要紧的是把钱拿上,把自己安顿起,不要操那些子闲心。"

一屋子看着我长大的老人们吵吵嚷嚷,我能干什么?宣讲政策吗?安抚人心?我张不开嘴。实际上,我从事的工作就是招商引资,我的同事长年驻扎长三角、珠三角一带招商,我在后方接待考察的投资商,整理招商资料,汇成项目报告递交给领导们研究讨论。看着城市边缘一个村庄又一个村庄被征迁,以前长着青苗的田野,一片建起了厂房,一片修成了道路,一片长满了荒草,内心没有感触那是假话,提出反对意见也是不可能的,我不过就是城市开发建设无数个环节中的一个执行者,一颗螺丝钉。

我刚成家时住在五楼，清晨起床先要拉开窗帘，让晨光和清风透进来。以前打开窗户，映入眼帘的远处是雪山，近处是果园。而现在，我的视线越不过两栋楼，视觉上的落差近在眼前，我怎么会不担心一种生活对另一种生活造成的入侵和干扰呢？面对老人们，我还没开口就已经脸红羞愧，我要组织什么样的语言将大道理通俗化，让他们理解和接受，既要招商引资发展经济，又要保持生活的传统与宁静，对决策者们来说，真的是一个难题。

由于边疆城市化的进程相对其他省区来说要迟缓一些，但并不会因为地处偏远就能摆脱大拆大建的命运。我居住的小区，刚建设的时候，就是在麦田里挖下的地基，四周原先环绕着好几座果园，再远一点儿还是果园。苹果树是西天山的原生物种，是上苍给伊犁的恩赐，伊犁河谷的院落里如果只有一种选择，只能种一棵树，那一定是苹果树。果园是民间生活最浪漫的聚集地，割礼在果园里进行，婚礼在果园里举办，苹果树见证人们所有的幸福，也见证所有的聚散。与边疆其他地方相比，果园使这个城市更为温情与神秘，上空悬浮着自远古就有的香甜气息。

那时候房地产开发在边城才开始启动，还没有形成规模。黄昏散步时，路边的沙枣花香气飘浮，果园里野蜂飞舞。这才几年啊，果园一座接着一座消失，再也没有清甜的花香与浓荫笼罩着的盛大的欢乐。只剩立着的塔吊，忙碌的挖掘机，巨大的深坑，以及彩钢板围成的工地。

果树生长的地方，长出了另一种树——钢筋水泥铸就的树，巨大而冰冷。

二

开春了，邻居们都在准备搬家，有的装修新房子，有的搬去与孩子同住，有的搬去安置房……整条巷子都变得忙碌起来，谁也没想到，拆迁尚未开始，最先闹出动静的不是人，而是一棵树，一棵比人先行一步的树。

我外公家的院墙外，那棵与我同岁的核桃树，在外公离开人世的第十个年头之后，它巨大的枝干倒在了春天里。

外公的家和我父母家隔着三条巷子呢，司马义大叔的一个孙子正在那条巷子玩耍，第一个向他爷爷通报了消息。司马义大叔拨通了我的电话，他语气忧伤地说："丫头，咋办呢，你的树太老了，它知道你没有地方种，伤心了，它自己倒掉了。"

司马义大叔着急忙慌地通知我，而不是告诉与他联系更为密切的我的父母，是因为，我是这棵核桃树的拥有者，这是属于我的树。

三十年前的秋天，外公的长女出嫁了。一年后，她孕育了一个小生命，那就是我。我是这个支边家族第四代里第一个降生的孩子。即将升级为外公的姚老汉非常兴奋，在除夕郑重宣布，从我开始，以后每出生一个孩子，他就在院子里种一棵树，作为人丁兴旺的证明。我满月的时候，正值清明之后，雪化了，土松了，渠沟里流水潺潺，巷子里的主妇们把储存在菜窖里的大丽花、美人蕉的花根拿出来在院里院外种上。种树养花、庭院洁净是本地人一种与生俱来的生活习性，这种生活整体的洁净感，深深地影响了当地人的性情，喜爱整洁的生活习惯仿佛具有遗传性，代代相传且相当顽固。

外公在两亩地的院墙内，前院后院转来转去，他相当慎重地为这棵树选址，最后决定把树种在院墙外面，希望能够引来更多的弟弟妹妹。小时候我把这棵核桃树看得特别神圣，对它带有某种特殊的意义深信不疑。长大以后跟在外公身后追问才知道，这棵树并没有特殊的意义，不识几个大字的外公才不会有多么浪漫新奇的想法，不过是他在某个朋友的果园里喝完酒随便挖了一棵树苗，恰巧是核桃树的苗罢了。谜底解开以后，我好失望，还不如不知道真相，保留一份神秘呢。

俗话说"树大分杈，人大分家"。此后几年，舅舅们陆续成家。家族里每当传来有谁怀孕的消息，外公就在后院里种一株果木，杏树、桃树、梨树都跟着在后院内开花结果。

后院里那么多树聚在一起，只有核桃树孤零零地站在院墙外面，隔着房子和菜地与那些树远远地相望。它总是仰着脖子想越过房顶看到那些果树，慢慢地越长越高，越长身子越往院墙那边歪斜。整条巷道两边都是白杨树，一棵歪斜的核桃树特别显眼，它的果实也不属于我一个人，青果藏在枝叶里，路过的人谁都可以揪，男孩子掏过鸟窝，女孩子在树下跳皮筋。住在那一片的人都知道，这是我的树，不是公家的，也不是野生的，这是姚老汉给他大外孙女种的树。

我们每个孩子在外公的院子里都拥有一棵自己的树，这是我们降临人世间得到的第一个馈赠。相隔三十年的时光，我站在人生第一份礼物的躯体面前，它腰身粗壮，枝干还没有发出新生的叶子，青灰色的皮肤裸露在晴空之下，院墙被它砸倒了好长一截。我想不通，好端端地活着的一棵树，怎么就自己倒下了呢？它倒得如此决绝，连根拔起，那得蓄谋多久，积攒了多大的气力？它是感知到了大限将至，还是不愿意被随意处置而决然了结了自己的生命？

一棵树，无论是一棵什么样的树，从扎根在土里到生命最后一刻，它都活得很辛苦，时时刻刻为了生存而竞争，获得养分、水分、光照和生存空间，战胜严寒酷暑、病虫害侵袭和家畜们的毁坏。树和其他生命一样，必须为解决自己的生存困境而奋争。倒在我面前的核桃树，为了度过严冬而脱落了叶子，覆盖在坚硬的树皮下的细胞还一如既往地忙碌着，它活在今生今世，已是多么幸运，既然活得那么艰难，既然活了三十个春秋，它为什么会放弃自己，无声无息地倒在春天的阳光里？它曾经那么高大威武，它是我的骄傲。此刻，它躺在我的面前，孤独又凄凉，看似壮观却面容枯槁。

围观的人越来越多，议论纷纷。

我想救我的树，却无能为力。作为它的主人，我不能就这样把它晾在路边，我得给它寻一个归处。

外公家对门是马苏木爷爷家，院门敞开着，一地的葡萄藤冒出了嫩黄的芽，老头儿正在为藤条上架忙活儿着。他有点儿固执，却没有坏脾气，一辈子谨慎节俭地过日子。

我有好几年没有进来过了，他一眼就认出了我，他问我的父母要搬到哪里去，又说了一些安慰我的话。他说："只要铲车没有开到我家门上，我就过我的日子，说不定夏天你还能吃上我的葡萄哩。"他的妻子尕买燕给我端来一碗冒着热气的奶茶。买燕是回族人家女孩最常用的乳名,这一片有三个叫买燕的,为了区分,邻居们把年龄大的那个叫大买燕,是个小学老师。还有一个管不住鼻涕,叫她"淌鼻子买燕",人家都当奶奶了,还叫"淌鼻子买燕"。最小的就是尕买燕,也是长得最俊俏的。如今那双曾经无比明媚的眼睛,周围布满了皱纹,年轻时的美貌在岁月流逝中扩散成了温厚的风韵。

传统习俗还在延续,雨季过后家家户户粉刷房子,这个院子里石灰的味道还在飘散,缀满杏花的枝丫伸出墙外,茶棚下黄泥覆盖的灶台,橘色木门和蓝色院墙将喧嚣阻挡在外。他们稳稳当当,不慌不忙,操持着活计,搬家是明天,后天,还是后天的后天?只要一切没有发生,过日子就不能将就,炊烟升起,老人安睡,洁净与安宁同在。坐在儿时就进进出出的院子里,奶茶的味道依旧,还是旧时的粗瓷大碗,我即将成为一个母亲,而他们已经变得苍老。

这些日子我的父母白天往返于新楼房和建材市场,晚上在电话里和我商量装修材料的功用与价格。我坐在茶棚下给妈妈打电话说我的树活不了了,她平静地说:"可能是前些天风雨太大了,根子扒不住了。倒就倒了吧,三十年了,树和院墙都长在了一起,树没了,院墙立着有什么意义?房子等着铲车踏平,树也是一条命,它知道要被铲平折断,还不如倒在院墙怀里。你外公倔强了一辈子,他栽的树,打的院墙,盖的房子,都和他一个脾气……"

挂了电话,我像丢了魂,走出马苏木家,下意识地四处张望，又低头看了一眼脚边的虚土，树根拔起的土坑里，盘满了树根织下的网，还有动物的骨头、砖头、石块、布条和碎玻璃片……一切充满了神奇的想象却又是那么真实。所有的缠绕，都与地面上住的人产生某种神秘的关联，他们长相各异，说话带着地域特有的腔调，不同的民族，不同的语言和文化，不同的信仰与血脉，如树根繁杂交缠，地下的根茎如此，地上的生活亦如此。在人和自然的相处中，树扮演了不可替代的角色，树与人的生活密不可分，人们喜欢与树为邻，享受树木带来的舒适，哪里树多，哪里社交就更活跃。这棵核桃树浓密的枝叶形成绿荫穹顶，遮天蔽日，白天成为妇女们家长里短聊天的聚集地，晚上成为男人们关注家事国事的活动中心。孩子们也最爱到树下玩耍，任何时候都聚着快活的一群，疯跑着，尖叫着："电报来了！"

当一切热闹消散之后，核桃树太孤独了，它有自己的个性与脾气，也有自己的意志取向和强烈情感，它沉默了三十年，终于爆发。

三

我的核桃树倒了，其他的树也在劫难逃。我一一打电话通知表弟表妹们，有地方种的话，就赶紧回来把自己的树移走。

弟弟那时远在山东济南工作，鞭长莫及，他当然舍不得他的杏树。那是一棵好品种，是一种青皮油光杏，晚熟，个大皮青瓤黄，特别好吃。小时候站在树下望着青果，直流哈喇子，等得人心焦。奶奶说麦子黄的时候杏子就熟了，新麦子都进了仓房，它才油光透黄。这棵杏树是妈妈还怀着弟弟的时候，奶奶操心种上的，那时候我们有了自己的宅院，奶奶对独门独户崭新的生活相当满意，她忙活儿着种菜养鸡，精神头儿大得很。

奶奶跟另一个小脚老太太发子妈交好。她听发子妈说，在她老家，杏树是福气树，家家户户院子里都种杏树，聚拢福气。奶奶当了真，自作主张去找外公，说这个孩子的树她要来种，还要种在自家的院子里。她还说外公家的后院就是果树种得太多了，遮挡了阳光，菜都长不好。说的也是，外婆的针线活儿做得精巧，种菜却不行，菜苗长得面黄肌瘦，西红柿都是青蛋蛋。外婆隔两天就要到我家菜地里摘一篮子菜，奶奶嘴上不说心里没少嘀咕。我们家菜地里红绿黄紫的蔬菜，可都是奶奶辛苦操持的成果，每一棵菜苗都是她的心头肉。

发子妈是个双目失明的老太婆，却眼盲心亮，当她听说奶奶要种杏树，竟然颠着小脚亲自送来了一棵树苗。我都纳闷，她眼睛看不见怎么确信这就是一棵杏树呢？杏树长得茂盛，杏子结得也密，小时候光顾着吃，也不清楚它的来历。上学以后，某天摘杏子险些摔倒，低头一看才发现杏树是种在菜垄上的，难怪站不稳呢。听奶奶讲了种树的过程，我们姐弟俩惊呆了，真不敢想象，两个小脚老太太站在一亩多地的院子里，其中一个眼睛还看不见，谋划着将杏树种在什么方位合适。发子妈建议种在院子的正中间，奶奶经过目测之后，将铁锨伸向了茄子和豆角间的垄上，幸亏树苗小，否则树坑得挖得再深一点儿，那一拃长的小脚是怎么踩下去铁锨的呢！

只要想起童年的夏天，眼前就是葱茏的果树，绚烂的花朵。

除了我童年的夏天，没有哪个夏天，会让我一遍又一遍回忆和眷恋，梦里常常出现一树一树的苹果花，盛开的波斯菊和紫红色的海娜花。还有五月的黄昏，阿迪力家大门口降落在床单上的欢乐的桑葚雨。边疆孩子的人生第一堂美学教育课，是以庭院为教室的。一方院落里，有人有树有家畜。巷子里的老人常说，家门口有一棵树，进门前把烦恼挂在树上，这个家就会和睦，运道也不会差。正所谓树的好坏就看长势，人的好坏就看脾气。人世间的幸与不幸，只与人有关，与草木无关，人制造了麻烦，花草树木却可以带走人的霉运。

树在哪里扎了根，便随遇而安地生长，为家园里的其他生物提供了生活的环境，鸟儿在树上做了窝，蚂蚁在树下筑了穴，牵牛花找到了可以依靠的藤条。蝴蝶、蜜蜂、甲壳虫穿过层层花瓣，到达里面雄蕊和雌蕊所在的球果上等待交配，苍蝇只是过客，孩子们在树下嬉闹，跟着一起欢腾的还有小狗和小羊羔。外公的父亲曾经说过，树能活的地方就有人烟，一个家光有人住是不行的，要有出声的和闭嘴的，要有活蹦乱跳的，要有静止不动的，那才是一个家该有的样子。

外公脾气暴躁，常常将闯祸的舅舅们拖过来教训，对孙辈们却无比宽容。他给我们种树，让树陪伴我们成长，让我们从一棵树上学会把眼光放远、心情放轻松，树长大了，我们也成人了。外公离世前的那个冬天，坐在窗前，望着大雪嘴里叨咕着"人老半空心，人老百事通"。那时候，他被肺癌折磨，不仅失去了身体上的力气，也失去了心智的力量，他没法应付常规强度的劳动，对社交活动避而远之，谁能来陪他谝会儿闲传（聊天），他都面露感激。这个壮年时从不妥协的男人,六十多岁在病魔面前认了输,并以完全的清醒与漠视来对待生命的结束。其实他是心有不舍的,看着婴儿车里的孙子,眼眶中布满了泪水。

一棵有生命的树,是多么精彩,加上时间的积淀,它的故事,愈加令人动容。树上的花朵和果实,除了养眼与果腹,带给人们更多的还有令人动容的生命的力量。

四

马苏木说:"树是站不起来了,你要是不拿走,我就锯开了当柴烧吧。"孕买燕叹了一口气,说:"唉,人死了就没有了,树也一样,你不要难过了,我这一年打馕都不愁柴火了。"

自从有了核桃树以后,我对大地上的所有植物都带着怜爱之心。我唯一的树没了,我怎么能不难过呢?那真是一种被连根拔起的感觉啊!它的倒下与人的死亡,与人类最悲壮的死亡何其相似。沉默不语的树,比起能言善辩的人,更能正视自己的命运。

我的树最终化为孕买燕家馕坑里的灰烬,而弟弟的树幸运地活了下来。拆迁公告上标注的巷道仅限于路南外公家那一片,我家的院子在路北,暂停开发。还没搬家的高兴极了,搬出去的又搬了回来,邻居们看父母没有搬回来,总是打电话召唤。父母要帮我带孩子,院子由马苏木夫妇和小儿子瑟尔东一家住着,杏子熟了,瑟尔东的媳妇细心地装在一个小桶子里送给我的父母。再吃到酸甜的杏子,我给弟弟打电话,他说:"我的杏树福大命大,从小我就觉得发子妈像个巫婆,这棵树,说不定她是算过命的。"

外公家后院的那些树，不是一年种下的，却是在同一时刻毁掉的。瑞表妹的梨树，恬表妹的樱桃树，翔表弟的苹果树，龙表弟的酸梅树，萍表妹的枣树都没有躲过劫难，果木与房屋一起被推倒。那年五月娟表妹出嫁，婆家在邻县有个院子，她把那棵二十六岁的桃树挖走了。

我们每个人和一棵树，因为外公的心愿而联结在了一起，我们的名字与树的名称有了人世间的对应与关照。那么一棵树，与它的主人的命运有关联吗？有隐喻吗？

外婆说是有的！

她以我举例，我的核桃树种在院墙外面，孤零零的，我的性子也是冷冷的，与表妹表弟们疏离，他们几个亲，和我不亲近。细想也是，或许是年龄的原因，他们对我尊重而客气，有一种血缘亲情也热络不起来的距离感。那么长的岁月里，后院的果树们窃窃私语的时候，核桃树是多么孤寂，它的使命是引来弟弟妹妹们，而不是与他们扎堆嬉闹，它长得再高，身子奋力倾斜，也跨不过那些障碍。作为长姐，我担负责任，操心费力，却始终融入不了他们的世界。

当初因为奶奶的坚持，外公的后院唯独少了弟弟的树，属于他的树由奶奶种在自家的菜园里。作为纪念出生的那棵树，它是游离的，远离原本属于它的位置。弟弟从十六岁外出求学后，就再也没有回到家乡，他在外地工作，自立成家，整个家族的孩子，唯有他一人飘零在外，与亲人相距万里之遥。七十年前，先辈们从长江之滨来到伊犁河边繁衍生息，五十年后，弟弟从天边一样遥远的西北出发，二十年来走遍了半个中国，安居在了种满茶树的南方，难道这就是从他的树种下时起就被暗喻了的命运吗？

还有娟表妹，她的桃树逃过了被摧毁的命运，得以在一个陌生的家园落地存活。然而，那棵桃树并没有安身立命，花开得稀稀拉拉，果实没有成熟便萎缩脱落。时隔多年，我以自己的同情心来揣测那棵桃树的心情，尽管它被移植后最初的痛苦时期过去了，对自己新的家园产生了坚实的附着力，幸运地成活，却无论如何也回不到自己深爱着的土壤，回不到亲密的人身边去了。

外公走了之后，外婆又在世间行走了二十年，见证了太多的悲欢离合、生离死别。外婆说树有定数，人有定数，世间万物皆有定数。那么外公呢，他走得早，没有看到他种下的树的命运，也没有看到我们长大后的命运轨迹。树与人的命运是不是真有预兆，是不是存在因果关系，我们都无法下结论。如今我也活过了半生，已经懂得人间诸事并不完美，尽心尽力去做便好，要接纳生命的局限性，这也是外婆留给我们的遗言。

今年夏天，弟弟全家回来探亲，我们自驾去草原，那条路要经过老院子（五年前瑟尔东买下了），弟弟将车速放慢，我们住过的房子还在，他的杏树还在。他激动地将手臂伸出车窗："儿子，你看！那是我的树！"

那一刻，我心里涌起一股酸楚。我从遗忘的深渊里找回了昔日的时光，其中那些捕获于永恒的瞬间，带来的或伤感或美好的感觉，充满了纯净的激情。

闲逛的乐趣到哪里去了？

批发市场

提起批发市场，已是很多人的回忆了。

伊宁市有名的批发市场有三个：糖烟酒批发市场、青年街小商品批发市场和呼勒佳服装批发市场。这三个批发市场，曾经辉煌了二十多年，可谓是为本地的经济发展作出极大的贡献。

小商品批发市场起源于浙江义乌，电视剧《鸡毛飞上天》就演绎了这段历史。义乌那地方土壤酸性偏高，农作物收成不理想，需要靠将鸡毛当肥料来改善土质，脑子灵活的农民用自制的糖饼沿街收购鸡毛，以物易物，也就是"鸡毛换糖"的由来。后来除了糖饼以外，也增加了针头线脑等生活用品作为交换物资。"鸡毛换糖"带来的经济效益超过了集体劳动的，生活用品又不可或缺，有人专门采购小商品来贩运。经过三十多年的发展，义乌成为全国最大的小商品批发市场，也成为国际知名的百货商品集散地。

改革开放以后，从繁华都市到边疆小镇，没有哪个地方没有义乌式的批发市场，原因很简单，老百姓过日子离不开小商品。

刘佳佳出生于一九八〇年，她上小学时，放学喜欢和三两个女生逛学校周边的文具店，那些铅笔、本子和零食，使她开始对批发小商品产生了兴趣。上初中时，刘佳佳听说新建的青年街小商品批发市场很红火，商品品种多价格便宜，就让去过的同学带她去。她原本以为一脚迈入了杂货的"天堂"，口袋里揣着的十元钱是一个月的零花钱，感觉自己挺富有的，到这里一看，兜里的钱根本不够买女孩子喜欢的头花、发卡。

无数个"刘佳佳"们，放学后三五成群约去逛青年街市场，肥大的校服掩盖了正在发育的身体，一出校门就把校服外套脱下系在腰上，露出紧身T恤，秀出正在成长发育的身体的曲线。在楼下先买点儿零食，一瓶汽水，一包锅巴片，然后慢慢逛，一层逛完逛二层，总买一些好看没用的东西，心满意足地回家挨骂。到了上高中的时候，"刘佳佳"们对饰品没什么兴趣了，她们去拍大头贴留念，挑选各种背景，挤在相框里摆出搞怪的姿势，十五块钱一板，和小伙伴一人一半留念，青春就这样被定格。

刘佳佳的妈妈是一家企业的会计，作为操持一家老小吃喝拉撒的主妇，她最常去的是糖烟酒批发市场。说是批发糖烟酒，其实市场里的商品涵盖了过日子必备的方方面面，从毛巾调料到床单锅铲，无所不有。所以，即使路远，好在有公交车直达，家里必备的物品又不能缺，隔段时间就必须跑一趟。特别是逢年过节，坑坑洼洼的大院子，即使雨雪飘摇，泥泞沾满双脚，依然是人来人往，车辆拥堵。

　　呼勒佳服装批发市场起源于二十世纪九十年代初兴起的边境贸易，那时候的呼勒佳是真红火，和俄罗斯人做生意是当时最快的发家渠道，也带起了一股学习俄语的热潮。后来，边贸的热度渐冷，呼勒佳市场改为以批发零售服装为主。刘佳佳从小到大的衣服鞋子，大部分是妈妈在呼勒佳服装批发市场买的。学校里撞衫的孩子很多，尤其是七波辉运动鞋，便宜结实，人脚一双。刘佳佳爷爷奶奶的穿戴，也是一件一件在这里置办的。都知道老年人的服装不好买，呼勒佳市场是五十岁以上的大爷大妈们最满意的购物场所。

　　刘佳佳的妈妈有时候也带她一起去批发市场，让她帮着拎东西。妈妈们逛市场往往直奔主题，目标明确地采购，而女孩们则是漫无目的地游走，每一样东西都是认识世界的一个渠道。刘佳佳其实不喜欢陪妈妈逛市场，在她看来家里什么也不缺，而妈妈却觉得家里什么都缺，总想买下各种东西，还得将有限的工资计划好。当然也有例外的时候，刘佳佳最喜欢在开学前和年底的时候去逛街，可以心安理得地采购文具、批发贺卡、买新衣服，找各种理由买一些小礼品，留着给关系亲密的小伙伴做生日礼物，这样可以省下自己的零花钱。刘佳佳粉红的笑脸在妈妈的耳根下蹭来蹭去，小心思随着眼神在市场里荡漾。

　　刘佳佳上大学的那几年，赶上了经济飞跃期，家里买了一百多平方米的商品房。暑假搬家前，刘佳佳收拾房间里堆积的五颜六色的星星纸、音符造型的耳环、四叶草的头花、毛绒玩具……这些伴随她长大的小玩意让她明白，小商品市场贩卖的，并非生活必需品，而是一些能够让生活增添乐趣的物品。也可以说，她们这一代人的美育启蒙，离不开这些小装饰的引导。她一边回忆一边给妈妈讲起当时的情景，边说边笑自己的幼稚，心里漾起一种微小而甜蜜的幸福感。

这次搬家，让刘佳佳的妈妈也大吃一惊，什么时候不再去批发市场的？是从九十年代末期超市出现以后吗？是千禧年以后华瑞商贸城、温州商贸城这一类综合商贸体出现以后吗？或许吧。经济的繁荣必然带来对陈旧的淘汰，主妇们对钟情了多年的批发市场有了嫌弃之心，这也反映了社会的进步。想想那里门口拉货的推车挤占人行通道，还要忍受里面糟糕的环境，闭塞的空间堆满了物品，厌倦了讨价还价的游戏。再后来，随着互联网的普及，上网购物备受年轻一代的喜爱，在淘宝上点击几下鼠标，国内的国外的，想买什么不能满足啊。最重要的是，在物质泡沫的海洋里，人们愈发庞大的欲望已经不是批发市场可以满足的了，喜欢的东西越来越个性化，去逛批发市场的人真是越来越少了。

如今，跨过而立之年的刘佳佳有时候和同学相约逛街，还会坐在学生时代常去的金三毛，点炸串和酸奶刨冰，谈论年少时的趣事。她说，她们吃的不是食物，而是青春回忆。有时候挽着妈妈，牵着孩子路过呼勒佳市场的原址，打量一下在原址上建起的高层综合市场，和妈妈相视一笑。而相距不远，承载了她少女时代满满回忆的青年街市场，已经不存在了，宽阔的马路再也见不到往日的痕迹，那里通向的是城市崭新的未来。糖烟酒批发市场还在城市东郊继续履行使命，年岁大了，配件陈旧，但还有人需要它，它依旧沧桑而温暖。

批发市场是历史的产物，有着时代的烙印，它的命运起伏不定，关停拆建也好，改头换面也罢，它的存在，让刘佳佳一家三代人在市场经济起步和发展的三十多年里，感受到了社会的繁荣和物质生活的丰富，也见证了物质的过剩和消费观念的更新。

批发市场的发展过程，也映射着我们自己的一生——有过童颜，有过芳华，走向暮年。"批发市场"这个四字组成的名词，和那些岁月里的经历一样，走远了，沉在心底，不曾想起也不会忘记。

红旗大楼

伊犁人保持着不紧不慢的生活节奏，生活中最重要的事是劳动和快乐，他们没有大干快上的一日千里，却可以闲庭信步地淡定前行。伊犁人信奉活在当下，这就是在伊犁生活的魅力所在。

我说的是三十年前的伊犁人。在本地人的认知里，伊犁与伊宁是同一个概念。老伊犁人都知道，那时候西大桥确实有桥，桥下流过的是属于萨依水系的一股泉水，公交车售票员站在车窗前大喊着："西大桥，西大桥！"小城宁静而清亮，道路很窄不曾规整过，欢快的溪渠穿行在城区的角角落落，巷道里的鲜花果树，行人脸上随意和悠闲的表情，物资匮乏的年代，人们的精神生活平淡，却有着别样的感受和味道。

三十年前，我的妈妈年轻的时候最热衷于两件事——逛街和看电影。三十年后，她对我宅在家里用鼠标买东西，只要结果不要过程的快捷，感到不可思议——买到什么不是目的，慢慢逛的乐趣到哪里去了？

我有时候陪她去超市，走过熟悉的街角，她会不自觉地停下来，在高楼与车水马龙中寻找逝去的影子。二十世纪八十年代，斯大林街是伊宁市的商业文化中心，更是周边县市的人对城市概念的最初印象。我跟在妈妈后面，绕过中心花园，从商业局旁边的青松商店开始逛起，沿着伊犁饭店那一圈最为繁华的商业区慢慢走，赫赫有名的伊犁饭店，高高的几根红色门柱和规矩的矩形，在众多的平房中显得特别威武。方圆两公里以内，还有伊犁宾馆、新华书店、青年公园、人民电影院和人民剧院等著名地标建筑。慢慢溜达，在又一村甜食店吃个炸糖糕，在新华书店买两本小画书，进红旗大楼扯上几米涤卡料子，母女俩心满意足地回家。

那时流行一句话："没有逛过红旗大楼就等于没有去过伊宁市。"处于中心地位的红旗大楼，是老伊犁人脑海中永远抹不掉的记忆。

伊宁市于一九五二年建市，红旗大楼始建于一九五九年，最初定名为"红旗商店"，三层砖木结构，典型的苏式建筑风格。计划经济年代，红旗大楼出售的百货物品，由于供应不足要凭票购买，很多物品并不是有钱就可以买到的，而且品种数量都很有限，柜台和货架上的货色一年四季鲜见调换。即使这样，它仍然是伊犁人购买用来提高生活质量的商品的来源地。

厚实的木地板及楼梯上刷着的红漆已斑驳，地板踩上去嘎吱嘎吱地响，楼梯扶手被人摸得锃亮。很多孩子到红旗大楼的目的就是把扶手当成滑梯玩。男孩子胆子大，调皮地爬高上梯，女孩子矜持一些，站在一边羡慕地看着，心里痒痒又没有勇气。

二楼北边一溜柜台，从东向西展销的是床上用品和服装。摆着当时流行的印着花鸟或大花朵的被面。南边一排柜台，货架上是条绒、平绒、斜纹、呢子、绸子、的确良等布料。那时候有这样一个说法：谁家成亲要是没去过红旗大楼，就结不了婚。年轻人必须去红旗大楼采购结婚用品，像印着红双喜的搪瓷脸盆，在别处是买不到的。我记得大舅结婚的时候，我妈带着喜气洋洋的大舅和新娘子去一通采购，轻车熟路地对售货员说："太平洋床单，两条。"我踮起脚尖往柜台里看，中间印有大红花朵的粉色床单一抖开，映得新娘子的笑脸都粉扑扑的。

春节前是采购年货的高峰期，红旗大楼最热闹拥挤，柜台中间支着两个大铁皮炉子，男人们不屑跟着女人们转，认识的不认识的，都围着洋炉边烤火边闲聊。女人们站在柜台外面扯着嗓子跟售货员要这要那。孩子们追逐打闹踩在木地板上发出的声音，大人们的说话声，孩子们的喊闹声，伴随着售货员扯布发出的咔啦声，交汇出生活最本质的声音，令人多少年过去了都忘不掉那一幕幕场景。

电视机在那个时候是稀罕物，也是奢侈品。红旗大楼的两个橱窗里摆上样品，电视机在伊犁出现了，老百姓都挤在橱窗前看，店里却没货。我爸站在橱窗前对我妈说："明年咱们家五斗橱上也要摆上电视机，上面能看到天安门和南京长江大桥。"我妈翻了一个白眼过去："哼，你做梦去吧。""真的，我挣钱，你找票，我们家要买电视机。"天安门和南京长江大桥，爸爸在我的语文课本里看到过图片，他坚信会在电视里看到全貌。我不知道电视机是何物，但是，爸爸心心念念，充满了干劲，买一台电视机，是他当年的梦想。第二年深秋，一台西湖牌黑白电视机果真摆放在了五斗橱上，每天晚上，家里挤的全是四邻。我们从那个匣子里看到了比天安门广场更大的世界，爸爸脸上自豪的笑容让我对他崇敬不已。

红旗大楼最值得说一说的是富有趣味的收款方式。收银柜台搭在较高的位置，以收银柜台为中心，每个售货柜台上都会有一根铁丝拉到收银柜台，铁丝就像呈放射状的轨道，顾客付了钱，售货员把钱夹到小夹子上，再把小夹子挂在铁丝上，用力一推，夹子就会滑到收银员那里，收银员找了零钱开了小票，夹子再原路返回，特别好玩。

去年陪父母看电视剧《爱情的边疆》，故事发生在黑龙江，剧情里却出现与红旗大楼相似的铁丝夹子收款那一幕，我妈激动地叫起来："快看，红旗大楼收钱的。"从街边的苏式建筑到商店里收钱的方式，边疆总有相同的风景。

在改革开放的进程中，在市场经济大潮的席卷下，塞外边城开始了大规模的改扩建，法国梧桐替代了白杨，商业圈从斯大林街迁移到解放路。伊宁的发展在变革中前行，很多老的地标建筑被充满现代元素的建筑取代。

到了二十世纪八十年代后期，红旗大楼调整了商品布局，又转变了经营思路，撤销效益不佳的商品货柜，将外面的橱窗出租给个体经营者自主经营，二楼专营家具。

从那以后，我就再也没有踏进过红旗大楼。

一九九二年，红旗大楼重建，一九九四年十月正式开业，改建面积和规模都有所扩大，更名为"红旗商厦"，成为一个综合性商场。二〇〇八年九月，红旗商厦重新装修，更名为"新红旗商城"，成为百货批发市场。大规模的城市建设拉开了序幕，在伊犁饭店原址上建起了铜锣湾商业区，军人俱乐部成为上林广场，垦区商店现在是伊犁移动大厦，商业局原址上建起了伊犁大酒店，雄鹰雕塑和天马雕塑也被拥挤的交通隐去了身影……人们在回忆过去那些地标性建筑的同时，也在感叹时代发展的迅速。

无论时代的浪潮如何推进，总有一些地标沉淀在人们的记忆里。直到今日，老伊犁人在指路时不提在斯大林东路的什么位置，而是说在伊犁饭店的哪一边，往红旗大楼方向走就到了，可见这些建筑的影响力深深根植在几代人心中。

红旗大楼有过二十多年的辉煌期，走过风风雨雨，渐渐退出了伊犁商业舞台的中心。如今，它依然矗立在那里，似乎在说："我老了，但仍在追赶时代的步伐，无怨无悔。"

王妈年近八十，腰更弯了，她养了一只京巴狗，喜欢打个小麻将。也许是年轻时干活儿太累，习惯于抽烟解乏。我常去看他们，给王伯买点儿东西，王妈的好办，一条雪莲烟，足以让她满意。"是在红旗大楼买的吗？""嗯，坐了1路车去买的。"她笑眯眯地点上一支烟，我也笑了，那是谎言未被揭穿之后的笑。

大舅搬新房的时候，我看到了他们结婚时在红旗大楼买的"太平洋床单"，洗得褪了色，依旧绵软可用。我结婚前夕，婆婆打开柜子拿出一条粉色床单，说是存了十年了，红旗大楼质量最好的床单，多么熟悉——普通的棉布床单上，大红牡丹花充满乡土气息，却有着一个海阔天空的商标名称。

家里换了好几轮电视机，爸爸的脸上再也没有出现过当年的光彩。

大型商厦就在家门口，里面的床品、服装高档又新潮，但我半年都不会去转一次。支付宝的钱去了从未去过的地方，拆快递的快乐比泡沫消失得都快。

电子商务为快节奏的生活提供了便利，但同时，妈妈的困惑也转移到了我这里——慢慢逛的乐趣到哪里去了？

隐入尘土

这个故事要从一九七九年冬天说起。

在见到四爷爷之前，我从未听家里人和亲戚间流传过任何关于他们家的只言片语。

一个大雪纷飞的黄昏，四爷爷带着四奶奶，挎着行李包裹，灰头土脸地突然闯入，惊动了整个巷道，左邻右舍一群人跟着他们涌入了外公家的院子。我才知道，他是外公唯一留在湖北老家的亲弟弟。外公外婆家的院子里有大爷爷、三个舅舅，六口人，外婆操持着那个家。那时候我家有五口人，我奶奶、爸妈、我和弟弟。他俩在我家安顿下来，五口人变成了七口。

那时候，四爷爷和四奶奶五十岁出头，勤快能干，住在一起也没有矛盾。他们甚至对五岁的弟弟过分宠爱，走哪都带着，弟弟满口蛀牙还给他买糖吃。有一次我半边脸肿起一个大包，四奶奶说上火了，让四爷爷去河边挖芦苇根，煮水给我喝，我的脸竟然神奇地消肿了。还有一次是爬树摘果子，膝盖上擦烂了一大块皮，四奶奶就随意在墙头上抠了些土，搓成粉末给我敷上止血，居然也结疤了。

　　老两口没有孩子，这是他们晚年投亲的缘由。他们收养过一个女孩，是四奶奶的亲侄女，从半岁养到十八岁，人家返身回了亲生父母家。四奶奶想尽办法，也没能留在身边，娘家人的态度也伤了她的心。那个养女，成了她的心病和伤疤。

　　四奶奶不能生养，这是她的禁忌，总担心四爷爷因此嫌弃她，也担心亲戚们说三道四。四爷爷性格开朗，大高个儿，长得也英俊，如果想撇弃她，年轻时在老家就可以，何必等到年过半百。但是她的心思重、很敏感，动不动就要使个性子闹一闹，以此考验四爷爷对她的在乎。那时候，经常从屋子里传出她的哭声。总之，全家上下，亲戚邻里，人人都让着她。

　　因为四爷爷排行第四，所以她被称为"四妈"或者"四奶奶"。她藏身于这个标签之后，成为一个无面目无特征的人，像粮仓里不计其数的粮食中的一粒。她安顺于命运的安排，背井离乡，不向任何人祈求什么，于是生命里只有干活儿这一件事，再没第二个心思，只向土地要结果，土地也不曾辜负她。

　　她天天提个袋子到地里转悠，捡麦子，捡黄豆，捡苞谷棒子，捡甜菜疙瘩，捡稻穗，有时候还有花生、洋芋，直到第一场大雪落下来她才会停止劳作。田野给这个勤快女人满满一袋子粮食，她的快乐，她的尊严，她的零花钱，她的积蓄，都源于土地的馈赠，源于风调雨顺带来的丰收——只有丰收的盛景才使农民们不在乎散落在地里的零零星星，给那些没有户口没有土地的外来人一条生路，这些苦累又丢面子的活儿，本地人是不会干的。

　　小学的暑假，长得好像没有尽头。我每天都跟在四奶奶身后，顶着热辣辣的太阳去田里捡麦穗，麦田整整齐齐地摆在辽阔的大地上，繁茂的大地本身也蕴含着一个真理，它叫任何劳动都不落空，它让所有的劳动者都能看到收获。它用朴素的道理教育我：土地最宜养育勤劳、朴实、所求有度的人。

一九八四年，他们落了户，分了宅基地，四四方方的大院子，盖了三间新房子，一个茶棚。四奶奶很满意，搬家的时候欢天喜地。

侄儿侄女凑了份子钱给他们买了一台电视机，四奶奶稀罕极了，每天晚上打开电视机，不停更换着仅有的三个频道，直到屏幕都是雪花，不再出现图像，才上床睡觉。

日子安稳了，四奶奶依然动不动使个小性子，经常放学回家，看见她对我妈哭天抹泪的，我妈就柔声细语地哄她。我妈说四奶奶能干，过日子细致，四爷爷一辈子都顺着她。有时候也生气，四爷爷就会赶上毛驴车去野地里割草，或者出去和几个老头在树底下打牌，肚子饿了，回家认错妥协，日子照样往前走。

当年给他们盖房子置办家具都是我爸出的钱，四爷爷表态将来他们不在了，房子还属于我爸。很明显，财产留给谁，谁就须担起养老送终的责任。他们有地，有劳动能力，养活谈不上，生病要管，后事要处理。

二〇〇三年夏天，四爷爷得了食管癌，检查出来已是晚期，医院说没有手术的必要了。我赶到医院接他们回家，我唯一一次见到四奶奶的软弱就是在那一刻——她瘫软地坐在地上，紧紧地抓着我妈的手，满脸哀愁。我毫无防备地目睹了她生命中的苦涩，一种巨大的悲凉笼罩着我。

我第一次意识到，她其实是个对很多事情都无能为力的老人，我开始尝试平视她，站在她的角度去看待一些事情。那段时间，她应该是惶恐无助的。她托人给养女写信、打电话，满心希望地盼着。直到四爷爷临终，养女都没出现，只寄来了二百块钱，彻底断了她的念想。

四爷爷短短半年就去世了，她也年过七十，不可能下地干活儿了。我爸召集舅舅们商量，三个舅舅谁管四奶奶，那份房产就归谁。当时，外公已经去世好几年了，二舅单过，外婆和小舅一家住在老宅里。

三兄弟里，大舅经济条件差一些，儿子将来娶媳妇得有一处院子，弟兄们商量的结果是大舅给四奶奶养老送终，大舅拿出全部积蓄，翻盖了四爷爷的旧房子，想着他们先住着，以后留给儿子娶媳妇。

大舅和大舅妈接管了四奶奶，这才知道这个老太太不好伺候。无论日常怎么周全，一句话不顺耳就疑神疑鬼，三天两头跟我妈告状，闹着要搬回我家。我妈接过去住几天，哄好了，气顺了，大舅再接回去。

再后来，我和弟弟都成家有了孩子，爸妈轮流在不同的省市帮我们带孩子，顾不上她。

大舅说只要我妈走远了，四奶奶没有靠山就消停了，日子倒也和和睦睦。表姊妹们也工作、成家，各忙各的，虽难得见面，但逢年过节必然要去探望四奶奶，匆匆来去，给她买些糕点、补品之类的东西。

有次我去看四奶奶，她说大表姐给她拿的食品都是过期的。我没有戳穿她的鬼心眼儿。从那之后，我不再买吃的，也不买衣服，带点儿常备药品，临走往她手心里塞点儿钱，不言语却配合默契，很合她的心意。

谁也不承想，大舅的儿子离家在外打工不回来，三十多了还没成家。外婆也过世了，四奶奶却成了家族里最长寿的老人。大舅和大舅妈年复一年伺候着，稍有不满，四奶奶就向邻居哭诉，向亲戚告状，为此，我妈作为长姐经常教训大舅，我都替大舅感到委屈。

那年夏天，四奶奶的九十岁大寿很热闹，大舅在农家乐里摆了宴席，那天她穿着喜庆的唐装含笑而坐，接受着孙子辈、重孙子辈的叩拜。邻居们都说，看那精神头儿，往一百岁上活呢！谁能想到，这个在漫长的岁月里担忧自己无儿无女无依无靠的老妇人，竟然活成了家族的"吉祥物"。

邻居们也有不怀好意的，翻闲话倒是非，说亲生的不管爹妈的都多，侄女侄儿靠不住之类的话。四奶奶疑心重，时不时还是要闹腾，拿出跟四爷爷撒娇那套，以此求证侄子们对她的重视程度。她不知道听了谁的怂恿，要去当五保户，把房产给乡政府，去住养老院。并且一趟一趟跑乡政府，诉说大舅不孝顺，可把家里人气坏了。我妈劝不住，就由着她任性，等民政干事真的来办手续，她又慌了，死活不捐房产了。

我想，在某些心绪难眠的时刻，她一定也回望过：她的故乡不再是她的故乡，她的亲人都一个个离去了，她养大的侄女连一句问候都不曾有过。她内心的地图上，出生地变成一抹无法辨认的泪痕。丈夫早已不在人世，亲友中能说说话的也不在了，晚辈们除了过年来探望，很少给她带来欢愉。只有她还在时间里孤独地往前方挪步，而她与时间唯一的联系，就是每天晚上临睡前，撕下床头日历上那一页一页薄薄的纸片。

她的听力加速衰退，开始不愿出门了，活动范围越发狭窄，作妖的频率越来越密，时间长了，大舅也很憋屈。有一次她居然到处说，大舅要放火烧死她，其实是给她房间的炉子架火。就为这事，大舅妈气得血压升高住进医院，大舅终于失去耐心。有一次大舅妈实在经不起闹腾，就带着她去看养老院。没想到她坚决表示要留下，就这样开启了养老院生活。

那时候我女儿上了高中，几乎没有周末，我与四奶奶见面更少了。女儿高二下学期的时候，我们去养老院看她，管理员通知她有家属探望，她精神饱满，衣着洁净，站在门口等着。她居然在看见我女儿的第一眼就清晰地叫出了她的学名，让我们很吃惊，连我爸妈都记不住她的学名呢，这老太太记性可真好。四奶奶高兴地给我说，二舅家的儿子从南疆部队退役了，就在县城工作，经常来看她，有时候还开车带着她出去转转，带她下馆子。

听说四奶奶在养老院也不省心，时不时闹着要回家，大舅妈不忍心，把她接回来没几天又闹，反复折腾。

有时候我和表姊妹们谈起她，我说我们有幸生在了一个好时代，而在她的时代里，男人是主要劳动力，掌握着社会话语权，婚姻就是女性唯一的归宿，离开男人就无法独立于社会生存。她的世界里的女性，目之所及皆是跟她一样的，一面一面的墙，把她们牢牢钉在原地。其实我们不过是比她晚生了五十多年而已，假如把我们调换过来，我们未必比她活得好。她终生勤劳就是为了证明自己是个有价值之人，当她彻底变成一个只会消耗而不再有任何产出的人，她的内心无疑是惶恐的，所以才选择"作怪"。明白这些后，我对她有了一种姐妹般的理解和共情。我理解的不只是她，而是更广义的她那一代人。

二〇二二年春节之后，四奶奶病倒了，躺在医院呈半昏迷状态，靠打营养液和吸氧维持最后的呼吸，守在床前的是大舅和大舅妈，他们衣不解带伺候着，也熬得不成样子。四奶奶弥留之际是深夜四点，虽已气若游丝，但一定要见我爸妈。因为我爸妈患有冠心病，大舅怕三更半夜惊扰，没敢打电话，而是交代儿子开车赶紧把我爸妈接到医院见了四奶奶最后一面。当时四奶奶已经说不出话来了，我妈握着她的手说："四妈你放心，合葬的事我来办。"

四奶奶合眼之后，大舅伤感地说："我连自己的亲妈都没这样照顾过，还是没把她的心暖热，她最相信的人还是大姐。"

事后我给爸妈分析，四奶奶最后想见的人是他们，是因为自从他们来到伊犁，在一个锅里搅勺好几年，分家以后的大事小事，我爸妈操心花钱最多。再有，我们姐弟俩也是在他们膝前长大的，要比其他孙子更亲一些。临终的举动，有感情依托，也有感恩的成分在里面。

在她的葬礼上，亲戚家的大姨见到我说，四奶奶人前人后夸得最多的就是我，经常说羊毛衫是我买的，药是我买的，每次看她都给钱。这让我颇感意外。她给我讲过神话故事，给我做过布鞋，带我捡过麦穗，看着我长大并送我出嫁，给我女儿缝过肚兜，我爱吃咸鸭蛋她一直养着鸭子……人与人的血缘关系，并非谁的意愿选择，所产生的各种关联，不过是血亲或者姻亲之间的一个偶然。其实，我并不是发自内心亲近她，那些年她哭闹的样子，留给我的印象实在不好。我对她好是为了宽慰我妈，我妈是尊老的榜样，我也得给这个榜样加分添彩，同时也宽慰她那颗敏感多疑的心，她却一直记挂着我对她的好。

大姨的一番话，将我钉在地上，仿佛突遭一场劈头盖脸的暴雨，这场雨蓄谋已久无处可躲，我只能站在原地任雨点痛打，忍不住大哭一场。

四奶奶可能也没想到，她居然能活那么长久，九十四年啊！丈夫走后孤单着，惧怕着，就怕被丢弃，从来不曾舒展。那么漫长的岁月，没几个人知道她的苦乐哀愁。最终她隐入尘土，墓碑上刻着的名字叫王桂英，遥远又陌生。

她的一生终于结束了，一堵墙彻底地倒下了，她一定是累极了。

她去世以后，大舅大舅妈也卸下了重担，他们伺候了二十多年，就因为不是亲妈，反而处处小心翼翼，生怕外人说他们靠不住，不孝。我很敬重大舅，虽有私心，却更厚道。小舅成家之前，大舅搬出了老宅分家另过，孤独一人的大爷爷跟着他过了十多年，是从他院子里抬出去安葬的。谁都知道四奶奶不好惹，这事搁在旁人，就算有多少财产继承，都不会接这个麻烦。作为长子，大舅拿出了全部的宽厚，当然付出辛劳最多的还是大舅妈。

清明过后的一个周末，是个大晴天，我闲来无事临时起意去看看大舅。走进院子，我被堆积的一大堆杂物惊住了。大舅妈说自从四奶奶走后，再没进过她的屋子，好几回想清理清理，总觉得心里乱糟糟的。今儿趁着天气好，也该拾掇拾掇了。

老人爱囤东西是一个普遍现象，在他们心里，当下用的东西当然要留着，用旧的东西也不能扔，以后还能用得到，便越积越多。四奶奶也一样，只是我没想到一个小小的房间能收纳那么多东西。大舅说："你们拿来的东西四妈舍不得吃，也舍不得送人，都藏在柜子里。"衣服新旧都摞着，四爷爷的好多衣服都还留着，大舅妈让四奶奶送给巷子里的孤寡老汉，她也舍不得。床底下大纸盒套着小纸盒，塑料袋里装着团成小疙瘩的塑料袋更多，这些东西早就被遗忘在角落积满灰尘，永远不会想起来用。

她的房间简直就像一个废品仓库，大舅妈说四奶奶去一次养老院，就给她清理一次，四奶奶回来就发脾气，说不该扔她的东西。一再给她说不打扫会生虫，生蟑螂，气味难闻，她也听不进去。各种物件，有用的没用的，还是往屋子里搜罗。

我看着院子里摆着各式各样的锅碗瓢盆、水壶茶杯、被褥床单、鞋子衣物、电池线绳……那些漫长年月里本来是独立存在的物品，此时都归于一个整体，这些东西铺在敞开的空间，这让我获得了一个旁观视角，我眼前不是一个杂货堆，而是一个叫作"遗物"的展览，展示着一个普通妇人的一生。一个俭朴地活了一辈子的老人，她的人生居然可以有这么多同时又这么零碎和无关紧要的物品来支撑。从这些旧物回溯她的一生，会有一些更丰富的含义涌出来。以前，走进那个屋子，只觉得都是些可有可无的东西，现在，每个东西都好像在无声无息地表达着什么。

我恍然想起以前来看她，女儿总说老太太屋里有一股奇怪的味道。我倒没觉得难闻，以为那是不常开窗通风，抑或所谓的老人味吧。此时此刻，我明白了，屋里萦绕的那股若有若无的味道，就是我面前所有杂物散发出来的。

院子里杏花盛开，花香随清风飘忽，在空气中交织成一股令我伤怀的味道。人生就是如此，甜蜜和酸楚总是结伴而行，疼痛总是四处追逐着欢乐，片刻也不愿分开。

年轻时用一个东西，可能仅仅是把它当作工具，当年龄不断增长，生活过往经过岁月的淘洗之后，身边留下的物件就变成了活着的证据，承载着一个人或者一个家庭的生命信号。在旁人眼里，这些瓶瓶罐罐都是没用的废品。可在主人眼里，这样的房间才是她活着的状态，故人的追忆，都在这些物件里。

她养在窗台上的天竺葵，叶片肥厚，开着一簇一簇粉红的花。

大舅妈把几个铁丝衣架单独拿出来，挂在了院里的晾衣绳上。我本想说："你这不是跟四奶奶学嘛。"猛然看到大舅和大舅妈的白头发，我怎么忘了他们也是六十多岁的老人了？我默默地看着满院的物件，眼泪突然夺眶而出。大舅也抹了一把泪水，转身走出了院子。

我和大舅妈一时无话，泪水里包含了太多复杂的情绪。

我还做过一个梦，梦境里出现的是我童年最清晰的记忆。那是冬天，天空是灰白色的，田野上覆盖着一层白雪，田埂或露出土壤。四爷爷出现了，他在廊檐下跺脚，走进屋子，皮大衣也不脱，站在火炉前，伸出手来烤火。他不言语，一动不动，黄色火焰在炉膛里跳跃。我时常想起这段梦境，在火光前，他的身影高大笔直，就像站在静止的画面中。四爷爷已经去世二十年了，他的身影在时间的飞速流逝中，成为立在我记忆中的一棵树。至于那个梦，它是短暂的，醒来就消失了。火焰预示的是清明扫墓扬起的纸灰吗？逝去的亲人站在火的面前，如同站在时间的深渊面前。生命的长度谁都不能把控，但生命的密度，因为铭记会变得厚重。

生命的消逝并不会让曾经活在这个世上的人被一笔勾销，那些曾与他们一起的吃喝、聊天、玩乐，甚至矛盾与吵闹都是真实发生的。这些痕迹也许会像沙滩上的脚印一样，被海水卷走，被新的沙粒覆盖。因为记得一幕一幕的细节，没有人能否认那些故事的的确确发生过。

这让我也相信电影《寻梦环游记》里说的，死亡不是生命的终点，遗忘才是。真正的死亡是世界上再没有一个人记得你。

去不了的和回不去的

手　足

故乡对我来说，就是和父母一起居住的大院子。院子里有高高的葡萄架，繁茂的果树，围墙上爬着啤酒花的藤蔓。晚上的星星很繁密很亮，随风飘来苹果花幽幽的香气，飘进睡意蒙眬的双眼。那是一个温暖安心的家。

这样的时光一直延续到我高中毕业，直到外出求学，踏上长途班车的那个时刻戛然而止。那也是十七八岁心比天高的年纪，根本没有回头看看父母担忧不舍的眼神，无比坚定地将目光望向车头的前方，那才是我将要奔赴的未来。

我和弟弟，父母手心里的一对宝，一前一后离开了家。我在异乡简陋的宿舍里，初次尝到了想家的滋味。幸运的是，毕业后我回到出生地，回到父母身边，还是从前的卧室，甚至连床单和窗帘都保留着原来的模样，仿佛我从未离开过。所不同的是以前早晨出门往左，走向学校，现在是出门往右，汇入辛苦谋生的人流。我终究没有实现流浪远方的愿望，再也没有了因转换生活背景而遥望故乡的机会。

曾经有一个时期，心向远方，抱着"生活在别处"的论调，浮躁的心就像系在白云上。特别是和外地人聊天的时候，更让我充满了自卑和纠结，当别人说起故乡往事的时候，那张写满乡愁的脸顿时由明媚转为惆怅，原本很普通的眉眼立刻弥漫着一种诗意的伤感，让我不敢直视对方的眼睛——青春多么需要背井离乡的苍凉来点缀啊！

弟弟再也没有回到家乡，他二十岁以后辗转于一个又一个陌生的城市，适应着一个又一个工作环境，栖息在一个又一个临时居住的房子，必需的生活用品就在每个落脚的城市里一点儿一点儿添加或丢弃。几千公里的阻隔，父母对儿子的关心殷切而无力，落到实处的只是二十多年来关注儿子居住地每一天的天气预报。

年复一年，四季轮回，他总是从年头忙碌到年尾，也只有在过年的时候，才能暂时放下去年的总结和来年的任务指标，回到父母的家过一个团圆年。就是在这个家里，他在寒冬出生，在呵护中成长，在年复一年中无期无限地远行。南方发生最严重雪灾的那个春节，他在济南没能回家。在一次酒后心酸地吐露，那几天，他夜夜做梦都在赶飞机，困在人群中冲不出去，他说没有父母的年，吃得再丰盛住得再舒坦都不能称之为"过年"。我知道，他内疚让父母的愿望落空了，还要跟着天气的变化揪着心，担忧他的冷暖。唯有过年，父母所期盼的"夜深儿女灯前"才能像一幅剪影贴在夜幕下的玻璃窗上，那是他们心中最美的花好月圆。

父母心里有一张地图，这张地图上不是国家，不是城市，不是街道，而是孩子走过的路线，每一步都踩在父母的心头。

在我印象里，弟弟还是小时候的样子，什么都好奇，什么都要拆开来看个究竟。他要试验啤酒里掺上白砂糖喝起来是否像甜丝丝的汽水而把自己喝得满脸通红，他把收音机拆得零件散落一地无法拼装……他始终是我的跟屁虫，胆小怕黑，十来岁还不会系鞋带，受一点儿伤流一点儿血就大喊大叫。虽然现在，他明显因为走过天南海北的路，见过五湖四海的人与事而成为我的前行者，但我仍然溺爱他，无论是从前、现在，还是以后。在我心里、眼里、所有的认知里，他还是一个不会也不曾改变的小男孩。

我们住过的老房子里，墙上挂着一个镜框，三十年没有挪动过位置，泛黄的照片上，手工涂色的红唇黑发，年幼的我们笑得龇牙咧嘴。我去过弟弟在南宁居住的高层公寓，墙上没有一点儿装饰，一把旧吉他寂寞地缩在卧室的墙角，那是我送给他的十五岁生日礼物。我问他既然是长住为什么不把房子装饰一下，他说墙上挂不住真正终生不渝的东西。他是一个在异乡有家有孩子的人，可他总是认为远离父母住的房子那只是暂时落脚的地方。或许，一个人在"暂时"里，没有真正的踏实，只有假设性的永久和不敢放心的永恒。

这些年我写过许多的往事、亲人和朋友，写过大地上的风光和庄稼。唯独，没有写过他——我唯一的手足。此刻，他在我的文字里缓缓走来。我不忍去想，那个许多年前坐在屋顶上吹口琴的小男孩，那个奔跑在白杨树下的少年，如今行走在南方的绵绵细雨里，奔忙于生计是怎样的心境；那些白发和皱纹，不说一句话，悄然出现在他的身上和镜子中，身边没有亲人见证过他这些年的改变是种怎样的酸楚。我也不敢问，这些年陪伴他在异乡谋生的是自己孤独的背影还是梦里从未消失的星光？就在看到墙角那把旧吉他的瞬间，我把咸咸的泪水逼回去，浇灌回忆里的那块田。泪水有什么用，是能清洗掉岁月的痕迹还是能冲刷出一个明亮的未来？流泪再多也于事无补，唤不回遥远的童年，也唤不回流逝的青春。当我能控制住眼泪的去向，是不是在证明，我在日益成熟坚强的同时，也在失去一颗容易感动的心？

命运是个魔术师，它不和你开玩笑，更不和你好好商量，而是自作主张将你的身体和愿望分割开来，甚至永远没有重逢的机会。年幼的时候，我并不是个乖巧的小女孩，幻想太多而让父母一路担惊受怕，我的远大理想是当一个走遍全国四处伸张正义的记者。弟弟虽调皮捣蛋却是非分明，很让父母省心，他只想在家门口开个糖果铺子，卖各式各样好吃的糖。长大成人以后，远走的是他，留守的是我。就这样，我成了一个有家却没有故乡的人，他是一个拥有故乡却没有家的人。

有一次他半夜给我打了一个电话，说梦见自己在菜窖帮妈妈拿洋芋呢。梦境里他灵活单薄的身子从菜窖窄小的洞口下去，手里拿着一个筐子在窖里捡拾，菜窖很小却很深，他一只手举着筐子，用另一只手抓着梯子艰难向上爬，小脸涨得通红。想来在他的梦里，自己还是妈妈勤快能干的小帮手吧，所以才抑制不住梦醒后的兴奋，忍不住打电话与我分享。是的，我也经常梦见我们俩坐在房顶上，俯视屋檐下我们视线所及的人间。往事就像泥沙，沉积在时间的河底，总有那么一些场景会在我们的梦里猝不及防地出现。我喜欢这样的梦境，触手可及又似真似幻。

孩　子

在养育子女这件事上，父母很开明，无论就业还是择偶，从来只给建议而不强加干涉。其实，这也是一个双向互动的社会化过程，父母在教导孩子懂得人情世故的同时，孩子也会给思想日渐陈旧的父母带来新的理念。大多数时候，儿女的生活是怎样的新的世界，父母是不多问的，更何况有时候问了儿女也不愿意说。特别是工作以后，他们愈加体谅儿女们打拼不容易，更多的是投以关注的目光来表达自己无言的支持。

那时候我太年轻，根本没有仔细去体会和感悟家的意义，根本不明白这样一个恋着菜蔬米面的地方，靠蒸煮饭菜，靠双手操劳的一方小院就是我们终生依恋的家，就是一个人生根发芽的田园，以及这个家怎样决定着一个人一生的心灵格局和精神走向。

沿着生活的轨迹，我成家了，新家在城市西端一个住宅小区里，然后就有了一个粉嘟嘟的女儿。我的家从父母所在的一院平房变成了任由女儿调皮嬉笑的八十七平方米的水泥格子。当她能够用语言比较清楚地表述自己的想法时，居然是表情严肃地和我谈话，要求我给她生一个妹妹，并且加重语气强调是自己的妹妹！亲生的妹妹！她的理由非常充分——我长大了，你们都死了，我一个人多可怜，所以，你要给我生一个妹妹。我当时很惊诧，一时无言以对，又自作聪明地低估了一个四岁孩子的智商。我对她说："你长大了，爸爸妈妈是老了，但不会死，永远都陪着你。"她犀利地揭穿我的谎言，说："妈妈你骗人，人老了都会死，你们不是神仙也不是妖怪，你们会死的，我为什么不能有一个自己的妹妹，就像你和舅舅那样!"

她以为只要自己做一个好孩子，唯一的愿望就能得到满足。我一直不忍心破坏她美好的梦，就找各种理由、用各种愚蠢的谎言来糊弄她的童心。

楼房里的独生子女，从出生的那一刻起，孤独便与生俱来，如影随形。这种孤独是天生的，是我们后天用尽办法也无法弥补的。她孤单地长大，上学，长成一个有爱心不自私的小姑娘，尽管贪玩学习不拔尖，但是她依然每天笑盈盈地去上学，热心参与班里的杂事。八岁那年秋天，她因为牙龈发炎半边脸肿起来，眼睛眯成一条缝。清晨看到她这副模样我心里一惊，用假装轻松的口吻问她要不要请假去医院。她照旧快速刷牙、梳头、喝牛奶，背上书包，临出门时对我说中午放学后带她去看牙医吧。我是被关门的声音镇住了，还是被她的淡定镇住了——她是个白净漂亮的小女孩，衣服上有一点儿污渍都不愿意穿出门，却在光天化日之下仰着一张丑脸上学去了。窗外，一个背着沉重书包的背影，马尾辫有节奏地晃动着，那一刻，我有种想要流泪的冲动。

有一天她写作业累了，和我依偎在一起，她的小手抚过我的眼角说："你有皱纹了，并且你的皱纹力量很强大，脸上会有，身上会有，然后遍布全身，你就老老的了，你再也生不出妹妹了。"孩子清澈的眼睛总能比成年人看见更多的东西却不一定揭示出来。我一直以为她不再提起是已经忘记了自己在更小的时候曾有过的想要一个妹妹的愿望，却忽略了由于孩子比成人专注，她惦念的事会记得更牢，看得更紧并且刻不容缓。其实，她一直在等，用沉默在等，像草芽被石头压着见不着阳光那样忍耐着等待着，只不过不再倔强地陈述自己的理由罢了。

她十三岁生日那天，爸爸给她买了一辆自行车，邀功似的对她说："送给你的生日礼物。"她并没有表现出我们期待的欣喜，而是淡然地笑一笑，客气地说了声谢谢。"我最想要的是一个自己的妹妹，你们又不是不知道。"就在她的长腿跨上自行车的那个瞬间，低低地说了这句话扬长而去，说话的时候甚至都没有看我们。

在爱里浸泡的孩子是单纯善良的，他们对物质的需求很低，甚至是趋于零的。物质方面你给她的再多，她不在乎也不会感恩。恰恰相反，孩子更重视心灵，会很轻易地看穿父母有没有重视她的思想。对于孩子来说，山珍海味、名胜古迹又怎么样，没有一个玩伴，这些对她来说毫无意义。她只是太孤单了，想要一个妹妹，与她有着奇妙的相似，能够陪她玩陪她写作业，分享小秘密，一起挨打挨骂。她觉得自己的要求不过分，过分的是父母——这两个自称在这个世界上最爱她的人联手击碎了她的美梦。她似懂非懂地接受了我们讲给她的大道理，她彻底失望，此后再也不提有关妹妹的话题。理解是一回事，失落是另一回事，她不会说出这种失落，说了也改变不了什么，只会陷入更深的孤独中去。只有成年人才注重物质并且无限地夸大物质的附加值，还会因为外界那些不相干的评价兴奋或沮丧。有谁还记得，自己在未成年之前曾经也经历过只在乎灵魂的美好时光，哪怕成人之后对此不屑一顾。

如果遇到雨雪天，先是苦口婆心地说服她添一件毛衣或者让她带伞，而她总是不愿拿伞，更不愿意身上穿得臃肿，自认为有损美少女形象，找种种理由推脱开溜。晚上我把一杯牛奶搁在书桌上，她从作业堆里抬起头，一边喝牛奶一边给我说班里某个同学的怪样子，看着她说话的神情，好像突然看到好多年前的自己，鼻孔里闻到苹果花幽幽的香气。我们也吵嘴，也冷战，也有怄气、嘶吼的时候，但这些并不影响周末手挽手去书店或甜品店的心情。灯光下我们一起翻看绘本，蜷缩在沙发上看动漫电影，唯有此刻，女儿贴在我身上，她的体温和红晕离我如此之近，她的笑声甜美可爱。

"我的妈妈有时很温和，有时很暴躁。"这是三年级的女儿平生所写的第一篇作文里的第一自然段，十四个字。或许这素描式的形象一生都将贴在她的记忆里。现在站在我面前这个洗完澡走出浴室，像热气腾腾刚出炉的面包一样的姑娘年满十四岁了，就在她擦头发的时候，我刚和她爸爸争吵过，我余怒未息，愤怒地将"你老了自己住到养老院去，我才不伺候你呢！"这句话撂给他。她爸爸转头问女儿："我老了你会管我吗？"女儿说："我当然会管你们了。但是，我不知道那时候我在哪儿，也不知道那时候会不会很忙，所以，现在我没办法给你一个承诺。"孩子的心是透明的，孩子的想法从大脑到嘴巴从不拐弯抹角。

人的变化总是在不经意间，在别人还未曾留意的时候，甚至连自己都还未来得及察觉的时候，过去的那个自己已经一去不复返了。曾经以为四十不惑只是书里的一句话，我居然也伸出手来接住了，虽然是那么不情愿。人生中的很多事总是在经历过之后才明白，最初不一定能感受到的日子里点点滴滴的真正味道。

在我写下这些文字的时候，窗台上茉莉花的味道，茶几上橘子的味道，男人身上汗的味道，孩子发丝里的味道，还有隐约残留的西红柿蛋花汤和红烧鱼的味道——一切一切的味道，都抵不过家的味道，抵不过孩子拥住我时传递的爱的味道。

我使用女人的权力创造了这个孩子，她的全部和我有关，她是最令我疼痛的那朵花，她的未来是什么样子，是我今生最想揭晓的谜底。

双　亲

那时候，随意走进任何一条巷子，一排排民居首尾相接，庭院繁花盛开、果木繁茂，素简的小院盛满了天长地久的故事。我们的家，也曾经住在这样绿荫围起的，溢满笑声和饭菜香味的院落里。

高楼拔地而起，街道日渐拥堵。父母不愿意住楼房又不得不住进去，他们依恋住平房时邻居们之间的欢笑和信赖，还有那些如同亲情般的爱。寂寞的心里不断地追忆年轻时代，追忆城区过去的样子，脸上是掩饰不住的感伤和失落。

那些年，我和弟弟的孩子都出生不久，正巧都处在夫妻分居两地的局面。父母不得不过起移居的生活帮我们照看孩子。他们锁上家门，把钥匙交给邻居，拎着一个大大的背包，奔走于两个孩子之间。那个背包，在两三年里，就是一个流动的家，在不同的省市，在我和弟弟的家之间移动，包里除了他们换洗的衣服，常备的药品，还有母亲给父亲没有织完的毛衣。还有一年，父亲跟着我，母亲跟着弟弟，最受累的就是电话了，先是父亲和母亲说话，接下来我和弟弟扯点儿闲话，最后是两个小家伙通话，那边的孩子要爷爷过去，这边的孩子叫外婆回来，总以一个孩子噘嘴生气挂断电话告终。我们商量了好几种办法，怎样搭配都不理想，为难了三代人。

　　一次在书店里翻到一本书，是韩国诗人许世旭的散文集《城主与草叶》，其中有篇《移动的故乡》，瞬间就打动了我。诗人写自己年迈的母亲晚年在儿女之间流动生活时，只带着一个塑胶手袋。"里面有一两套外衣、内衣，还有我买给她的胃药、茄子、苹果、破碎的饼干、口香糖，另一角有用破烂的手巾包着的梳子和小镜子……"最让人心颤的是最后一句："不管别人怎么说，我是有故乡的，而我的故乡被浓雾遮掩，随着母亲所在而移动着，又随着母亲那憔悴的塑胶手袋搬来搬去。"是的，移动的故乡！除了诗人，还有谁能这样贴切地比喻如此具有母性的背包呢？我当即买下这本书，一直放在枕边，父母不在身边的日子，一遍一遍地阅读，有些片段都能脱口而出。

　　当然，孩子送进幼儿园，父母也结束了这样的游移生活。

　　女儿上三年级的时候，我和父母同住过短暂的半年，那半年里不仅没有为父母作过什么贡献还惹了事端。父亲出去买牛奶了，母亲正在做晚饭，刚把油倒锅里准备炒菜，客厅里电话响了，她没有关火就出来接电话。怕油锅起火，母亲跑得急了，脚下一滑，手腕杵到地砖上骨折了。母亲疼得一夜未眠，我也懊恼得一夜未合眼。那个该死的惹祸的电话是我打的，我是告知她有应酬不回去吃饭了。我和父亲从医院接回做完手术的母亲，我愧疚得好几天都不敢抬眼正视他们。

这次事故使我从自以为是觉得父母还没老，而且理由充足的混沌中惊醒。从上小学时起，我的父母就比其他同学的父母都年轻，当然我的大多数同学都有哥哥姐姐，而我是老大，我的父母明显年轻得多，这让我开家长会时很有面子。即使上了年纪，父母也很少给我添麻烦，小病小恙自己吃点儿药就对付了，能处理的事都是自己处理，我确实忽视了他们的衰老。看着母亲手臂打着石膏躺在床上，每一道皱纹都有着痛苦的走向，我才真正觉得岁月残酷，她的头发都白了一半了，她是真的老了！我像是做了一个很长很长的梦，母亲受伤如同一记看不见的耳光把我从梦中打醒。

我属于不善于表达情感的那种人，好像刚要张嘴说什么，内心的矛盾已将要表达的内容抵消。打小母亲就说我嘴太硬，不甜。我不好意思在父母面前撒娇，心里对父母的爱，表现得也很平淡和随意，当面也说不出对他们关心的话语，有时候甚至对父母的节俭和关切还不耐烦。不喜欢和父母在一起谈心，不喜欢有事和他们商量，不喜欢过多干涉他们的生活，更不喜欢他们对自己的事问东问西。父母年龄越来越大，脾气也越来越执拗。虽然这些年父母的生活都是我在跟前照应，可是我有时说话强词夺理、做事强势，这令他们欣慰的同时也感到委屈。

母亲这次受伤，给了我反省的机会，我站在她的床前安静地看着她，我能感觉到血液流经心脏，听见自己的灵魂从未有机会向肉体倾诉的话语。这血液首先流淌在父母的身体里，我身上流淌着与她相同的血，基因与生俱来，无法更改。世上的事，我们或许能够选择和主宰自己的生活，甚至决定自己的命运。唯有遗传，与我们后来所做的种种努力没有半点儿关系，血缘的标签始终如一。

现如今，弟弟走得很远，只有在春节的几天里，父母的屋子里灯光闪亮，热热闹闹，进进出出的脚步声杂沓数日，然后又归于沉寂。我每个周末来待上半天，一起吃一顿饭，说些无关紧要的家常话就走。屋内愈来愈清静，竟然连墙上时钟嘀嗒的声音也停了，父亲想换块电池让它继续旋转，他一只脚刚踩上凳子便被母亲制止了。也是，时间对于他们来说又有什么意义呢？

有时候我下班后去超市买些东西送过去，屋里没人，他们去散步了。窗台上的海棠花寂静地开着，只是在黄昏的光影里看它，怎么看都觉得冷清。不过这依然是一个温暖的家，两个人都健康，还能做伴。

阳光好的时候，母亲和父亲坐在阳台上饮茶。父亲翻阅报纸，有一搭没一搭地说着话，母亲做着手上的针线活儿，给我女儿缝制的马甲上，前胸绣着一只奔跑的小鸭子。

人到中年以后，日子越往深处走，越能在平淡中感受到细微的快乐。年轻时很崇拜遥远的东西，现在专心于周围和自己相关的人和事，感受和触摸生命境地的脉搏与宁静。人生就是一条回旋路，走了那么长的岁月，总有一天会以另一种形式，另一种自我，回到最初。当我们真正理解生活时，大都到了晚年，我们都像父母一样，成为坐在阳光中的安静的茶客。

回　望

天地无语，万物清明，麦苗青青，榆树吐出油绿的小叶子。这是一个最好的季节，告别了寒冷，酷暑还没到，不冷不热的气温，不火不燥的暖阳，所有的心事都在太阳的抚慰下消散了。

清明节的前一天，我们去扫墓。那片墓园从我记事起就在——紧挨着麦田，邻接着果园，一条大渠流过，这是一个永恒的世界。母亲的爷爷奶奶、叔叔婶婶，我的外公外婆、奶奶都长眠在这里，还有巷子里那些看着我出生和长大的老人，他们一个个住进去，亲戚还是亲戚，邻居还是邻居。

每年这个时候，父亲都带着晚辈们来为故去的亲人扫墓，男人们往坟堆上添几铁锹土，女人们清理四周的杂物。蒲公英开得肆无忌惮，蜥蜴窜来窜去，头顶上是不同游动速度的云和忽然飞过的鸟群。以前父亲对我说过，来看过世的亲人，都不要悲伤，我们来看他们，就是来见个面，我们记得他们，他们也不要忘了我们。父亲还说躺在这里的人有福气，听河水日夜流淌，看庄稼年年丰收，多好。

在中国语言里，大地是有生命的，《尔雅》里对"地"的解释是："地，底也，其体底下，载万物也。"土地是承载万物的摇篮，世上还有比这更好的归宿吗？父亲每次来扫墓，都要拿着厚厚一沓黄草纸围着整个墓园转上一圈，给相熟的人都烧几张，说几句话。他的另一个目的是看看还有没有扩展的空间，将来有没有他能挤进去的位置。他毫不掩饰自己的心思，入土为安是最圆满的结局，他想依偎在自己母亲的脚下。我能说什么呢？他也知道，想法归想法，站在这里看着纸灰扬起的人，谁也做不了这个主，包括他自己。

每一段记忆，都像装在密码箱里，以为早就忘记了的久远的人和事，早就丢失了开启记忆箱子的钥匙。然而，只要某个时间和地点契合，无论尘封多久，关于那人那景的记忆都会在脑海中重新苏醒。

那时候，老人们总是在黄昏晚霞满天的时候，围坐在谁家大门口的条凳上，或蹲在白杨树下，讲故事，吹牛皮，天不黑透不散去。那些老人们讲的故事至今还时常出现在我的脑海里，从未远离的还有朗朗笑声和狡黠表情。我记得每个人的相貌，脸上的胡子，头上的帽子，高矮胖瘦，连同走路的姿势。原本他们也是长江和黄河的子民，他们是出生之地的过客，是他乡之地的外来者。他们也是有故乡的——他们的故乡存在于乡音与故事里，存在于怀想与遥望里，成为他们和后人履历表上必填的地理名词，却是他们一生再也回不去的地方。为了生活，他们穿越了千山万水，终将自己和后代变成了他乡的主人。我认为人人都是传奇，天地之间，他们活过，他们将勤劳、厚道、仁义留在了人间，也留给了我们。

那些树荫下的欢声笑语呢？那些随风飘散的炊烟呢？那些和我一起静静坐在老人们中间侧耳聆听的孩童们呢？一年年我们在长大，一年年老人在减少，一年年墓园又增添几座新坟。从父亲带着我扫墓，到我带着女儿扫墓，光阴划过了三十年。我经常想起那些故事，只是我不再惊奇或者害怕，我的疑虑已经消散在成长的路上，可爱的老头老太太们教给我们的生活常理——要好好活着，面对食物要虔诚，面对家常的一切要尊重。无论是做饭、缝衣服还是带孩子，生活的质感就在这些琐碎里，生活其实不需要太多的东西，只要健康活着，真心爱着，就是一种富有。一想到这些，在我心中起伏的只有愉悦。因此我确信，那些故事其实是他们无意又用心的馈赠，是我们在人生道路上的不期而遇，是我们在拐角的撞个满怀。如今我也算是虚度了半生之人，那些在路上像墙壁一样困惑过我许久的问题，他们早就给过我答案。

我经常做梦，梦见自己还小，在巷子里跑，梦见奶奶和她睡过的床，梦见外公坐在廊檐下晒太阳……母亲的大伯，我叫他大爷爷，是个上过几年私塾的白胡子老头。在我还没上学的时候经常带着我，手里拿着语录本教我认字。我对汉字最早的认识来自他白色搪瓷茶缸上印着的"为人民服务"五个红色大字，学会书写的第一个词是"人民"。他手指着语录本一字一句教我念"毛主席说：无数革命先烈为了人民的利益牺牲了他们的生命，使我们每个活着的人想起他们就心里难过。难道我们还有什么个人利益不能牺牲，还有什么错误不能抛弃吗？"当我站在他面前，背着小手，微仰着头，流利地背诵出一段段语录的时候，他一只手端着茶缸，一只手得意地捋一捋山羊胡子，把他的茶奖励给我喝，我看看酱油色的浓茶，摇摇头。他当即站起来牵着我的小手，到供销社买糖给我吃。我认识的字越来越多，蛀牙也越来越多。我不确定自己别无所长、唯爱文字是不是来自他的启蒙，但是，每当看到"人民"这两个字，最初书写时一笔一画的郑重与内心油然而生的敬重之感紧紧相连。

天空碧蓝，良田沉默，不动声色的树林，夜晚来临时必然有清冷的月光以及千年如一的星空。在这种无边的辽阔下面，我突然就不知所措。大爷爷的坟就在我的脚边，我洒下一杯酒，不能想得太多，浩渺宇宙，每一个生命都有一个停泊之处，他们走在我们的前面，我们步着他们的后尘。

女儿有一本全彩绘本叫《阿狸·永远站》，有一晚她读一段给我听。阿狸问隔壁的皮特叔叔世界上有没有鬼。皮特叔叔说："有时候有，有时候没有。"阿狸问："为什么是有时候有，有时候没有？"皮特叔叔说："比如走夜路的时候，我们总期望没有鬼，如果有一天亲人不在世了，我们却总是期望有鬼。"她读到这里停下来一本正经地问我："世上真的有鬼吗？你见过吗？比如外婆想太婆的时候有没有在梦里相见？"我无法回答她的问题，谁又能够告诉我，什么是连接生与死的锁？什么是阴阳相隔的桥？什么是举足轻重的大事，什么又是义无反顾的初衷？先辈们躺在这里，他们这一生迎来送往过多少人，繁衍了子孙，最后一程是自己的后人、亲朋和邻居的高抬深埋。所幸，他们安歇的墓园，是这样一处好地方，还有后人年复一年的祭奠，身边躺着的还是熟悉的人，他们看得见也听得到，是谁在黄土下陪着他们喝酒划拳，是谁踏着积雪为他们送来寒衣和冥币。

我的父母比我来得勤，他们一年至少跑好几趟，他们的至亲在这里，他们将这里视为家，高兴的时候，难过的时候，都来看一看，坐一坐。他们那种"不见爹娘面，还闻往日声"的心情我还体会不到。他们也将这里视为自己以后的归宿。他们也是上一辈人的孩子,与父母相依,是孩子本能的选择。父亲有一次喝醉了,跪在地板上,抱着奶奶的遗像大哭,嘴里叨咕着伤心的话,怎么劝都不起来。父母走在老去的路上,也走在与儿女别离、与高堂相聚的路上,这是我们晚辈不想承认又不得不面对的事实。

我回顾着,同样也在遗忘着。白杨站在道路两旁,目送了多少个没有归途的逝者,又迎来了多少来来往往扫墓的人。

我终于释怀了,即使没有离开过出生之地,也会怀有人类永恒的乡愁。有父母的地方就是家,就是我今生的故乡,它是一条街道,是鸽哨盘旋,是经年流淌的河水,是生养之地,是生离死别。这个安静的小城,便是我的城池。

村庄里的故事

马车夫的"劳动有"

四月的一天,卡德尔·扎伊尔大叔坐在开往伊宁市潘津镇的公交车上。他看着窗外路边的杏花、农田里的麦苗,心情像头顶上的蓝天一样晴朗。

七十二岁的卡德尔,是伊宁市喀赞其民俗旅游区"哈迪克"车队的一名马车夫,日常工作是驾着"六根棍"马车在旅游区载客游览。眼下,陪伴他多年的老马即将退休,他此行是去潘津镇活畜交易市场,买一匹马继续他的马车夫生涯。

在活畜市场,卡德尔大叔相中了一匹四肢修长、步履轻快、身姿健美的骏马,把它带回了喀赞其。

喀赞其民俗旅游区是很多游客来伊宁的必去之地,在他们看来,这条多民族聚居的百年老街,最能体现伊宁市的文化底蕴。

一进景区大门,人头攒动的老街散发出浓郁的生活气息,装饰考究的"马的"是独特一景。只见马背上搭着艳丽的艾德莱斯绸，车里铺着草垫和地毯，每匹马的脖子上系着二十多个核桃大的铜铃，马儿跑起来的时候，铃声清脆悦耳，隔很远都能听见。这种以马为动力的四轮车，车厢架子由六根圆木棍并排架起，因而得名"六根棍"。行驶起来有节奏的蹄声和悦耳的铃声交相传来，十分悦耳；弓形的扁圆木架在马头上方，好像给马戴上了一顶桂冠，显得十分高贵。

在旅游区内，游客对"马的"的喜爱远远超过了其他代步工具。当它每每与景区的街巷、庭院、民居、小桥清流和民俗生活场景融为一体时，总会给人们带来一种别样的体验。

随着伊宁市公共交通的发展，"六根棍"马车在二十世纪七十年代便退出了历史舞台。近年来，为了让外地游客了解伊犁的风土人情，"六根棍"马车又现身景区，成为民俗风情游的经典景观。著名作家王蒙先生在《又见伊犁》中写道："就连新增加许许多多的'六根棍'马车，我觉得与其说是新添，不如说是恢复……"

前些年，喀赞其还未发展旅游业，这个片区街巷道路破旧，环境卫生很差，大部分居民属于低收入群体。二〇〇八年，伊宁市精心打造了喀赞其民俗旅游区，鼓励居民及低收入群体实现就近就业创业。二〇〇九年春天，卡德尔将自家的一匹马挂靠在景区的"哈迪克"马车队，经培训上岗后，成为一名马车夫，服务对象是来伊宁市旅游的八方来客。

当时，年近六旬的卡德尔是马车队车夫中年龄最大的。老伴和两个女儿担心他干不长久，他自己心里也没底。可是，想要让家人过上好日子、盖上新房子就得勤劳。"六根棍"马车的回归，让自己的一技之长有了用武之地。他想证实一下，在"家门口挣钱"到底能挣多少。

卡德尔从小生活在喀赞其片区的阿依墩街，他说："以前我给别人盖房子、扎扫把、看商店，啥活儿都干过，这些年靠着勤恳劳动，我把两个丫头养大了，结婚了，现在，我的孙子们都上学了。我身体很好，还'劳动有'，我感到很自豪！"

卡德尔大叔说的"劳动有"是"有工作"的意思，它饱含对劳动的敬意。

卡德尔大叔是马车队任职时间最长的马车夫。这些年，景区的名气越来越大，游客一年比一年多。他的马车载客率一直排在马车队前列。干的时间久了，他总结出了一套自己的劳动方法：每天上岗，人和马都要收拾得干净整洁。为了安全，驾车时不能跟游客随意交谈，慈祥的笑容就是最好的招牌。"由于我的马精神、车漂亮、服务好，游客抢着坐我的马车。这些年，我通过在景区赶马车挣到了钱，盖了新房子，还给我家丫头开了商店，日子美得很。"他说。

卡德尔大叔虽年逾古稀，却不肯回家安享晚年，他把"劳动有"视为自身最大的荣耀。"我喜欢在景区赶马车，身体好的话，让我再劳动十年也可以！"

这日清晨，卡德尔大叔喝过早茶，照常驾着马车上班。路上川流不息的车辆，来来往往的行人，街边店里传出的音乐，巷道里的花香和绿荫，让他感到生活的自在惬意。

还不到中午，卡德尔大叔的马车又一次"满员"，他驾驭着新买来的马轻快地穿行在景区蓝色的街巷内，暮春的阳光洒在他的身上，只见他将马鞭虚空一挥，发出一声轻响，马蹄敲击路面的"嗒嗒"声、马脖子上的铃铛声，惊起成群的鸽子飞向天空。

他仰起脸，望着远去的鸽群微微一笑：不管是曾经的辛苦清贫，还是如今的富足安然，"劳动有"的信念从未改变，他享受到了生活给予他的最好回报。

马木提江大叔的心愿

走进白杨遮阴的巷道，马木提江的家很好认——大门上方，鲜红的国旗在蓝天下迎风飘扬。

院落收拾得洁净妥当，一家三代七口人，正坐在茶棚下喝早茶。果树和葡萄架遮挡出一片宁静，唯有廊檐下的正房墙外，悬挂着的用玻璃框裱的党旗格外亮眼。

马木提江是个大高个，身材瘦削，有点儿驼背，精神头儿很足。这个六十八岁的老人，是伊宁市英也尔镇英也尔村的农民党员，他带领村民创业，捐资助学，帮助特困群众，参加义务劳动，交纳特殊党费，好事一做就是二十多年。

新冠肺炎疫情防控期间，他加入志愿者队伍，早出晚归帮助村民购买蔬菜、生活物资和药品，精神头儿一点儿也不输年轻人。老朋友问他："你这么大的年龄，还给村民扛面粉，不累吗？"他朗声回答："我不累，身体好的话，再干十年也没问题！"

马木提江辍学早，但从没有放弃过学习，他天天收看新闻联播，让孩子给他读报纸，学习国家通用语言文字。改革开放之后，他是村里第一个个体户，他经营的种子经销店生意不错，生活越过越好。当看到村里群众因一时手头紧而买不了种子化肥时，总是先赊账让人家先把庄稼种起来。在他的带领下，通过物质和思想多方面的帮扶，许多家庭靠着勤劳生产摆脱了贫困。他年年给村里的特困群众赠送种子化肥，帮扶范围甚至延伸到了其他村庄。

"看见娃娃在路边玩，我就要找到他爸爸妈妈，问为啥不去上学。有些巴郎不干活儿闲逛，我就说他们，有手有脚不挣钱有脸吗？没有种子店里拿，我教你种地。谁家父子不和，兄弟打架，我都管呢。"特别是巷子里"血气方刚"的年轻人，都曾受到马木提江的批评教育。他对巷子里每家每户的情况了如指掌，哪家孩子缺学习用品了、哪家老人病了、哪家牲畜没饲料了……就像村里的活地图，谁家有困难他都会伸出援手。二女儿说："爸爸一件衣服穿十年，可是一双鞋只穿两三个月就坏了，他每天走来走去，太费鞋子了。爸爸当了十四年的老板，虽然没有给自家盖起一院气派的房子，但是他很受人尊敬，我们都敬佩他。"

马木提江还是少年的时候，就跟着父亲下地挣工分，没有煤烧，就用柴火取暖，半夜冻醒来，水桶结了一层冰。那时候用镰刀割麦子，右手磨出血泡，就用左手割。父亲带着他和泥打土块，盖起了第一间土坯房。"你没有过过那样的日子。劳动一年，我们全家分八十公斤苞谷，二十公斤麦子，我们吃不饱，就喝渠水，走泥巴路，饿着肚子干活儿。我上了五年学，学校再没去，干活儿我不害怕，没有上学是我最难受的事情。"

"马粪撒在地里，大雪从天上落下，我像芨芨草一样朝上长，牛一样出力，眼前是黑的，啥都不知道。我爸爸那时候对我说，要相信共产党，新中国成立后，没有听说有人饿死、冻死。我们家穷，是整个国家都穷，总有一天，好房子，好粮食，好日子，都会来的。"

他起身进屋，拿出一双破旧的、洗刷干净的解放鞋。他摸着鞋上的破洞说："这是我三十年前穿过的最好的鞋，现在扔出去，捡破烂的都不要。那时候我得到一毛钱都高兴得睡不着觉，就怕钱丢了。现在我给孙女一块钱，她都不要。"马木提江抚摸着孙女毛茸茸的头发哈哈大笑。

马木提江风趣幽默、和蔼可亲，说过的话令人记忆深刻。

"那时候我的妈妈，家里有半块馕，都不会让要饭的饿着肚子走。我爸爸是共产党员，入党也是我的心愿，我写了九年入党申请书，如今有二十一年党龄了。我有一百块钱，花出去七十块钱帮助别人，我自己留三十就够了。我的孩子们都支持我，和我一起帮助困难的人，他们都是好娃娃。"

马木提江像他的父亲一样，对祖国、对党、对家乡充满了感恩之情："我们现在的好日子，就像我爸爸说过的那样。国家好了，日子好了，是因为我们的国家高高地站起来了。娃娃上学享受义务教育，农民看病能报销，村里的泥巴路铺上了柏油，路灯亮亮的。我们住上了安居房，开上了小轿车。我在替爸爸过着他看不见的好生活。"

马木提江亲身示范，引导村民向上向善、孝老爱亲。三年前，他带着女儿成立了一支志愿者服务队，关爱老弱病残。现在服务队发展到了十八人，队员大多数来自马木提江曾经帮助过的家庭。他们为村里孤寡病重的老人收拾擦洗，为特困群众劳动生产提供帮助。范永贵是盲人，马木提江照顾了他近二十年。买买提江·依力夫妇俩都是九十多岁高龄，大小事务都是马木提江和志愿者团队在照应。"我们村住着维吾尔族、哈萨克族、回族、汉族，大家相处得很好，互相帮忙。原来我一个人干，现在我们十八双手，十八双眼睛有呢。想和我们一起干的人还有，以后会更多！"马木提江高兴地说。

马木提江有个心愿，在英也尔镇可谓老幼皆知。他想见习近平总书记，想汇报一下农民的好日子，以表达自己的感恩之情。

"马木提江大叔，听说你想去北京？"

"当然想去！我想见总书记，还想看看天安门广场升国旗呢！"

他冲进屋子，拿出一个提包，各种荣誉证书装了半袋子。他把一封回复函展开给我看。

"习近平总书记忙着大事情，全中国的大事情。不过，我还是想见他一面，和他握个手，就说一句谢谢，我不找麻烦，不耽误他的大事情。可能信写得不行，我再好好写信。我们镇上的马书记说了，他去北京上研究生的时候嘛，把信给我带去呢。"

他一脸认真的表情，深深地打动了我，发生在他身上的故事，就是一方水土浓缩的变迁史。时间从不停留，生活总在人们的奋斗中朝着富足的方向发展，一番越来越丰茂的景象，一片地域的新面貌，让人们对家园美好的未来充满了希望。

马木提江用自学的中草药知识，研制了一种药茶，取得了国家专利并注册了商标。他把配方和相关证明材料都交到了镇政府，希望能办厂带动乡亲们致富。

告别马木提江大叔时，巷子里玩耍的孩子，欢笑声传了很远。"英也尔"，维吾尔语意为"新的田地"。也许居住在此地的人们对这个地名的含义并没有多少了解，但心中对于新生活的憧憬却一直都在。

小滋小味里的热辣生活

218国道穿过新疆伊犁哈萨克自治州伊宁市英也尔镇。交通要道上，英也尔镇车流人流不息，公路两旁的店铺成为往来客商交流信息的场所。

马刚是英也尔镇六七段村的农民党员。他聪明勤快，农忙时扑在庄稼地里，农闲时在镇上做点儿小生意，一家四口人的日子平静富足。

几年前，马刚在218国道旁搭起凉棚，售卖自家晾晒的杏干。伊犁的杏干也叫"吊树干"，肉厚核小，国道来往的车辆多，他的杏干不愁卖。

看到村里有不少村民发愁吊树干卖不掉，马刚打起了电商平台的主意。通过电商平台，吊树干的销路越来越好，马刚认识的生意伙伴也越来越多。有的客商通过他，不仅收购吊树干，还采购当地的蔬菜水果，马刚成了镇里的能人。

率真热情的马刚经常留外地客商在家吃住。没想到有一天，早餐桌上的一碟小菜，为村民开启了致富路。

伊犁群众的早餐标配，通常是热乎乎的花卷、奶茶以及一碟自家腌制的小菜。没想到客商吃了一口腌菜，直赞太好吃了，还说要买点儿带回去。

马刚笑着说："自家腌的菜没啥稀罕的，本地人都会腌。"

北疆冬长夏短，在过去运输不便、蔬菜大棚尚不普及的年代，人们总要在入冬前囤菜，以便挨过长达五个月的冬季。对妇女们来说，不在入冬前囤点儿菜，心里就不踏实。囤冬菜分贮存和腌制两种方式，圆包菜、土豆、萝卜放入菜窖，白菜、豇豆、黄瓜、莴笋等腌进菜缸。

吃过了早餐，马刚准备带客商到村里逛逛，恰好看到自家媳妇在腌菜。当地人偏爱吃酸白菜。大白菜洗净控水后，放在大缸里码齐，每码一层菜就撒一层大粒盐、辣椒面和茴香。最后，再用一块石头压实，静等发酵。

客商看了后对马刚说："你家的腌菜味道真不错，原产地的好食材，可就地加工。城里人好这一口，做好了不愁没销路。"

这番话启发了马刚。他想，村里的妇女个个都会腌菜，如果在口味上做一些研发和创新，打出伊犁味道的牌子，说不定会畅销呢。

二〇一九年四月，马刚领着四十余户村民，创办了众诚蔬菜种植农民专业合作社。一千二百多平方米的加工车间里有消毒室、包装室和腌菜室，采取"合作社+农户+订单+分红"的经营模式，提前预订、成片收购、统一加工、集中销售，申请注册了"疆麦郎""老东干"两个商标，将村里的农产品统一包装，打造地方特色品牌。

到了树叶微黄的季节，红辣椒、胡萝卜、长豇豆、圆包菜……开启了热辣的"腌菜盛会"。

制作腌菜不耽误照顾家庭，还有稳定收入，村里的妇女抢着干。不到半年，合作社实现本村一百二十五名妇女灵活就业，当季腌制的一百余吨腌菜在伊犁市场销售一空。

马兰芳是合作社成立后的第一位员工，她家曾是困难户。因为穷，她在村里抬不起头。马刚说工作最积极的就是她，她把腌菜车间当成自己的家，收拾得干净不说，一片菜叶子都不浪费。当年，她当上了车间组长，全家搬进了安居房。

如克亚是一名有两个孩子的单亲妈妈，自从到合作社上班后，再也不是愁眉苦脸的模样了，洗菜切菜的活儿抢着干。如今，两个孩子成绩不错，她准备在新学期来临前，给孩子添置一台新电脑。

马刚带领这群靠双手创造新生活的妇女，用自己种的蔬菜腌制而成的家常腌菜，既为寻常百姓家提供了"平日之所需、生活之点缀"，也让自己的生活过得蒸蒸日上。

今年元旦前夕，马刚订购的一批食品包装到货了，一百多吨腌菜准备分装发售。去年夏季，他已销售了一百五十吨吊树干，如果再加上这批腌菜的收入，合作社二〇二〇年的收入将超过三百万元。

新的一年，马刚有很多规划：准备筹建冷库，以扩大腌菜生产规模；代销本地鲜果、干果的"业务版图"需进一步扩大；与客商签订腌菜进各大商超的合同……虽然整天忙前忙后，但只要不外出，他每天都会到车间检查，严把腌菜质量关。

他说，要把本地腌菜打造成为具有乡土记忆的佐餐小菜，把品牌做大，推广到全疆。

无数小家，合为大家。小滋小味，大有可为。

胡达外迪·吾拉依木的春华秋实

人勤春来早，三月的北疆，正值冬小麦追肥期，伊宁市英也尔镇六七段村的农田里，一台台拖拉机来回穿梭进行中耕追肥，种植户抢抓农时，适时播种。

午后暖阳和煦，村民胡达外迪·吾拉依木身材瘦高，穿着一件格子衬衣，挥舞着铁锨正在牛圈里干活儿，见到有人进来，虽然累得满头大汗，但脸上却洋溢着笑容，说："看，昨天两个牛娃子生下来了，眼睛大，个子大，漂亮得很！"

如果不是站在牛圈里，看到两排大小不一、颜色不同、膘肥体壮的牛，如果不是亲眼见到两只黄白花小牛犊依偎在母牛身边，猛一听他的话，还以为是一个父亲在夸自家的孩子呢！

看胡达外迪喂牛还真让人有种享受感，整个过程一丝不苟，一点儿不马虎。他先给每头牛喂一小把草料，随后开始配制混合饲料，搅拌好，一桶一桶往食槽里倒。也许是胡达外迪做的食物太美味，牛一边吃着一边还不时用舌头舔着唇，似乎在表示赞许。等牛差不多享用完这些美食了，他又提着装满颗粒饲料的塑料桶，给每头牛跟前送一小铲饲料。他边干活儿边给我们讲解："牛吃草，不是吃得越多越好，吃多了肚子气胀。""颗粒饲料也不能吃多，小牛两桶，大牛三四桶，各种饲料都定量，这样子消化好嘛不得病。""我的牛每天两顿饭，早上七点，下午三点。拖拉机、摩托车都有，开上就到地里干活儿去。"

女主人过来招呼我们进屋喝茶，她冲着丈夫说："一晚上守着牛娃子还没看够吗？客人来了不让到房里，蹲在牛圈话说不完，咱们家不能这样招待客人。"

胡达外迪当然高兴了，这可不是普通的牛，这是乳肉兼用的西门塔尔牛，春天正值牛羊接羔育幼高峰期，又产了两只健壮的牛犊，这是他家的钱袋子，他能不乐呵吗？

胡达外迪家的院落内有一亩地，两百多平方米的漂亮复式小楼居中，前院硬化了地面，种着葡萄树和果树，杏树萌动着花蕾，顶部枝条上的花蕊已经绽放。女主人说："你们夏天再来，花都开了，来吃果子。后面院子种菜，棚圈也翻新了。"

回顾五年前，眼前这一切是他们一家四口想都不敢想的。胡达外迪没什么文化，更没有能够养家糊口的技术，身体病病歪歪，不能做重活儿，也就没法出去打工。两个孩子上学，当时全部的收入来自六亩耕地和在周边打零工，生活非常拮据。当地谚语说："破墙头上多麻雀，穷人家里多困难。"他们深有体会。女主人说："虽然距离市区只有十公里，但即使是儿童节都没有带娃娃去城里转过，心里难受得很。"

二〇一四年，村委会落实各项扶贫政策，胡达外迪被纳入建档立卡贫困户，他有养殖牛的经验，包联干部针对他家的实际情况，为他量身定制了发展家庭养殖的帮扶计划。

胡达外迪感觉这个建议可行，养牛比较保险，也不耽误种庄稼。

村委会通过小额信用贷款帮胡达外迪购买了一头西门塔尔牛，又通过少数民族发展资金的扶持，改善了棚圈条件。

镇里举办养牛技术培训，胡达外迪学得很认真，没事时就待在牛圈里，观察各头牛的状态，掌握其生长特点，虚心向专业养殖技术人员和当地老兽医请教，逐渐积累了丰富的养牛经验。时间长了，他就摸索出门道了，只要牛有什么不正常的举动，都能看出来并对症下药。"牛鼻子没汗，肯定生病了。""新买回来的小牛，五个小时内不能给水喝，不能给料吃。"……胡达外迪的养牛经是一套一套的。

二〇一八年，村委会利用少数民族发展资金又为胡达外迪购置了一头牛。他购置了铡草机，扩建了棚圈，实行科学饲养，加快育肥速度，加大养殖效益。真是应验了"劳动成就好汉，雨水滋润大地"这句话，胡达外迪不但自己的日子过好了，他还劝导和自己年龄差不多的村民："闲转赚不来钱，地里那点儿庄稼只能吃馕喝茶，现成的院子养牛养羊，吃抓饭吃包子不好嘛。"

胡达外迪一家实现了稳定脱贫，养殖规模逐渐壮大，干劲也更足了，养殖的良种牛数量达到二十只。他在自己六亩耕地的基础上又承包了十四亩耕地用来种植玉米，为自己养的牛提供饲草料。"这几年政策好，我养牛过上了幸福的日子，以前我在村里抬不起头来，现在大家都尊敬我。我明白了，那时候自己穷，找借口说是因为自己没有办法，不如说是没有脑子，没人引路就不相信自己能干事，现在我的信心在这！"胡达外迪拍拍胸脯，掩饰不住一脸的自豪。

女主人笑得更灿烂，她说："现在生活太好了，房子漂亮，娃娃的学习也不愁。别的不说，卖牛奶的钱就够我们一家平常的开支了。每年卖牛娃子就有四五万元的收入，明年大女儿要考大学了，她的学费也不担心了。我们等来了好政策，还是要靠自己发展才行呢，贫困的帽子摘掉了，生活越来越好了。"

另一间屋子里，两个孩子正在上网课，崭新的电脑摆在书桌上。"我们现在的心愿就是娃娃们都能考上大学，一定要成为有文化的人。老人不是常说嘛，与其相信你的钱财，不如相信你的学识，我们希望两个娃娃有出息。"

现在，胡达外迪已成了全村养殖户的主心骨，村民们有什么问题都愿向他请教，而他也总是毫不保留地教给大家，得到了全村老百姓的称赞。"我还要继续养牛，我还要带领村民过上好日子。他们看到我家的变化都愿意一起干。"春天勤劳动，冬天不发愁，从过去的贫困户到现如今的养牛专业户，胡达外迪改变了观念，转变了身份，实现了一个新时代农民的价值。

六七段村村民主要的收入来源是种植收入，种植的品种也相对单一。村委会为了增加村民收入，因人而异制定了帮扶计划，今年村里三十五户贫困户全部摘帽，实现百分百脱贫。

胡达外迪是新疆农民中的一位，他的这种改变，影响是深刻的，它触动的是一个村庄的原动力。一个小小村庄的变化，看似水到渠成，好像是在突然之间就发生的，但也只有每一个置身其间的人才能真切感受到，这种变化需要无数力量进行推动。人民对美好生活的向往，必将在这些微小却深远的变化中得以实现。

告别的时候，一家四口站在大门口，眼神明亮，笑容真诚。他们身后即将发芽的苹果树，见证着这个幸福家庭的春华秋实。

第三辑　季候笔记

季候笔记

古人根据耕种农作物的经验，总结发明了二十四节气，保证农作物茁壮成长。节气也对应着人生的四季，生命的体悟，如此古老，又如此鲜活，在漫长的岁月里绵延不绝。这是一组新疆大地上与节气相关的观察和记叙，有自然景物、风土人情、生活故事……故乡永在，让我们铭记和热爱。

立　春

立春，为二十四节气之首。立，是"开始"之意；春，代表着温暖、生长。单就一个"春"字，春天的气息已扑面而来。

伊犁河在窗外，凡尘烟火在窗内。一年又一年，窗外的河水静静流淌，屋里的日子细水长流。这一年，很多人像被困在了生活的循环中，有时候好像有一千个理由让人想放弃理想，但是醒来看到第一缕晨光，也总能找到一个理由，让人重生。我们经历了伤痛，学会了坚强和乐观，很多大起大落最后都会被时间抹平，每渡过一段劫难，人就会变得成熟一些，等回过头再去看那些悲喜，心里也会变得淡然。

难得有这样安详的早晨，眼见着太阳升起来，目光所及一片金黄灿烂，一直平铺到雪山脚下，融入蓝天深处，白杨矗立两岸，河水无声地流过伊犁河谷。人间烟火、日升日落，大地和天空，沉默地提供恒久的能量。

二〇二二年二月四日四时五十分，是这一年的立春时分，这一天也是北京冬季奥运会开幕之日。二十八岁的哈萨克族小伙儿叶尔森，一个从新疆那拉提草原跑出来的牧民孩子，从那拉提跑向了冬奥会，带着立春的好兆头奔向未来。从大学一年级代表学校参加全国大学生运动会开始，他就一直参加各种户外极限挑战赛。

没有人知道，能为祖国争光是这个牧民家的孩子心中最大的荣耀，这是他在电视机上观看二〇〇八年北京奥运会时种下的种子。十二岁那年，叶尔森开启了他的中长跑业余训练生涯。高中时，叶尔森在体育老师的指导下走上了专业体训道路。就读新疆师范大学期间，他曾连续四年获得新疆大学生运动会长跑冠军。除了田径项目外，叶尔森还广泛涉猎越野跑、自行车骑行、游泳、越野滑雪等体育项目，并在几十个国内外群众体育及竞技体育赛事中夺得冠军。因出色的体能测试成绩，二〇一九年叶尔森被选入国家越野滑雪一队，经过艰苦训练后，二〇二〇年进入国家越野滑雪集训队备战北京冬奥会，并担任运动队队长和领队助理。人生多么奇妙，谁又能想到，二〇〇八年的那届让无数运动员走向精彩人生的奥运会，会为一个天山深处的放羊娃打开世界的窗，跑出了草原，跑向了另一届冬季奥运会，倔强地扭转了自己的人生。

可惜因为伤病问题，叶尔森最终在出征北京冬奥会的国家队选拔中落选。尽管遗憾，他还是以试滑员的身份在国家越野滑雪中心协助工作。北京冬奥会结束后，他选择退役。出乎所有人的意料，他婉拒了留队当助理教练的机会，返回家乡新源县那拉提镇塔亚苏村创业。在一年多的时间里，他创办了冠军马队合作社，成为那拉提青少年滑雪队的总教练。马队合作社在那拉提草原为游客提供服务。退役后的叶尔森依然有着冠军梦。"马队叫'冠军'，意为要把服务做到最好，为带领父老乡亲过上好日子作出贡献。"同时，他也希望从自己的滑雪队里走出更多的明日冠军。在他的悉心指导下，滑雪队的孩子们进步飞快，其中有两人分别入选北京市和新疆维吾尔自治区滑雪队，成了专业运动员。在第十四届全国冬运会上，代表新疆队出战的新源县选手叶尔那尔·阿布得勒汗与队友夺得男子越野滑雪赛铜牌。

从长跑冠军、越野滑雪运动员到滑雪教练、增收致富带头人，叶尔森从一个人的奔跑到带领一群人奔跑。在广袤雪原间，马队驰骋，叶尔森和他的队员们，在雪道上奔向美好明天。

没有一个冬天不可逾越，没有一个春天不会来临。愿春暖花开，国泰民安，每个孩子都能享受阳光普照的温暖。在心里种一棵树，让它按照自己的节奏与秩序，生根发芽，收获花朵与果实。

雨 水

"雨水"是一个非常富有想象力和人情味的词语，充满着一种雨意朦胧的诗情画意。

雨水节气前后，万物开始萌动，气象学意义上的春天正式到来了。

北疆的春天来得晚，冬天没有下完的雪，在春天一场接着一场地下。山河还在冬雪里迟迟，却蕴藏着岁月的烟火与温暖。雨水节气与元宵佳节相隔不远，满城的灯火被点燃。星月交辉，灯火点点，夜色薄寒雾浓里，灯与火在天地之间浪漫闪烁。

冰雪尚未消融，山谷的顶冰花正在萌发新芽，急切地扑向春天。这种叫作"白番红花"的野生植物，被当地老百姓称为"顶冰花"。伊犁河谷得益于得天独厚的地理气候优势，每到冬末春初，顶冰花次第绽放，从察布查尔锡伯自治县乌孙山脚下开始，到库尔德宁，再到那拉提空中草原、喀拉峻大草原，最后到夏塔草原，一朵朵嫩黄花蕊，白色花瓣，韵致优雅，铺满所有的山坡，唤醒沉睡的山野，雪未尽，花先开，是名副其实的报春花。

正如唐寅的诗句："不展芳尊开口笑，如何消得此良辰。"无论此刻你是在赏灯、在玩耍，还是在他乡工作、在勤奋刻苦地学习，只要你绽放笑颜，那一刻你也拥有了今日良辰。

惊 蛰

当过了立春、雨水两个节气之后，就迎来了草长莺飞、万物复苏的季节。

惊蛰标志着春播的开始，冬小麦开始返青，土壤冻融交替，农民忙起来了，播种的播种，耕田的耕田，施肥的施肥。

陶渊明坐在屋檐下，精心挑选作物种子。举起锄头，躬耕田园，种下一垄茄子，两行豆荚，把各种蔬果的种子点在篱笆下。几场春雨飘过，在鸟鸣声里，种子发芽、破土、抽枝、开花……绿藤爬满竹篱，逐渐长成它们应有的样子，西窗外的海棠结满了花苞，生活有了季节感，也多了一份四时的守候与念想。他写出书信，静等友人前来把酒话桑麻。

年少时读《桃花源记》，只觉"忽逢桃花林，夹岸数百步，中无杂树，芳草鲜美，落英缤纷"，这景致甚美，每每诵读，无限向往。中年后方才明白，土地平旷，良田桑竹，阡陌交通，往来种作，怡然自乐，实实在在的日子，才更为难得。后来，陶渊明解印辞官，离开彭泽，回归田园，在南山下种豆种菊花，他不为五斗米折腰，却心甘情愿为大地上的花朵与果实弯腰劳累。

在伊宁市潘津镇下潘津村，每年惊蛰前后，菜农彭昌金不顾年迈，骑车前往一座座蔬菜大棚指导村民种植蔬菜，茄子、辣椒、豇豆、包包菜等菜苗在他的精心管护下长势良好。彭昌金在这个多民族聚集的村庄生活了五十年，说一口流利的带着川音的维吾尔语，早就把这里的村民当成自家亲戚。这些年，彭昌金利用温室大棚培育各类菜苗，免费分发给各族群众，同时进行技术指导。在他的带动下，以前只会种玉米和小麦的农民，学会了种菜，提高了收入，过上了好日子。

前几天去郊外走走，冰雪已经融化，河水清冽，岸边的柳树枝条柔软，开始书写新绿。所有的植物都有孤诣，信守着自己的承诺，等到它愿意醒来的时候，大地便有了一千个春天。

春　分

立春奏响了序曲，蛰伏了一整个寒冬的人们，积攒了对于春天满满的向往和想象。自立春起至立夏止，春分在整个春季中处于绝对的中间地位。

新疆各民族也有各自的节气和历法。各族人民的生存智慧，世代延续，因地制宜，因时而变，在多民族共同生活的广袤范围内，闪耀出不同的智慧光芒。

诺鲁孜节是维吾尔族、哈萨克族、柯尔克孜族和塔吉克族等民族的传统节日，节期为每年的春分日。这一天不仅意味着新年的开始，也意味着春天的到来。时值草木返青、大地复苏、牲畜产仔。诺鲁孜节过后，紧张而忙碌的春耕也就拉开了一年劳作的序幕。

"诺鲁孜"意为"春雨日"，表示春天到来，冰雪消融，万物复苏，春耕春播开始。诺鲁孜节具有悠久的历史，二〇一〇年被列为国家级非物质文化遗产新疆民俗非遗项目。

哈萨克族人为迎接诺鲁孜节，家家户户都会提前清扫房前屋后、整理家居、修整牲圈，准备各种过节食品。过节时，人们穿着盛装，男女老幼欢聚一堂，在冬不拉的伴奏下翩翩起舞。

对哈萨克族来说，"七"是象征着吉祥的数字。诺鲁孜粥会用七种食材：小麦、燕麦、小米、盐和酸奶酪，冬宰后储存的肉、肉汤。首先用冷水煮肉，多用冬天剩余的冬肉，如熏马肉和马肠子，肉煮熟后切好备用。其次将小麦放入肉汤中煮熟，再放入小米和燕麦。最后加入适量盐调味，并将肉块放回锅里，稍煮片刻使之入味即可。将煮好的粥盛入碗中，加入酸奶酪，增添酸味，还可解油腻。这碗盛有七种食材的诺鲁孜粥承载着幸福、成功、智慧、健康、财富、成长等美好寓意。

哈萨克族人有尊老敬老的美德，为了表达对老人的敬重，要把去年冬天杀牲时保存的羊头献给老人。老人在接受献礼时口念祝词，祝福家人在新的一年里平平安安，祝福六畜兴旺，奶食丰足。

联合国前秘书长潘基文曾说："诺鲁孜节是一个万象更新的节日，也是一个思考人与自然界之间密切关系的机会。它还传达一个有力的信息——属于各种文化的民族要在互尊互谅的基础上和平、和谐相处。"

无论冬天多么漫长，春天总会到来。春风吹过，这片膏腴之地，在如酥油一般的春雨润泽下，草木萌动发芽，焕发出新的生机。无论日子是甘甜还是辛劳，所有人都拥有同一个春天。

清　明

二十四节气的名称大多记为物候，如芒种、小暑、霜降、大寒等。而"清明"是二十四节气中独特的一个，真是一个很美的形容词。

清明，天空澄明，小麦返青，土壤解冻，垂柳芽膨大，昆虫开始活动。山桃在一夜之间将粉色的花朵整树开满，春天正式启幕。枝头上的玉兰、杏花、樱花、榆叶梅、香花槐、丁香，地上的鸢尾、郁金香、芍药都随之次第开放，最灿烂的花季就要到来了。

到了清明，近处的杏园，远处的山谷，人们不远万里来寻花看花。每到四月，伊犁大街小巷，花枝映在蓝墙绿檐之间，有一种自然而原初的美，随着阳光的流动呈现不同的画卷，浪漫成一座花城。

春天本是最能激发人们参与感的季节，踏青、郊游、挖野菜……榆钱长出来了，圆圆扁扁的小翅果十分可爱，荠菜、蒲公英也长出嫩芽。在这样梦幻的色彩里，我们难得会把注意力从满枝的鲜花转移到路缝、墙脚、荒地和草丛中去。而此时，在这些角落里一些奇妙的事情正在发生，一丛丛卷在一起的皱巴巴的嫩叶正迎着温暖的阳光伸展。

在伊犁，还有一种野草，本是牛羊的草料，清明后却成为餐桌上的时令鲜蔬，那就是苜蓿嫩芽。吃时鲜本来就是要享受那种争分夺秒的快感，此时苜蓿的鲜嫩清香也就趁着那几天，难怪有人调侃"又到了跟牛羊抢苜蓿吃的时候了"。"苜蓿"是苜蓿属植物的通称，在野菜家族里，苜蓿独得新疆人的宠爱。苜蓿中有大量的维生素和粗纤维，刚长出幼苗或嫩茎叶的苜蓿鲜美多汁，随便一种做法，都能使春天的鲜绿在舌尖跳动。主妇们把鲜嫩清香的苜蓿嫩芽清洗干净后，挤出多余水分，下锅用清油或羊尾油炒，加入备好的肉馅和调料搅拌混合成苜蓿馅，用面皮包成圆乎可爱的曲曲儿，便完成了餐桌上的入春仪式。那一口最贴近春天的味道，即使是苦涩作底，也能品出一丝清甜。

黄昏与友人在巷道里漫步，她指着几根嫩叶里开着小白花的枝条问我："这是什么树？"

"樱桃，你忘了小时候吃的酸甜的、白珍珠一样的樱桃啦！"

其实我们都没忘记樱桃的滋味。只是，我们与童年相隔久远，几十年光阴浓缩成眼前人和花树这一步之遥的距离时，也算是久别重逢。

晚间，一张粉扑扑的脸在灯光下展现在我面前，她是我的孩子，她会和我争执，还会和我一起手牵手去书店。守护着她长大，自由而安静地写作，曾经被我视为最饱满的幸福。

她小时候问过我："妈妈，有那么多的节日，你为什么偏偏把我生在清明？"我生命里的一颗种子，在春天里破土发芽，我该如何向她阐述生命的奇妙——天地无语，万物清明，春悄悄地发生。

清明本是平常日子，最多不过是一个节气，直到生下女儿，这一天便成了特殊的日子。穿行于花海，只有她是我在人世间最疼爱的那朵花。

水至美则曰清，日月双悬则曰明。清明不好吗？多么清凉的字眼。仲春与暮春之交，兼具自然与人文两大内涵，天地之间，温暖晴和，是时清明，既是自然节气，也是传统节日。漫长的寒冬终于过去，生活重心也从室内转移到户外，"木欣欣以向荣，泉涓涓而始流"，这才是一年真正的开始。

《论语·先进》"路、曾皙、冉有、公西华侍坐"中，孔子让几个学生各自表达其志向，学生回答得很踊跃，最后孔子只肯定了曾皙。而曾皙所表达的志向不过是在清明、上巳之际带领一些青少年郊游："莫春者，春服既成，冠者五六人，童子六七人，浴乎沂，风乎舞雩，咏而归。"春天给人们带来新的希望与欢乐，人们只有身处大自然中才会有此感悟，难怪孔子会肯定曾皙。

设想自己，退后些年，会鼓励孩子去培养看似无用的喜好，她养思想，我养耐心，风物长宜放眼量。即使一时看不到花满枝头，内心有绿，则无处不是生机，向草木学习坚守，一寸一寸涵养美好。

谷　雨

时间行进到谷雨，即将遇上春夏相继的转折点。对看天吃饭的农民来说，这是丰收之梦开始的地方。人们在这几天开始播撒谷种，让种子喝饱春雨。

人间四月天，风是柔的，气温不冷不热，阳光洒在身上一点儿也不燥。孩子在草地上追逐打闹，手里捏着风筝欢快地奔跑。

老人们则三五成群，闲庭信步，趁着春色呼吸新鲜空气。

春天盛事，是以一树樱花的恣意开放真正来临的。晚樱是花事迟感者，却毫不犹豫地张扬着最率性的绽放和最铺张的凋零。与白雪似的早樱相比，晚樱色泽明艳，花团锦簇，盛开时灿若云霞。

常言道"樱开七日"，晚樱却有近半个月的花期。从一树花开，到一地落英，无论是晴阳还是阴雨，用足了自己所有的本领，诠释着从含苞到绽放再到缤纷的所有意义。在这样的语境里，诸如花枝招展或凄风苦雨的描述，都涵盖不了一棵花树与一个季节的对应关系。但是，这一树花开的声音，恰是最诗意的季节宣示。

伊宁六星街是俄罗斯族的主要居住区，俄罗斯族传统节日复活节又叫"帕斯喀节"，没有固定的日期，在每年春分月圆后的第一个星期日举行，一般在四月四日至五月十日之间，正值谷雨前后。

过节这天，每家除准备丰富多彩的"比切尼"（糕点）之外，还要准备煮熟的彩蛋，即在煮熟的鸡蛋上涂上红、黄、蓝、绿、紫等色彩，把爱、梦想和憧憬描绘到彩蛋上，预示着健康、力量和富足。亲友们欢聚在一起，载歌载舞，跳起踢踏舞，拉起三弦琴和手风琴，尽情欢乐。

烤制的奶油小面包、果酱甜点和饼干以及各种水果摆满了桌子，其中三种食品是必不可少的："巴斯喀""古力其"和彩蛋。"巴斯喀"是用去汁酸奶、奶皮、奶油、鸡蛋、糖做成的长方形的食品；"古力其"是一种圆柱形的面包，上面要用奶油、巧克力、砂糖等进行装饰，据说吃了这种面包会得到幸福。

帕斯喀节也叫"彩蛋节"，主角当然是彩蛋。鸡蛋清洗干净放到锅里煮，鸡蛋的颜色有很多种，使用食用色素作为染料，其中有一种较为特殊的是用洋葱皮给鸡蛋上色。将洋葱的干外皮放入水中浸泡，在洗干净的鸡蛋上贴上香菜或芹菜叶子，用新丝袜兜住固定好，然后放进有洋葱皮的锅里煮。等鸡蛋煮熟后，一个个带着花纹的彩蛋就煮成了。

撞彩蛋是复活节的传统游戏，也是俄罗斯族保留至今的唯一一个与复活节彩蛋有关的习俗。两个人手持彩蛋碰撞，比谁的彩蛋坚硬，复活节没被撞坏的彩蛋被认为能带来好运。

新疆的各民族融合是中国几千年来无数次民族大融合的历史缩影，在伊犁表现得尤为典型，各民族紧密团结，共建美好家园。在这里，各民族热爱家乡的感情是相通的，无论哪个民族的节日，都能给大家带来欢乐，都能收获真挚的祝福。

立　夏

立夏表示告别春天，是夏天的开始，又称"春尽日"，是标示万物进入生长旺季的一个重要节气。

"初夏"二字很美，风光明媚的五月，暑热还没真正来临，春意还未彻底远去，空气清新，有青青草木野蛮生长的气息。

每年的五月是边城最美的季节，大街小巷繁花盛开，郁金香、梨花、苹果花、榆叶梅、香花槐……夕阳下一丛深深浅浅的紫色，丁香花细碎的花蕾爆裂开来，浓烈的香气包围了整个街巷。雅致的紫色调与这个城市的气质一样，充满了一份浪漫的情怀。

二十世纪初叶，谢彬奉孙中山之命，作为财政部特派员，凭借古老的交通工具，万里独行，几乎走遍了新疆的每一个县，完成了前无古人的游历壮举。他在《新疆游记》中写道："（惠远城园林）杨榆合抱，芍药匝地，丁香花残枝三五，果花瓣积地盈寸，亭榭荷池，蔬圃萄架，布置有序。"可知在当时的伊犁，丁香已广为种植，与伊犁人像是有着与生俱来的亲缘。

城里丁香开遍大街小巷，城外野草散发独特而醇厚的芬芳。

在伊犁，有山有水的地方就有椒蒿，这是一种多年生的草本植物，同时也是一种味美的野菜，有祛风散寒、润肺止咳的功效。五月初是椒蒿最嫩的时候，叶子细长，枝条浓绿，用手掐下那嫩绿的茎叶就可以食用了。

一种具有灵魂的植物，在一片地域深处，椒蒿安静地生长在荒坡与河滩的时候，人们并不知道它的存在意味着什么，直到锡伯族人发现了它，使它成为对一个民族而言具有象征意味的植物。因为经常捕鱼，锡伯族人形成了用河水炖鲜鱼的野餐习俗。在锡伯族作家谢善智的作品中，数次出现锡伯族人在河岸边现场炖鱼的场景："先在空地上挖一眼灶，安上锅，将打上来的鱼开膛洗净，舀来河水倒入锅内，再放入采来的嫩绿的鱼香草以及辣椒面和盐，然后点燃柴火，开始清炖鲜鱼……"鱼香草？谢老自己也在《源泉》一文里开心地写道："我创作了《鱼趣》《伊犁河猎鱼》《伊犁河渔火》等系列散文，在文中将'布尔哈雪克'戏称'鱼香草'，如今已被人们认可，颇有知名度，它的本名'椒蒿'反倒少为人知。"

不光伊犁的锡伯族人爱吃椒蒿，吃惯了椒蒿味道的汉族人也对它赞不绝口，难以忘怀。做拌面的时候，和韭菜炒着吃；炒大盘鸡的时候，放些椒蒿，可以提味；做鱼的时候，加些椒蒿，又可去腥。最简单的做法是用开水过一下，凉拌着吃，很是爽口。

春季采摘的椒蒿放在阴凉处晾干后，装在袋子里收藏起来，冬天用开水一泡，就可以吃了。锡伯族主妇会把鲜椒蒿腌制成咸菜，装在坛子里，给冬天的餐桌上增添一丝青草的气息。

小　满

二十四节气里，小暑之后有大暑，小雪之后有大雪，小寒之后有大寒，但小满之后，没有大满。

这是一个充满哲学意味的节气，也是一种有智慧的生活态度。所谓"最好人生是小满，花未全开月未圆"，说的就是这个意思了。

夏天第二个节气来了，带着阳光与雨露跌落人间。天地间的阳光一点儿一点儿充足，但不至于灼热，亮得睁不开眼，是小小又满足的时光。雨水也逐渐多起来，但也还没到瓢泼大雨，乃至水势凶猛的时候，是刚刚好的雨水丰盈。

这种"刚刚好"的状态里，因为还有空间和余地，就有一种"不曾停下"的意味。阳光、雨水、作物，还在不停地生长，不停地精进，不停地成熟。人生也如此，小而满足，充满期待，去精进，去成长。

温暖的夏风吹拂，豌豆荚里翠绿的"珍珠"饱满欲出，大田里的草莓红了。

画家亚尔买买提深入巩留县牧区，进行为期一个月的写生。他住在牧民家里，白天在阳光下画画，晚上听他们讲家族故事，一起喝奶茶一起干杂活儿。在这里，每一张笑脸、每一个角落都能让他感受到家与故乡永在的那种幸福感，而这种幸福感是最容易被忽略的，也是人间最珍贵的。

平静的日子里，亚尔买买提内心的细节感受越来越丰富。他想象、写生、思辨和表达，眼前逐渐出现一个博大的整体观和幽远的绘画轮廓。画布上出现了一个个家，这些朴素的房屋就像一个个人在注视着他。这一批油画作品，既成熟着又新生着，他涂抹着色彩，显现旺盛充实之态，给沉闷的生活一点儿振奋，一点儿确定的小满足，这让他感到欣喜。

随着写生的画越来越多，一个月的创作实践活动也结束了，亚尔买买提这时才发现自己远远没有画够，还有很多家门没有叩响，还有许多故事来不及倾听。

他带着遗憾回到城里，在画室静心打磨作品。不过，他对这次的收获心存感激。对结果的期望不必只是"求得圆满"，对丰足怀有谦卑，珍惜万难之中的小有小满，同时对未来小有期许，便是对生活最为朴实宽厚的心愿了。

芒　种

当花香在空气中弥漫，当桑葚红上枝头，芒种也就到了，夏天也来了。

不知从什么时候起，原本属于细雨江南的芍药，突然在伊犁大地上盛放，形成一片一片的千亩花海景观。周末，朋友相约去伊犁天山花海国家农业公园，一下高速公路，山坡连绵起伏，青蓝色的薰衣草田伸向天边。再往深处行驶，更大的惊喜出现了——蓝天白云下，玫红、艳粉、纯白的芍药花交错铺织在地上，在脚下蔓延开来，涌向了远处的雪峰。

清代诗人洪亮吉在《伊犁纪事诗》中写道："芒种才过雪不霁，伊犁河外草初肥。"那时的边陲，在诗人笔下展露葱青草绿，植物丰硕，动物也有独特的物候现象。两百多年过去了，同样的时节，伊犁河谷庄稼茂盛，小麦灌浆，玉米拔节，农民在田间插补稻秧。再读古诗，"芒种"一词从唇间蹦出，都是田野的气息。

这个节气不兴雅致，也不重风花雪月，了解农事的朋友应该知道，有芒的麦子要快收，有芒的稻子可种。芒，用在节气上，可以是"芒"，也可以是"忙"，见了"芒"就得忙起来了，麦子收、稻子种，都与"芒"有关，收麦子和种稻子都很忙。农民借助节气，界定一年中农作物耕种收割、生长储藏的时机，他们远比如今的人们更亲近自然，熟悉气候变化中的每一次雨落雪来。

伊犁河岸属于冲积扇平原地带，气候温润，水土肥沃，适宜种植水稻。小时候，到了芒种前后，大人们都在田里插秧，小孩子在桑树上爬上爬下，小手和嘴唇被桑汁染得紫红，变成花猫脸，把衣服弄脏刮破，难免受到妈妈的数落。

依靠土地而生的农人，命运同土地紧紧相连。外公整好秧田，定下分栽秧苗的日子后，就要邀集一些亲朋好友来帮忙，出嫁的姨姨携夫回娘家来插秧。水稻插完秧后，外婆为了表达感谢，总会在黄昏时分炖上一锅骨头汤，炸油饼，男人女人坐在葡萄架下热热闹闹地吃顿饭。男人们聊着玉米该浇水了，今年收成好了，换个大彩电；女人们抱怨孩子个子蹿得快，过个冬裤子就短了一截，男孩太费鞋子……家长里短中，月光就照亮了夜空。

长大以后，离开了农村，离开了土地，对节气的感知，从农田清风明月转换到了鲜花书本影视剧里。多么幸运能够生活在伊犁，我们拥有花海和草原，还拥有果园和村庄，只要你看见青草、牛羊、河流、庄稼……即使是再晦暗的内心都会变得敞亮。

眼下正是伊犁河谷水稻插秧的火热时期。"中国杂交水稻之父"袁隆平先生走了，再看水田里棵棵秧苗，不免伤怀，他老人家再也看不见这人间稻花飘香，丰收满仓。端午节往往在芒种前后，粽叶的清香几乎让人忘了还有芒种这个节气，误以为端午是节气之一。我想今后，人们品尝着粽子的香甜时，想起的不只是诗人屈原，还有刚刚离去的这位为中国稻米事业贡献一生的农业科学家。

没有对诗和远方的向往，北山坡的种花人、伊犁河南岸的插秧人、小城巷道里用木杆为过路的陌生人打桑葚的妇人，他们用自己善良仁慈的目光，诠释人间的烟火真味。

夏　至

季节更替往往在一夜之间便能完成，夏季的到来也总是那样步履匆忙。就像美国作家菲茨杰拉德写到的那样："每天阳光普照，绿树忽然成荫，就像电影里花草长得那么快。"

夏至，意味着炎热天气正式开始，天气越来越热，阳光雨露充足，万物欣欣向荣。

民间有"夏至不过不热"的说法，民谚曰"冬至饺子夏至面"，可见吃面条是北方地区夏至时节最为知名的饮食习俗。夏天我最喜欢吃凉面，尤其是对用母亲手擀的面做的凉面情有独钟。和面的时候加了点儿碱面，使面条筋道顺滑，擀得薄切得宽，配上凉粉、黄瓜丝，打个酸汤，烧辣子剥去皮拌上油泼蒜泥，最好再炒个嫩韭菜。在开胃和清爽中取得平衡，心中的燥气便没了。凉面，是夏季餐桌上出现频率最高的饭食，简单快捷，各地有各地的传统，各家有各家的配料，用家常的食材便能做出令人无法割舍的味道。

母亲还有一道拿手好汤，是我家夏日消暑的佳品。西红柿整只剥掉皮切成丁，放到砂锅里加水同煮，倒入各种各样的蘑菇，慢火炖上好几个小时，最后那个色泽艳红的汤里只要放一点点盐，其他什么都不加，就足够清淡鲜美……哎呀，写着写着口水就盈满了口腔。

夏至前后，大田里的草莓上市了，小孩子吃得满嘴红汁，手上也有，胸口也有，像那样香甜地吃草莓，夏天的开端就会非常完美。

进入六月，在伊犁广阔的旷野里，薰衣草掀起蓝紫色的波浪，这种散发着怡人香气的植物，犹如上天赐给人间的礼物。

萧逸是广东女子，丈夫去和田地区墨玉县挂职，在脱贫攻坚一线奋战了五年整，她带着女儿陪伴了五年。女儿在当地学校和少数民族孩子一起上学玩耍，身上没有一丝广东孩子的影子。

丈夫任职期满，一家人即将离开新疆返回家乡，萧逸夫妇带着孩子来北疆旅游。站在漫无边际的薰衣草花田里，小女孩睁大了惊奇的双眼。旅行的趣味正在于它的无法预知，她本以为和南疆一样，看到的是大漠孤烟，但实际上，走进花海的那一刻，就被触手可及的花蕾和远处的雪山，迷住了双眼。

夏至空气对流旺盛，午后至傍晚常易形成骤来疾去的雷阵雨。在突降的雨水中，小女孩依然站在花田里不肯离开。妈妈陪女儿一起欣赏雨中的花田，雨丝与空间交织，像用一面面镜子组成的迷宫，她们能看见什么风景，取决于自己的心灵感触。萧逸说，干吗要躲雨？这种诗意，一辈子能遇到几回？当一个人心中有诗，处处都有诗意，处处都是远方。诗意可以是雨后的一片花田，可以是晚饭后厨房的宁静，可以是建筑工人蹲在路边吃饭时的神情……

薰衣草是伊犁大地盛开的精神之花，固守着最初的忠诚和专一，在这片土地上生生不息。人生一世草木一秋，人和草木以各自的生命形态走过一生的岁月。生活在这片土地上的人，也在为这片热土挥洒汗水。

小 暑

七月小暑，拉开了仲夏暑热的序幕。古人造字时，"暑"字设计得颇为巧妙，上方顶着灼灼烈日，中间夹着一片土地——烈日当空，普照大地，热浪滚滚。

小暑之后便开始进入伏天，所谓"热在三伏"，三伏天通常出现在小暑与处暑之间，是一年中气温最高且又潮湿、闷热的时段。

伊犁河谷素有"粮仓"之称，玉米、高粱、水稻，一望无际的绿色莽原；紫色薰衣草、香紫苏正值收割季；金黄的油菜花、向日葵引来蜜蜂狂舞……

对于瓜果之乡来说，最热的夏天，也是最丰茂的水果季，伊犁特有的蟠桃和树上干杏成熟了。伊犁河谷充足的光照资源，温凉的半山区气候，非常适合树上干杏生长。成熟于树上的鲜杏经夏季炎热气候蒸腾，受干燥季风的吹拂，慢慢于树上自然风干，这便是形成树上干杏独有口感的重要因素。

二〇〇五年，军垦后代王雪梅的弟弟承包了一千亩荒地开始种植杏树，还没等到杏树挂果，弟弟不幸病逝，她和妹妹接管了杏园。两人都不懂农事，泡在地里自己干，到处向果农学经验，把弟弟没有完成的事业继续干下去。姐妹俩打拼了十六年，所种植的杏子取得了有机农产品认证，形成集种植、加工、销售、观光农业于一体的产业链。

去年杏子大丰收，因受新冠疫情影响，产品销售不出去，姐妹俩也做起了直播带货。今年看着枝头粉艳艳的花蕾，姐妹俩心里乐开了花，没想到刚刚挂果，接连两场雨雪霜冻，一千亩杏园的产量还不到两吨，果农减产歉收，物以稀为贵，尽管杏子价格奇高，但依然无法扭转亏损的局面。

周末，我去了距离市区九十公里处的王雪梅家的杏园，姐妹两家人正在园子里摘杏子，看到妹妹不停地叹气，王雪梅宽慰她，别难过了，只要树活着，明年还有希望。这些树年年发芽挂果，就像替弟弟活着一样。

劳动间隙，一家人在树荫下吃饭，馍在茶水里蘸泡，人生的无常已经让这一家人学会了随遇而安坚强面对，靠着朴实的信念，顽强的坚守，她们相信一切困难都能交由时间解决。

回到家已是黄昏，邻居大姐在小花园里洗嫩姜，洗净的姜芽堆放在木板上。冬吃萝卜夏吃姜，盛夏体热皆散于体表，肠胃其实虚寒，嫩姜在这个季节上市，是养生之需。

大姐将晾去表层水分的嫩姜切成薄片，放入搪瓷盆中加入盐，静置腌制。另一道工序是熬制糖醋汁，把锅烧热，加入糖和水，小火熬至糖融化，放凉，再加入等量白醋，搅匀备用。大姐说腌制的姜片会出水，把姜片挤干水分后放入玻璃罐中，倒入糖醋汁，用勺子压实姜片，玻璃容器加盖密封，一周后佐餐小菜就可上桌了。

暑天运用食材的营养养生益寿，减少疾病，也是每一位家庭主妇必备的功课。二十四节气包含着丰富的民俗，不仅是千百年来延续着的人们日常生活习惯的外在体现，在今天仍与人们的生活有着千丝万缕的联系。妈妈在盛夏爱煮绿豆粥，除了绿豆外，有时也加入黑豆和赤小豆，这样就成了"三豆粥"，减弱了绿豆的寒凉。她还打电话叮嘱我，休息日一定要把棉被都拿出去晒透了再收起来。

一场急骤畅快的暴雨过后，空气中弥漫着泥土与花草混合的幽香。沏一壶老白茶，翻阅作家甫跃辉寄来的作品《云边路》，跟着他的文字去云南旅游吧。安静读书，是夏夜最美妙的事情，再也没有什么事物能够比书本更能抚慰人心了。

大　暑

大暑是一年中最热的时候。

自打进入了小暑，火辣辣的太阳便挂在了空中，把所有的热量洒向了大地。临近大暑，炽热当空，热浪灼人，真应验了俗话说的"小暑接大暑，热得无处躲"。

春泥是伊宁市第十七小学三年级的学生。一年前，春泥的妈妈被选派到昭苏县挂职，她就很少见到妈妈了。想妈妈的时候，春泥跟妈妈视频通话，妈妈不是在开会就是在农牧区，总之各种忙。终于盼到暑假，爸爸要送春泥去陪妈妈住一段时间，可把她高兴坏了。

妈妈上班的地方可真远，在辽阔的原野上，一条大路通向无尽的远方，前方山峰顶上有终年不化的冰雪以及缭绕的云朵。

春泥第一次来到昭苏大草原，雪松、麦田、养蜂人、马群……她好奇地张望，真美啊！原来妈妈工作在这样神奇的地方。

可是妈妈只陪着春泥和爸爸过了一晚，第二天就要带着外省来的专家去中草药种植基地。于是，春泥被妈妈安排到牧民朋友别克家里住下。

别克一家从深山冬牧场转到了夏牧场。站在阿吾拉山的山顶往下看，漫长的山脊绵延到大地尽头，阴面生长着雪松，阳面野花铺满所有的山坡。伊兰妈妈带着春泥去挤牛奶，她让春泥不要害怕小牛犊，手里抓着牧草喂食。

玛力克弟弟刚满七岁，春泥看着玛力克在山坡上和小伙伴们跑来跑去，在草地上翻滚，喃喃自语地趴在地上，在蚂蚁洞穴里寻找什么东西。几个孩子聚成一堆七嘴八舌讨论奇怪的、互相听不懂的话题，偶尔吵架或者打起架来。

别克爸爸每天都上山放牧，玛力克也帮妈妈干活儿。更多的时候，玛力克带着沙吾列、卡西，还有蒙古族双胞胎兄弟巴特和巴图，分成两派玩打仗的游戏，春泥和另一个女孩哈夏也加入他们的战斗队伍。一会儿钻进羊羔棚里，一会儿大叫着冲过毡房，给假想中的敌人一个措手不及。双胞胎从伊兰身边冲过，差点儿撞翻了她手里拎着的牛奶桶。

阳光好，青草肥，牛奶的产量更是猛增，制作各种奶制品成了家里最重要的事。玛力克和春泥也没闲着，帮妈妈晒奶疙瘩，在太阳底下跑来跑去，小脸蛋晒得红扑扑的。春泥说她长大了想当一个医生，玛力克立刻变得兴奋起来："姐姐，你当人的医生，我当羊的医生。"

夜幕降临了，伊兰妈妈搂着玛力克和春泥坐在毡房前看星星。春泥想："此刻，妈妈在忙什么呢？她有空看美丽的星空吗？"妈妈经常给春泥发一些照片，劳动的人、赛马的少年、奔腾的骏马……这一切都使春泥感到陌生和向往。"妈妈在这样的地方工作，虽然没有城市舒适，但是她说要让农民增加收入，要让牧民定居，要让草原上的孩子享受和城里孩子一样的教育资源。这里有开满白色野蔷薇的灌木丛，还有像别克一家这样热情的牧民。这次见到妈妈瘦了也黑了，但是笑容始终挂在嘴角，她在这里即使辛苦也是幸福的吧。"想着想着，春泥依偎在伊兰妈妈温暖的怀抱中进入了梦乡。

爸爸妈妈来接春泥的时候，春泥有点儿舍不得走了，爸爸答应春泥"十一"国庆节再来，带好多好多图画书和玩具，送给草原上的小伙伴们。

立　秋

立秋是秋季的第一个节气，阳气渐收，阴气渐长，是由阳盛逐渐转变为阴盛的节点。

不论白天的阳光多么热烈，夜晚的风已经带着丝丝凉意，天气一天比一天凉爽。初秋的景致别有一番滋味，最明显的变化是草木的叶子，繁茂的绿开始夹杂着淡淡的红黄色。油菜、苜蓿刚刚卸下浓妆，水稻、玉米、高粱还没有成熟，田里的庄稼还要等一等，倒是向日葵开得旺盛，形成了壮阔的风景。瓜果已经熟透了，桃子、西瓜、甜瓜、葡萄，铺满了大街小巷的水果摊。

立秋并不代表酷热天气就此结束，立秋还在暑热时段，尚未出暑，酷暑并没有过完，真正有凉意一般要到白露节气之后。

沿新华东路向东直走，走过与东梁街的交叉口，就走进了一片热闹的世俗生活：水果摊、烤肉炉子、卖肉的铺子、馕坑、牛肉面馆，餐厅门口巴郎子吆喝着"抓饭熟了！"……穿过尘世的烟火，抵达喀什街。

　　这种沿街自由贸易的方式是一种对古老习俗的传承，各种摊子和往来的人群，连接着岁月流转。巷子里一些老旧的大门，门上挂着"伊宁市历史建筑"的铭牌，推开门，房子都是新盖的。抵不过岁月的，除了建筑，还有建筑的主人。后人们只说房子是爷爷留下的，至于历史详情，大都是不了解的。但是，这些铭牌至少反映了喀什街光影绵长的往昔。

　　越往巷子深处走去，喧闹渐渐消失，渠水环绕，流水淙淙，白杨遮天蔽日，成群的鸽子在空中飞旋……城市旧貌的轮廓在这里立体呈现。秋天的敦实和宁静沉淀在每一处。木雕彩绘的房檐，蓝色庭院，葡萄廊架，果树成荫。宅院安静，人也是静的，老人坐在门口看着路上的行人。打破静谧的，是孩子们的笑声。

　　韩志清老人留着雪白的胡子，穿着一身整洁的灰布衣裳，每天下午五点，准时坐在街边，安静从容地喂鸽子。那些鸽子围着他，慢悠悠地啄食。他说一辈子时光过得太快，现在老了，坐在这里喂鸽子，成了每天最舒坦的事。白杨树壮硕地耸立在巷子两侧，正与这片街区悠远质朴的底色相合，院墙外的爬藤玫瑰，绽放着尘世烟火里的一丝浪漫。孩子们放学了，吃饱了的鸽子全部飞到了电线杆上。秋日阳光静静地洒向尼亚孜老人的铁皮铺子，他眯着眼睛微笑着，一脸的踏实和知足。

　　从文字角度来看，"秋"字由"禾"与"火"字组成，是禾谷成熟的意思，寓意秋季是丰收的季节。"晒秋"是一种典型的农俗现象，具有极强的地域特色。南方雨水湿重，农家害怕收获的作物发霉，逐渐形成了晒秋的习俗，也就是在自家院子、院墙或房顶上晾晒作物，铺满应季成熟的粮食，晒出一片欢欣富足的景象。

边疆的晒秋还有另一种风景，昌吉的番茄、安集海的辣椒汇成红色的海洋；吐鲁番的葡萄挂进了晾房；南疆的石榴、香梨冷链发往其他省区；主妇们摘下庭院里吃不完的果子，洗洗切切、去籽、加糖熬制果酱，整个院子都浸在一种甜蜜的香气里。

立秋吃瓜，这个习俗被称作"咬秋"。在新疆所"咬"的瓜有甜瓜、香瓜、西瓜，不一而足。如此说来，具有新疆特色的"咬秋"，标配是馕和西瓜——半个西瓜一块馕，一口西瓜一口馕，甜汁裹着焦香，就是一顿便餐。

还有一种"晒秋"不分地域，不分城乡，那就是晒高考录取通知书，红彤彤的喜报，宣示着孩子们通过努力播种，终于收获了沉甸甸的果实。随后，在秋风凉爽的清晨，孩子们即将远行奔向他们希望的田野。

处　暑

空气闷热，厚厚的云层积了一下午又一个夜晚，终于在凌晨传来了雨声，这是立秋后的第一场雨。

处暑是夏与秋的转换键，也是热与冷的过渡。从这一天开始，炎热的夏天即将过去，天气要渐渐凉快起来了。

水果和农作物陆续进入成熟期。果园里，果农在加紧采摘葡萄、梨子、西瓜和最后一茬桃子；水田里，农民给水稻施肥、除草。玉米、高粱都成熟了，作物进入收获时节。

立秋那天，我去看望父母，母亲喜种花花草草，夏天小院子的繁茂花朵日渐凋零，父亲说他打算拔去根茎，重新翻地，撒点儿萝卜籽、小白菜籽，就有新鲜菜吃了。这场雨后，他说干就干，翻地撒种，三四天就发了芽，嫩苗密密麻麻破土而出。

父亲说，夜晚的凉与白天的热相互作用，热者发散，凉者收缩，加上雨水滋润，种子的生命力被激活了。光热之气与土地的湿润，一阴一阳，菜苗便有了勃勃生机。想到下周过来间苗时，可以吃到青菜鲜肉包子，整个人顿时就幸福了起来。

父亲把处暑称为"秋日小阳春"，这个时候，种菜种树成活率都很高。花草的枯萎，新芽的翠绿，恰恰也是一个潜移默化的生命变化过程。

小时候，每到秋天，家门口的白杨树开始落叶，父亲吩咐我每日清晨清扫落叶，归拢到树根下。

我不明白为什么叶子要变黄，父亲说春天的时候，树木身体里的水分，是由根往上走的，树枝变绿了，就开始长出新叶。秋天到了，树木身体里的水分，是往下走的，树叶变黄，是为了保存树干的水分，给树根提供肥料。

父亲讲的那些关于自然物候的浅显道理，我并没有考证对错，这是他亲身体验到的天地之间显现的自然现象，经验反映了人与自然的关系——同气、同频、相谐。这是大自然的秘籍，也是人生要义。

喝完了秋天的第一杯奶茶，那么秋天的第一场旅行，该去哪儿呢？我走进伊宁市喀赞其民俗旅游区，在冷清的蓝色巷道里七拐八拐，梵境精品民宿的大门敞开着，老板董湘辉正在打理院子。

作为当地老城的记忆符号，喀赞其无疑是伊宁深度游的不二之选。越来越多的外地人来到这里创业，北京人董湘辉就是其中之一。他喜欢喀赞其深厚的文化底蕴和浓厚的人情味，就留下来开了一家民宿，成为伊犁城市民宿行业的标杆。

董湘辉兴冲冲地告诉我，新店打造完毕，是个慢生活乡村旅居体验地。七月，安徽卫视在那里拍摄了一期节目《民宿里的中国》，有空可以一起去看看。

董湘辉沿着伊犁河谷选址，在薰衣草种植地霍城县，他相中了芦草沟镇四宫村一处老旧的民居，承租了周边二十多亩薰衣草地，进行了为期半年的改造，还取了一个更好听的名字——梵韵。

马路两边高高的白杨树，向日葵在秋阳里闪着金黄色的光，秋日的美景正在大地上悄然出现。伊犁的秋天，不需要滤镜，哪怕是随手一拍，都能惊艳朋友圈。

董湘辉说伊犁是个好地方，薰衣草太有感召力了。他要在薰衣草花田里做一个乡村民宿的样板，所有客房都用薰衣草干花颗粒粉刷墙壁，游客还能体验薰衣草手作的乐趣。

青山下，薰衣草田中，一处庄园立在中央，主体建筑延续了喀赞其最梦幻的蓝色基调，白色铁艺大门，雪山白的砂面墙体，粗犷中带着精致，残破里蕴含新生，以自然为主题的花瓣状房间无不彰显设计师的匠心独运。哈萨克族的手工毡毯，维吾尔族艾德莱斯绸软装饰，投射在内嵌薰衣草花粒的麦草泥白墙上的迷幻光影，漫步其中，满满的新疆风情。

银河疏朗，夜凉露重，草木庄稼都带有秋露的滋润。就在这样的夜幕里，呼吸山间清甜的空气，徜徉在无边的花海之中，像做了一场幽静的西域之梦。

人们四处游走，那些所谓的风景：城市的繁华，河边的歌舞，戈壁的落日，河中的枯木，悠长的巷道，湿地的野草以及孤独的蒲公英和天空中的一朵云，就是这些旅途中的偶遇，盘踞在我们的记忆之中，长长久久，让我们迷恋着这滚滚红尘。

古人说："千金难换处暑秋。"处，止也。没有"止"住这个暑，夏将永无止境，秋也将迟迟不得归来。

处暑，是休止符，也是夏与秋的转弯处，转个弯，笑看夏日落幕，等待秋天开始。人生不也如此，在横冲直撞的奔波里，停下来，转个弯，等待层林尽染，尽观漫山红遍。

一切从炎热过渡到清凉，从热烈趋于平静，仿佛在说："止住，人生不宜过度。"给人生过渡，不失为一种智慧，一种转机，宛如一片落叶，看似载着死，其实承着生。人们焦灼、无奈、挣扎、奋起，人生的过渡，哪怕当时百般艰难，某一天蓦然回首，原来已飞渡千山。

从皇城根下到伊犁河畔，民宿里的故事，在夏天发酵，在秋天反转。董湘辉淡淡地说："慢慢来，不着急。越是非常时期，越要保持冷静，听从内心的安排。"

谁说不是呢，自然万物，有的终结，有的新生。人间百态，有人在颓废中倒下，有人在困境中崛起，那些按部就班之外的偶然，就是人生。时光流逝留不住，每一天日升日落，都让人心生眷恋，生命的恩赐不该被辜负，愿每一个人都能够早日亲近自己心中的日月星辰、山川湖海。

农民们正在收割薰衣草，我跟在后面捡拾，装满了一个花篮。一个小姑娘步履轻快，提着茶壶，抱着馕来给家人送饭，看似庸常细碎的日子背后，通向的正是自然和人生的大美。在静寂旷野，小姑娘心中的诗和远方就在这蓝天白云之下。

白　露

"白露"这两个字很美，秋草露珠，给人以无尽的联想，出现在古诗词中的频率非常高。

"蒹葭苍苍，白露为霜。所谓伊人，在水一方。"两千多年前《诗经》里的这首《蒹葭》，一首唯美的四言诗，描绘了东周北方大地进入白露时节之后，秋露凝结成了白霜，披在了苍苍茫茫的芦苇叶子上，令人顿觉丝丝凉意，悄然袭心。

白露是一个富有诗意的节气。

陶渊明的《归园田居》中，是恬淡惬意的"道狭草木长，夕露沾我衣"。

杜甫的《月夜忆舍弟》写尽了亲人离情："露从今夜白，月是故乡明。"

白居易的《衰荷》是一首动人的惜荷佳作："白露凋花花不残，凉风吹叶叶初干。"

王勃的《秋夜长》，其中的"月明白露澄清光，层城绮阁遥相望"，饱含战争离愁与家国情怀。

白露是一个充满花草药香的节气。

被誉为"百科全书"的古典小说《红楼梦》，多次提及节日节气，"八月节"的故事可有的说。江南素有喝白露茶的习俗，白露季节采制秋茶，即秋白露。《红楼梦》第八回中，贾宝玉爱喝的一款秋茶——枫露茶就是白露茶。宝玉早上起来后，必定要喝一盏。专司奉茶的丫鬟茜雪每天清晨给他泡好，以便随时饮用。

白露是一个思乡的节气。迁徙是鸟类遵循大自然规律的生存本能。鸟类千里之外定向识途的本领，一直是大自然的神奇奥秘之一。

伊犁河谷是全球八条候鸟迁徙的重要通道之一，每年秋季，天鹅飞落伊犁河谷水域，在此停留过冬。《汉书·乌孙传》的《黄鹄歌》中就有关于天鹅在西域的记载。公元前一〇八年，汉武帝封江都王刘建的女儿细君为公主，远嫁乌孙国。细君思乡心切，谱写了《黄鹄歌》："吾家嫁我兮天一方，远托异国兮乌孙王。穹庐为室兮旃为墙，以肉为食兮酪为浆。居常土思兮心内伤，愿为黄鹄兮归故乡。"

明月、露珠与飞鸟，幻化成融合着情感与文化的符号，代表远方、家园以及思念。

秋　分

蓝天宽广，大雁在白云上写诗。小院里，扁豆开着白花，葡萄挂满藤架，枣子半红半绿。

群山深处，翠绿的云杉与金黄的白桦层次起伏，野果林绛红中点缀着金黄。牧场上的草料尚未收割完毕，风吹草低的美景还保留在向阳的缓坡上。秋收后的田野，一垄垄杂色相间的"五线谱"。秋分正是在这样的意境中将秋天的景致之美推向了高潮。

秋分是一个预示丰收的节气，人们在春播夏耘的辛勤劳作后感受到了收获的喜悦。二〇一八年，我国将每年秋分日设立为中国农民丰收节。

立秋是秋季的开始，霜降为秋季的终止，秋分正好处于从立秋到霜降总共九十天一半的位置。所谓平分秋色是也，一半苍凉，一半芬芳。

我极喜欢一首关于秋天的唐诗："秋风生渭水，落叶满长安。"一句诗便把人置身于秋分时节的天地自然之中。秋天的凉，由吹过水面的风和山间的月光带来。

这个秋天，一座新开放的公园，被伊宁人称为"家门口的公园"——苹果公园，成了市民们的新去处。

一天下午，好友兴致勃勃打电话给我说："快来我家，小区的后门直对着苹果公园，一起散步去，里面有你喜欢的蒹葭苍苍，还有好多好多树。"

她说，最近好几件不顺意的事，搅得她心烦意乱。这几天每天下班后，都要在家门口的公园里逗留半个多小时，心情便能变得舒爽。于她而言，逛公园已成为一天疲累之后的一种仪式，即使有烦心的时候，也要让自己抽出片刻余闲去大自然中疗愈心灵。是的，公园就是城市这幅巨幅画作中的留白。它留了一块空地，给绿意，给四季，给步履匆忙的人们。

作家冯唐曾描述过理想中家的样子。他说最好附近有公园，最好三五分钟能到，开车才能到的不算数。公园里要有草坪，因为人到中年，筋骨似乎总解不开，跑步是解药。沿着小路跑一跑，温煦的风吹拂过耳边，浅浅的绿意荡漾在脚下，听着孩童的嬉闹声响，出了一身汗，人也好了。

在伊宁这座小城里，西公园、苹果公园、后滩公园、汉宾公园……都是家门口的公园，这些区域成为市民理想的居住地段。公园是一座城市的公共客厅，会友、运动、演奏、漫步、跳舞、遛娃……即使在万物凋零的冬日，公园里也充满热气腾腾的生机，那是本地人生活的样子，可以让人一眼望尽寻常市井的景象。

在公园里独自一人走走停停，并不寂寞，反而有种与自己相逢的诗意，就像英国作家伍尔芙说的"事物回到他们自身，而我成为我"。或许每个人都需要一个这样的公园，与自然相逢，与陌生人相遇，最终与自己同行。逛公园才是人生的"正经事儿"，看看风景，看看人，和自己好好相处。

人们总说诗与远方，似乎当下的生活，都是苟且和琐碎，不值一提。但是，在苹果公园看见波光粼粼的那一刻，看见绿意浸染的那一刻，听见落叶踩在脚下沙沙作响的那一刻，生活何处没有诗意？这让我不由得想起自己敬仰的作家史铁生。命运让史铁生在最好的年华双腿瘫痪，找不到工作，也找不到出路，对现实充满愤懑和抵触。他家附近的地坛公园，成为他唯一可以静心的地方。他说："在满园弥漫的沉静光芒中，一个人更容易看到时间，并看见自己的身影。"对于史铁生来说，地坛公园就像一个现实的避难所，一个慰藉之地，他在沉默中重新审视自我，获得了启迪，写就了名篇《我与地坛》。

那天午后，我一个人走进苹果公园，在八角凉亭偶遇两位老人，其中一个对另一个说："这是咱们年轻时劳动的地方，你的个头比我高，可你的力气没有我大。"另一个哈哈大笑，见我走近，热情地与我打招呼。他对我说，以前这里是伊宁市最大最漂亮的果园，果树多得很，二秋子、红元帅、秋梨木、黄香蕉、国光、乔纳金、黄海棠，样样都有。

他说起那些苹果树的名字，就像主人给客人介绍自家的孩子。他的神态里，也浸透着苹果城的老人对家园中每一株苹果树的情感。

老人说的果园，是汉宾果园，建于二十世纪六十年代，占地五十四公顷，因位于伊宁市西郊汉宾乡而得名。当年的果园内曲径幽深，绿树环绕，耸立在中央的八角亭，直径十米，占地一百平方米。据老人说，八角亭是人们聚会、举办婚礼、接待重要来宾的地方。

汉宾果园在漫长的时光里，是伊宁市一处独具风情的休闲旅游胜景。八角亭曾接待过来伊宁市参观的党和国家领导人，见证过一座城半个多世纪的发展变化。

在汉宾果园原址上改建的苹果公园，总面积近四十六公顷，结合以苹果为主题的各类植物展示园，打造综合性水景公园，弥补了伊宁市专类公园的空白。公园深处是有着一大片伊犁苹果树的集中展示基地，将伊犁苹果树的老品种和新品种在林地内集中种植，让人们找回昔日苹果城的记忆，延续汉宾果园的生态脉络。

大面积的花田将观赏花卉和特色花卉集中展示，柳叶马鞭草形成紫色花田；各类景观乔灌木给公园增加了地域属性和厚重感，白杨、云杉、国槐、皂角、夏橡、白桦……都是伊犁大地的孩子。沿着绿树浓荫布设的健身环道，将全民健身理念融入整个生态环境中。

城市南边有条河，伊犁河的落日夕阳是摄影家钟情的美景；苹果公园里有个湖，落日也很美，当西边的云被渐染渐红，绚烂到湖面也铺上一层轻盈的橘红色。喜欢晚霞，也爱这灰蓝色天宇，喜欢霞光满天，也爱那暮色中苍茫的平静。

寒 露

"寒露"，当我写下这两个字时，丝丝凉意便蔓延开来。

寒露是深秋的节令，更像是一个纽带，一头连着白露，一头系着霜降。

天山以北，河床消瘦了许多，空气中明显多了干爽的气味，远处的山尖露出雪峰。每一天，每一周，都有它独特的色调，树木、河水、田野、群山都是另一种模样，大地上的一切都隐藏不住时光的刻画。只要一场寒风，树叶就会在一夜之间凋零；蔚蓝的天空，会在一场秋雨之后变得灰白冰冷。望不见尽头的田野里除了堆积着令人踏实的庄稼，居然还有大片大片盛开的薰衣草，秋天土黄的主色调里跳出炫目的紫色，随风摇曳着不与世俗同路的那份宁静高远，好像天生为一种情调而生。

中国地域辽阔，秋冬时节，南北方气候差异较大，寒露前后，北方黄叶飘零，已是深秋景象，而南方蝉噤荷残，秋意方才转浓。

五年前的十月，我前往岳麓山清风峡，"看万山红遍，层林尽染"。清晨，山林清朗，秋容淡泊，粉墙乌瓦从红艳艳的林隙间跳跃出来，飘浮在树林中的雾气，像梦境一样。午后，整片山林都被红色的枫叶包围，秋阳下，一层一层地渲染，站在爱晚亭上向四周望去，整个山林流光溢彩。

红叶亭亦名"爱枫亭"，后因唐代诗人杜牧"远上寒山石径斜，白云生处有人家。停车坐爱枫林晚，霜叶红于二月花"的诗句，改名"爱晚亭"。清代诗人袁枚在他的《游岳麓山诗三首》中留有"霜叶红如锦，松声响作涛"的诗句，写的就是岳麓山清风峡的景象。这些对秋的赞歌，使白云、人家、枫林构成一幅动人的山林秋色图。

气温虽在持续降低，大地的劳作仍未停息。石榴、葡萄、冬枣迎来收获的节点，南瓜、冬瓜开始采摘外运，高粱、稻谷正在收割，打场晾晒玉米和红辣椒，准备播种过冬的小麦……这就是寒露，草木逐渐零落，万物开始蛰伏，但生命并未就此凋零，只是转而在静默中积蓄力量。

露寒而冷，繁华不再，人心也应该从夏日的激情澎湃和热情洋溢中，回到犹如素描般简单平淡的日子。写完这些文字，窗外已是凉风吹拂，天色渐暗。我最想做的事情，就是重复三千年来前人做过的事：知寒，添衣，饮茶，读诗。

霜　降

单是看"霜降"两个字，都觉得微寒。霜花，色白且纯净，简单而明亮，素朴却冷冽。

天气渐冷，开始降霜，这是霜降前后直观的气候表现，是秋季到冬季的过渡。

每个季节都有与它精神气质相匹配的花。寒露三候中的"菊始黄华"，指的正是菊花此时普遍开放的景象。和大多数春夏盛开的花不同，越是霜寒露重，菊花越是开得艳丽。正是因为这种"不与时竞，经霜傲立"的品格，菊花被赋予了独特的内涵，成为一种高尚品格的象征。在寒露与霜降之间，是九九重阳，这背后，既是天地哲学，又是人文历史，近年来又被赋予敬老节的文化内涵，隐隐白发带着岁月渐落的霜华。

二十四节气中，"霜降"最像动词。霜遍布在草木土石上，俗称"打霜"。树叶泛起了红晕，菠菜、冬瓜吃起来味道特别鲜美，苹果、葡萄很甜。在霜降的季节里，白菜、萝卜也是通过这一系列化学反应而变得更加爽口。

女儿在西安上大学，霜降前后，最好的应季食物，当推柿子和栗子了。她说那里的柿子叫"火晶柿子"，在关中大地上，石榴、柿子、大枣、栗子、山楂、白果都专属这个季节。

去年的十月下旬，我正好在南宁，对于广西的壮族人来说，霜降时节正是晚稻成熟之际。为了庆祝丰收，他们会举办长达九天的霜降节活动，要用新收割的糯米裹粽子，做糍粑，祭祀土地等自然之神、戏剧演出、舞龙舞狮、拔河……其中最重要、规模最大的就是霜降歌圩了。歌手们自由组合对唱山歌，不少青年男女就在这你来我往，一唱一和的过程中结下良缘。一年农忙完毕，壮族人也在此时走亲访友，买卖农产品和生活用品，为第二年的春耕做准备。而他们的庆祝活动——霜降节被列入了第四批国家级非物质文化遗产代表性项目名录之中。

记得还有一年的这个时候在苏州，走在遍地梧桐落叶的街上，顿然有种"月落乌啼霜满天，江枫渔火对愁眠"，这样的千古绝唱只能诞生在姑苏的感觉。第一次去听了昆曲《荒山泪》，主角出场的时候，手提着一个篮子往外走，走得非常静，非常美。一点儿一点儿，先是手出来，然后是篮子出来，再然后是下面的裙子踢出来，就像清水往外漫一样。观众沉浸在这种氛围中，安静着，寂寥着。恍然间，戏文里宋词元曲楚歌赋，在光阴流转之后绽放，隽永中透出从容。

寒霜后的万木，泛黄的叶与渐枯的枝，使得秋林更深沉、庄重和含蓄，于不言不语中悟透生命的奥秘。山明、水净、天清澈，一切都变得简约而通透，漫山遍野换成一袭苍黄的秋衣。哈萨克族牧民们组成驼队，赶着畜群，带着帐篷和生活用品，浩浩荡荡地从海拔较高的夏季牧场向秋季牧场迁徙，并最终到达百公里外的冬牧场。

立 冬

冬季以立冬开始，至下一个立春结束。

秋季作物全部收晒完毕，动物开始储藏食物准备冬眠，人也进入了休养生息的时节。

立冬为一冬之始，连草木都不长的时节，古代人要解决吃饭的问题，腌菜真是一个伟大的发明——加工方法与设备简单易行，所用原料可就地取材，不同地区形成了许多独具风格的名特产品。当天寒地冻，寻觅不到新鲜食材时，一缸咸菜便是漫长苍白中最为深刻的味道。

伊犁的锡伯族有一种腌菜名叫"哈吐浑索吉"，也称"花花菜"。韭菜、红青辣椒与芹菜、胡萝卜、卷心菜分别切成丝和段，拌以粗盐并盛入瓦缸内，三四天可食，吃一口，蔬菜自然本真的气息杂糅在一起的清香充斥在口腔中。

立冬是冬季的开始，而冬季带给人们的直观感受，是冷峻与严酷。可是在这冷峻的表象之下，实际上也有着平和、安详的本质。

当冬天的脚步降临，哈萨克族牧民赶着羊群从秋牧场进入牧民定居点过冬，迎来重要的民俗活动——冬宰。牧民挑选一些膘肥体壮的牲畜宰杀后供过冬食用，他们用松树枝、野果木熏制大块马肉；马肠子清洗干净后，塞进碎肉、肋条、块肉进行熏制，这些肉食将陪伴家人抵御寒冷而漫长的冬季。就算是已经定居在城市里了，有许多哈萨克族家庭至今仍保留着这个传统。

山峦被白雪覆盖，人都闲了下来，马肉马肠子鲜咸红润，羊羔肉肥嫩，约朋友小聚小酌，便是最惬意的休闲时刻，弹起冬不拉，谈笑风生，回味过去的事情，谋划开春后的日子。

小　雪

如果说立冬意味着进入了冬天的门槛，那么小雪就意味着冬天正式到来了。

小雪的"小"，有点儿文艺气儿，是"将"，是"初"，是"轻"，是"清逸"，是"我见犹怜"。这个节令，从名字到气质，就好像是专门为那些女孩子而设的，又美又飘逸。在这个时节出生的女娃儿，多半都叫"小雪""雪儿"，烂漫清纯。

南方小雪无雪，而新疆大地，已经不止一两场雪，气温骤降，总是忍不住想吃那些温暖的食物，最吸引女孩子的是路边的烤红薯和炒栗子。走着走着，便会闻到一股香甜味，铁锅油光油光的黑砂里，栗子翻滚着，外皮亮亮的。火热的炒锅旁，小姑娘在凉风中搓手跺脚，等着吃糖炒板栗。

我经常在下班路上买些炒栗子，女儿放学回家后，先吃几颗甜糯的栗子。有时候多买一些，板栗和排骨开小火在砂锅里慢炖，听着咕嘟咕嘟的声音，栗子的香气若有若无。烟火最抚凡人心，一锅热气腾腾的炖汤，驱散了天寒地冻。

从古至今，民间有"冬腊风腌，蓄以御冬"的习俗。小雪时节气温急剧下降，天气变得干燥，正是制作腊肉的时候。尤其是南方人，更是对腊味情有独钟，无论河鲜还是家禽，皆可为腊味的原料。去年十一月，我从四川绵阳转到重庆乌江，盆地寒湿，雾雨蒙蒙，少见太阳。抬眼望去，那些布满朝阳的屋檐下挂着整只的鸡鸭肉条，泛着赭红色，有一种暗火细烟的即视感，是一方水土孕育出的独特风味。对于当地人来说，腊味不仅是独属冬天的舌尖记忆，也是日子富足美满的象征。

还有家家户户窗台上摆着的泡菜坛子，洁净透明，黄瓜、苦瓜、豇豆、辣椒、莲藕、洋姜、刀豆、萝卜、大头菜，等等，凡菜皆可泡。那一坛子吸收了天地之精华的泡菜，在时间的发酵下，只需要那么小小一勺，就可以让一盘菜肴打上川味烙印。

每每下雪，很多人都会想起白居易的《问刘十九》，这首小诗成了古往今来描写冬季温情的佳作，勾勒出一幅安逸闲适的把酒言欢、围炉夜话图。那个境界，实在是太令人神往了。

每个人心里都有一只暖暖的红泥小火炉在岁月里燃烧，每个人身边都有若干个刘十九，或许是陪你围炉闲聊的人，或许是陪你走过风雪的人，有了他们的陪伴，什么样的寒冬都不惧怕了。

不同的民族，有着不同的邀请方式，情谊却是一样的。维吾尔族有个古老的习俗，每年下第一场雪的时候，给好友投一封雪信，写下小心愿，在对方不容易发现的地方藏起来。如果在送信人离开之前没有被发现，收信人就得兑现信上的要求。如果雪信被发现，那送信人就得自己履行承诺。

雪信一般遵循维吾尔族传统的民谣韵律来书写。这是一个和"晚来天欲雪，能饮一杯无？"同样有趣的邀请。前些天，初雪的黄昏，我收到了维吾尔族朋友尼合买提的一封雪信，好开心！

　　下雪给您投雪信

　　下雨只能湿手巾

此举只是寻欢心

因此吾向您投信

若有能力宰个羊

若不从心宰只鸡

有实力的摆束花

没实力的弄只葱

多有意思，友人倘若不能相见，写一封雪信发到手机上，读后微微一笑，见字如面，心生温暖。

据老人们说，这种游戏多在小伙子中间举行，姑娘也乐意参加，不过是找个由头大家聚一聚，形式丰富多样，朗诵诗、唱歌、跳舞、演奏器乐等。古老的游戏消除了一年劳作之后的疲惫和烦闷，还寄希望于来年，祝愿万事吉祥如意。现在城市很少有人玩了，农村少数地方还在延续。

这个古老的、有情趣的游戏，我希望还有人记得，有人传承。

大　雪

大雪，标志着仲冬时节正式开始。

俗话说"小雪封地，大雪封河"，进入十二月，大雪漫无边际地覆盖了伊犁河谷。

伊犁河北岸，英塔木乡一带的河滩，水下有多处温泉，冬季水面不结冰，村民围塘养鱼。一九九三年十二月，一对疣鼻天鹅夫妻带着三只天鹅宝宝到夏合勒克塔木村越冬，回族村民韩新林发现湿地里多了几只优雅的天鹅，就尽职尽责地保护着天鹅，直到第二年三月它们飞走。没想到第二年冬天，天鹅再次飞回来过冬。这一次，这对天鹅夫妻带着五个孩子又落到了湿地鱼塘里。韩新林从此踏上义务保护天鹅之路，成了湿地生态管护员。在韩新林的带领下，村民们都爱护天鹅，为了让天鹅有一个安全的栖息地，开始在山坡上种树，给天鹅遮风挡雨，吸引了越来越多的天鹅来此地越冬。如今，整个伊犁河沿线湿地都有天鹅的身影，来越冬的候鸟种类和种群也在逐年增加。

二〇一二年，夏合勒克塔木村建成天鹅泉景区，天鹅受到更科学有序的保护，每年冬天这里都有三四百只天鹅越冬，成为冬季摄影的优选之地。韩新林的儿子韩亮接替了父亲，成为管护员。从小帮着拍天鹅的摄影家扛器材的韩亮，耳濡目染地也爱上了摄影，如今在摄影圈小有名气，抖音里号称"天鹅王子"，发的全是天鹅的视频。他认识每一只越冬的天鹅，知道在哪个时间段、哪个位置能拍到最好看的照片，还开了家民宿，供摄影家们落脚。

那些年，每年大雪节气前后，我们一家都要带着大白菜，行驶七十公里去看天鹅，路两边或是一望无际的雪地，或是结满雾凇的各种树木，远处有雪山，近处有戴上雪帽的房屋草垛。云雾缭绕的湖面上垂挂着雾凇，水流在冰凌和积雪间波光粼粼，太阳洒下橘红色的光，又被雪折射成蓝色，交织在一起，水雾缭绕，天鹅们有的在嬉戏，有的在觅食，画面美得像仙境。

长大以后的女儿说，一想到冬天，就忘不了天鹅的样子，那种美，哪怕只是一眼，都能记忆好久好久。

今年大雪节气，却是少有的艳阳天，午后在林道上走一走，看到几位老人一边晒着太阳一边下棋，不论输赢，看那表情，个个都很享受。我继续行走听书，正好听到一首现代诗《糟糕的和更糟糕的》：

> 活着也不是很糟糕。
> 特别是晴天，太阳透过巨大的玻璃窗，
> 充分地照在我身上。
> 我感到温暖，并有信心——
> 永远地活下去。
> 晒很多很多个太阳，吃很多很多顿米饭。
> 偶尔从自己的生活中短暂地抽出身体，
> 到别人的世界里旅行。

这一点儿也不糟糕，和家人一起，晒很多很多个太阳，吃很多很多顿米饭——这是很大很大的幸福哦！

匆匆忙忙人世间，我们总在汲汲索求，一件事又一件事地给自己加码加压。倒不如试着再降低些欲望，大雪无雪，就面对着天地阳光，安静地晒着太阳眯一会儿，顺应自然的温补，不仅心灵的快乐被放大，精神好像也振奋起来了。

冬日的午后，哪怕不能去到山中，哪怕工作再繁忙，也可以从手机、电脑和文件堆里走出来，整理一下心情，好好晒晒太阳，让自己的心也能寻着一丝温暖，在天寒地冻中开出自己的花来。

冬　至

冬至是二十四节气中最早制定出的一个节气，兼具自然与人文两大内涵。

冬至，标志着即将进入寒冷时节，也就是人们常说的"进九"和"数九寒天"了。裹着围巾，嘴里能哈出白气的黄昏，尽管一切看起来平淡无奇，属于隆冬的限定美食，总能在街角给行人一个惊喜。一辆卖烤红薯的小推车从身边经过，混杂着泥土味的香甜热气迎面而来，那叫一个心动嘴馋手烫，让人想即刻拥有这个冬天最香甜柔软的美味。听到传来"唰啦唰啦"的声音，那是比任何吃喝都更有吸引力的，离热乎乎的糖炒栗子不远了，空气中满是焦香甜蜜的味道。糖葫芦火红的外表，成为冰天雪地里的一道风景，冰糖的甜味和山楂的酸味在舌尖舞蹈，酸甜软糯之感在口腔中久久不散。它们是开启温暖的钥匙，是人间最平实的幸福，更能温暖每一场扑面而来的风雪。

北方冬至有吃饺子的习俗。午休时到附近一家菜店买菜，耳边传来两位老人的对话。一个说："冬至到了，给孩子们包饺子，白菜和韭菜两种馅的。"另一个说："嗯，我也备齐了羊肉，就等孩子回来了。"听她俩的闲聊，让我觉得冬至不是一个节气，而是一位远道而来的客人，将去她们家里坐坐，喝杯热茶。每一位母亲，在锅台庭院、桌前案下、花草蔬菜间忙碌着，厨房里传出锅碗瓢盆的声音，阳台上晾着洗净的衣裳，把衣食住行过出一种氛围，一种秩序，一份安宁。年岁渐长，慢慢明白，动人的诗句，总离不开粮食蔬菜。

在江南，吃汤圆是冬至的传统习俗，有一年随商务考察团去长江三角洲一带，正巧在苏州过冬至，难忘的不是汤圆，而是在边疆很难吃到的冬笋。冬至前后，正是冬笋最肥美的时候。它蛰伏在土壤中，一点点地生长，吸收着天地灵气，是真正的时令鲜美、岁寒之味。能同时抚慰舌尖与灵魂的食味，冬笋占有一席之地，它既承载着清雅的文化记忆，又有着浓郁的生活滋味。在江南那些天，无论是炒二冬、油焖笋、雪菜冬笋，还是笋炒腊肉、笋焖排骨，怎么做都好吃，都能征服我的舌头。笋在舌尖拂过，就像清风掠过竹林。想想也是蛮神奇的，冬笋在地底蛰伏了一整个冬天，待到春暖花开之时，一场春雨后便拔地而起，露出尖尖的角来，金黄的外衣染了墨绿，就是春笋。若还没被吃货挖了去，再假以时日，就能长成百折不挠的竹子。

北方冬季，大地苍茫。又一年冬至，我在那拉提草原，见识了"千里冰封，万里雪飘"的自然景观。那是和一行作家，前往雪山深处一个哈萨克族牧业村采风。风雪太大了，山路被雪抹平了，不得已放弃了车行，顶着风雪摇摇晃晃地走，不时要背过身去躲一下被风卷起扑面而来的雪粒。这是我第一次真正地行走在山谷的雪原中，眼前的群山是一个亘古不变的白色世界。

主人把附近几家邻居都请过来了，馕、酥油、果酱、干果摆在炕上，大块的羊肉在铁锅里翻滚。他说不论谁家来了客人，他们都会聚在一起。炉火上烧着奶茶，牧民们与我们一起喝酒交谈。

　　雪停了，蓝天白雪相映的纯净，还原了人间最初的美好——一个童话般的纯白世界。远处山脊上生长着大片冷翠的松林，山顶之上是一碧万顷的晴空，看山道上的马蹄痕迹，跌跌撞撞伸向远方，像极了滚滚红尘中的人生曲折。人到中年，一路跋山涉水，我们总会遇见许多沟沟坎坎，一场又一场雪覆盖了我们每个人自己才知道的艰辛苦楚。

　　雪原寒风中，牧民的生活那么平常，却又触摸到了人世间的温度——男人的自如与安详，主妇眼中淳朴的笑意，几个小孩忙活儿着堆雪人，鼻子冻得通红，笑容像小太阳般灿烂。

小　寒

　　小寒在二九中间，是寒冷最盛的时节。

　　进入小寒，也就进入了农历的腊月，靠近年关了。按照习俗，有开始忙活儿着用巧手剪出喜庆的窗花，等远方的孩子回家贴上的；有开始忙活儿着备年货的。离家辛苦打拼的人，期盼着回家团聚。

　　去年的小寒，我是在福建宁德地区的屏南古村度过的，如果不去古村，或许我的人生将一切照旧，但我可以肯定的是，它一定会少很多记忆深刻的时光片段。

　　这里的村民非常有亲和力，他们不会因为你是外地人就趁擦肩之时打量你，而是主动打招呼"来了啊!"，就像招呼回家的邻居。家家户户挂在枝头的柿子，成为一道特有的风景。我纳闷，这些柿子又大又红，干吗不采摘呢？村民说，给客人留一点儿，自家孩子吃一点儿，给鸟儿留一点儿。

每到冬天，鸟儿都会在柿子树上筑巢过冬。第二年春天，柿子树吐绿发芽，开花结果，鸟儿也会报恩，整天忙着捕捉树上的虫子，从而保证了这一年柿子的丰收。自然界里的一切，都是相互依存的。这也告诉我们一个做人的道理：给别人留有余地，往往就是给自己留下了生机与希望。

张秀娇奶奶每天都要沿着西溪，在两座相距八九百米的桥之间来回走一趟，和相遇的人说说话。张奶奶性格开朗，跟谁说话都乐呵呵的。我陪着她坐在溪边的石凳上休息，老树和古宅相映，阳光映照的脸庞满是沧桑。小男孩从我们身边跑过，兜里的糖果掉了，身后一个漂亮姑娘弹着吉他做直播。世间变幻，唯有年轻不可阻挡，但殊途同归——无论是谁，生命的欢愉都是一样的。

午后，张奶奶坐在凳子上专注地在画布上涂涂抹抹。张奶奶一只眼睛的视力微弱，有时候画一幅画需要好多天。从画小房子、小猫、小树开始，到画村里动人的生活，还有什么比这更有爱呢？张奶奶一生没有走出过大山，没有哪位艺术大师影响到她，使她产生过灵感。她的画，当然是没有功力和技法的，吸引大众目光的是她的热爱，她的精神，游客乐意买画，是在为张奶奶点赞。她作为"画画奶奶"被央视和新华社等多家主流媒体报道过。

与张奶奶相处的几天，我的内心一直很受触动。很多人都觉得上了年龄的人只能在家里待着，更不用谈什么梦想。很多人四五十岁就暮气沉沉，不再学习和修为，惧怕一切未知的变化。还有的人在青春年华里日复一日与懒散作斗争。而张奶奶改变了我对年龄的刻板印象，画画点亮晚年生活，人过八十可学艺，已届高龄的她精神世界如此充沛丰盈，生活得如此鲜活自在。

一方水土真实的样子，或许就保留在传统的日常生活中，呈现在简单的食物与辛苦的劳作中。人在生活中应该是什么样子呢？我想就是"画画奶奶"所代表的在家园里生活着的人们的样子，是勤劳的、自在的。她描绘的是永恒的东西——温暖、干净、平心静气的美。那种在生活中磨砺出来的优雅的松弛感，让她既可以安静沉稳地操持家事，又可以如孩童般单纯地画画。

时间过去了一年，我站在静美如画的伊犁河边，回想起屏南古村的柿子树和树下晒太阳的老人。世间万物，待凛冬离去，雪融草青，会有新的相逢，将温暖延续。

大　寒

大寒在岁终，是二十四节气中的最后一个节气。大寒一过，冬去春来，又会开始新的一个轮回。

大寒一到，年味渐浓，所谓"大寒迎年"，指的就是大寒至农历新年这段时间。从此时开始，人们开始打扫卫生，准备年肴，置办年货，写春联，贴窗花……迎接春节的到来，充满了喜悦与欢乐的气氛。

春节回家，是中国人最质朴的情感共识，离家在外的人，并不是每一个都能够回家过年的。大寒过后，有人加入春运大军，只为赶在除夕之前，回到父母身边，吃上团圆的年夜饭。与此同时，也有另外一群人，因各种原因，或主动、或被动地选择就地过年。

去年春节，在伊犁工作的姚鹏燕，没能够回到山西运城与家人团聚。长到二十六岁，这是姚鹏燕第一次在春节这天无法和父母团聚。像她这样作为引进人才的研究生，当地人民政府会提供住房和安家费，在这个小城，她便有了"此心安处是吾乡"的归属感。除夕那天，她邀请单位其他三个远离家乡的同事一起在她的新家吃团圆饭。几个小伙伴一起动手，吃了一顿丰盛的火锅，伴着春晚的歌舞喧闹，大家举杯互祝新年好。那一刻，姚鹏燕才意识到，独自在伊犁打拼的自己，在远离家乡的这里也有个"家"了。这个"家"关乎她对事业的选择，承载着对亲人的思念……即使父母不在身边，漂泊在外的孩子同样需要一桌充满仪式感的年夜饭治愈自己，对自己说句"挺好的"，并努力在下一年让自己能够往更好的方向发展，对自己说句"我可以的"，期待奋斗奖励给自己的香甜。

梦想在远方，家才成了故乡，这是许多人年终岁末的轨迹。忙活儿一年下来，有的人累瘦了，有的人失败了。不论如何，人们共同的心理诉求都是回家，回到那个最初的港湾。年关将近，姚鹏燕望着日历数着日子，计算着今年该怎么请假才能让回家过年的时间更长些。领导爽快地在请假单上签字，让姚鹏燕欣喜万分，赶紧订了机票给妈妈报喜讯。

如果没有特殊原因，哪怕相距千里万里，姚鹏燕年年都会选择回家过年，因为"生活很苦，回家过年很甜"。虽然距离让家乡的模样变得有些许陌生，但内在的情感连接却从未被阻断。春节，像是馈赠给所有人的一场仪式，从繁忙的工作中抽身，暂时放下去年的总结和来年的任务指标，与亲朋好友相聚。除夕，父母所期盼的"夜深儿女灯前"才能像一幅剪影贴在夜幕下的玻璃窗上——"家人闲坐，灯火可亲"，这或许是春节与其他日子最大的不同。在游子心中，和家人团聚，这一年才算圆满，新的一年才更有希望和意义，这可能是对"团圆"二字最恰如其分的解读了。

在旧的记忆之上，绵延新的美好，便是对年味的传承。汪曾祺先生描述过一幅旧画：一间茅屋，一位老者手捧一个瓦罐，内插梅花一枝，正要放到案上。题目：山家除夕无他事，插了梅花便过年。每每想象那个画面，目之所及，心之所向，都是美好的感受。繁花锦簇是过年，风雅清欢又何尝不是？心安之处是故乡，天涯何处不团圆？世事无常，波澜变幻，有兴起的行业，有没落的产业；有人负重前行，有人选择离开；有些人看似在谷底，其实蓄势待发。杨绛先生说过："每个人都会有一段异常艰难的时光，生活的压力，工作的失意，学业的压力，爱得惶惶不可终日。挺过来的，人生就会豁然开朗，挺不过来的，时间也会教你怎么与它们握手言和，所以不必害怕的。"一个人无论正在经历怎样的境遇，也总是会想把这段时光活成更好的日子。每一个为了生活转换方向的人，也都期盼窗花灯火的团圆之夜，拥有围炉畅谈的温暖。

瑞雪兆丰年,天大寒,新一年的春天,已在悄然孕育了。看那暖色流淌,是除夕燃灯放焰、万家灯火长明的景象,以热闹之气讨一年吉兆。万家灯火,盈满了中国人太多的期盼,寄寓着盛世太平、人事安康。

愿你道路悠长
——《鸟儿落在树枝上》后记

当你启程前往伊萨卡

愿你道路悠长

充满奇迹,充满发现

"愿你道路悠长",来自希腊诗人卡瓦菲斯的《伊萨卡岛》。伊萨卡岛是神话、史诗中经常出现的一座充满冒险、充满发现的希腊岛屿。每一个人的人生历程,都是一趟奇迹之旅。

人到一定年龄必定会回望。

我最初的阅读始于童年的小人书。二十世纪八十年代的小人书,把国内外名著经典,以直观形象加配文字的形式描绘下来。这些小人书对我产生过潜移默化的影响,启迪过我的心灵,不亚于课堂上老师的教诲。

上学以后,新华书店是一栋建于二十世纪四五十年代的苏式建筑，在我眼里宏伟高大。厚实的木地板，一架架的图书，给了我另一种美好体验。直到今天，书店仍是我的桃花源。

因为走上写作这条路，我结交了疆内外一批生动有趣、成绩斐然的作家，其中一些人成为我珍贵的朋友。在她们的引领下，我在打磨自己匠心的过程中，那种赤诚的、想把每一篇作品都写好的愿望，还保留着写作最初的模样。我们也许并无崇高远大的目标，仍尽可能去探索、去充实自己的平凡人生。

感谢前辈们，感谢同行者，愿你道路悠长！

新疆人民出版社（新疆少数民族出版基地）策划"在新疆"丛书，为深入开展文化润疆耕耘播种，为新疆故事走出新疆燃灯引路，为像我这样的普通写作者实现梦想。又一个春天，幸运与我不期而遇，《鸟儿落在树枝上》是一份时光的礼物，也是所有幕后工作者辛勤耕耘的成果。

作家的成长，作品的产生，都离不开编辑的付出。编辑们创造性的工作，使一部部文化产品付梓面世。编辑工作是伟大的，既传播文化，又保护文化、发展文化。编辑们又是平凡的，他们在漫长的岁月里，伏案深耕，培土浇灌，只为落种成林。

感谢所有出版单位，感谢所有编校人员，祝你道路悠长！

每个写作者心中，都有一个地理坐标，那就是自己生活的地方。书写者有责任了解一方热土，关注这片土地上发生的巨大变化和细节律动。

远方雪山的光芒抵达眼眸，山岩锐利的棱角与坚硬的质感，充满神圣的力量。奔流不息的河水，绿洲之上的家园，人群熙攘的市场，灯火和茶饮的家常日子……我们的新疆，值得一切文艺形式对它的演绎，配得上遥远的赞美的目光。

艺术家不是描绘真实，而是创造性地表达真实，文学更是如此。如果说生活是一盘散沙，作家就是将沙子捏成形状的人。我一直在内心储存有用的沙子，那是来自生活的素材。一个地方的山川河流、阳光空气，造就了人的秉性和作品的气质。我写果园里剪枝的人，乡村里支教的人，景区里赶马车的人，田野里耕种的人……走进他人的片刻生命中，有日常的琐碎，也有简单的美好；有不起眼的瞬间，也有重新定义的生活；有落空的希望，也有认真的坚守；有未竟的遗憾，也有温暖的治愈。在我看来，"微小"也是一种对历史的书写，细微的生活仍然能反映时代。

这些年的读书写作，我一次次感受到生命的边界在缓慢却持续地拓展。我找寻生活的主题，专注做一件事情，创造一点儿东西，并且从中获得一点点成就感，用以消解生活中的无奈和不确定性。门外的万家灯火，屋内的柴米油盐，我的心神在夜晚的灯光下专注安止，一页一页的白纸黑字，堆砌我的城墙和楼宇。我笨拙地前行，期盼在这条路上，能够遇见内心丰盈的自己和远处的星光。

文学不满足于真人真事的实录，作家对人生和人性的洞察力固然来自作家的生活经验，而更为重要的则是作家独特的禀赋和洞察幽微的能力，并且把唤起的感受诉诸审美而通过语言加以陈述。就我个人来讲，我崇尚以质朴的文字，写出情感真实的作品。质朴即包含着文字的质感、朴素和温度，以及一个作家应有的诚挚。不得不承认，对于我所追求的质朴地写作，我的功力还没有达到，"在场"的写作方式还需要突破地域局限，打破原有的视域，开阔视野、提升思维，用更加饱满的文学表达，展现新疆的文化资源和新生的文化现象。

感谢家乡，感谢父老乡亲，祝你道路悠长！

我的母亲曾经说过这样的话："一个人不可能一辈子上学，但是可以一辈子读书。"想起来就感恩满怀。我也切身体会到，很多孩子的未来，是他成长过程中遇见的书所种下希望的种子，从此人生大不一样。

曾经，我惧怕成为母亲的角色，我知道自己很难成为一个称职的母亲。我怕自己有一天即便觉醒了，也是一个晚熟的母亲，让孩子的人生有很多遗憾。长期以来，我借助读书来解决自己的困惑。在孩子的教育上，我也是如此，不知道怎样传导时，我会找到适合她阅读的书，将想要表达的观点传递给她。当我不能陪伴她时，是书给她温暖和力量。即使离家远行，她也具备思考和解决问题的能力。

　　清明那天早晨，窗前一树山桃在微雨中含苞待放。偶然看到法国作家埃米尔·左拉的一句话："所谓充实生活，就是养个孩子，栽棵树，写本书。"当天正好是女儿的生日，我对她说："你看，我都做到了！"我生养的孩子，我栽种的树，我创作的书，本质上都是生命的共同体，给予我的是宁静、深挚、蓬勃的爱。

　　感谢亲人，祝你道路悠长！

　　一路走来，给过我支持和鼓励的亲朋好友，给过我微笑和动力的读者，还有那些记叙的故事中，不知晓我写过他们的人，祝你道路悠长！

惜妍写于四月春光